Josef Schick

SEX. KAMPF. LIEBE. TOD.

Meinem Schatz

Josef Schick

SEX. KAMPF. LIEBE. TOD.

Archilochos von Paros

Roman

Impressum
Bibliografische Information der Deutschen Nationalbibliothek:
Die Deutsche Nationalbibliothek verzeichnet diese
Publikation in der Deutschen Nationalbibliografie; detaillierte
bibliografische Daten sind im Internet über http://dnb.dnb.de
abrufbar.
Die automatisierte Analyse des Werkes, um daraus
Informationen insbesondere über Muster, Trends und
Korrelationen gemäß §44b UrhG („Text und Data Mining") zu
gewinnen, ist untersagt.
© 2025 Josef Schick
Verlag: BoD · Books on Demand GmbH, Überseering 33, 22297
Hamburg, bod@bod.de
Druck: Libri Plureos GmbH, Friedensallee 273, 22763
Hamburg
ISBN: 978-3-7693-7673-9

Inhaltsverzeichnis

PROLOG

εἰμὶ δ᾽ ἐγὼ θεράπων μὲν Ἐνυαλίοιο ἄνακτος

καὶ Μουσέων ἐρατὸν δῶρον ἐπιστάμενος.

1D

ich bin ein Diener des Kriegsdämons Enyalios

und vertraut mit dem lieblichen Geschenk der Musen.

Als die Spitze des Speers meinen Oberkörper von hinten durchbohrte, war ich mehr überrascht, als dass ich schon Schmerz empfunden hätte. Im ersten Moment ungläubig, betrachtete ich die eiserne Spitze, die aus der Brust hervordrang. Ich hätte es ahnen, eigentlich wissen müssen. Kallondes war noch hinter mir gewesen. Ein dunkler, blutiger Fleck breitete sich rasch aus – mir war sofort klar, was das bedeutete. Zu oft hatte ich dies in den letzten Monaten meiner Tätigkeit als Söldner und Begleiter von Kolonisten gesehen. Mehr noch: Ich hatte Krieg und Tod in meinen Versen immer wieder beschrieben. Ich hatte den Kampf gefürchtet, aber auch mehr und mehr lieben gelernt. Jetzt war der Zeitpunkt gekommen, an dem das Schicksal, das unvermeidlich kommen musste, endlich auch mich selbst betraf. Ein letztes Mal war ich – nun endgültig – gescheitert. Zahllose Gedanken schossen mir durch den Kopf, bevor die Dunkelheit mich umfasste.

PAROS

1

Der Sommer war, wie schon in den vergangenen Jahren, sehr heiß geworden. Das Wasser wurde knapp, und die Ernte würde einmal mehr nur dürftig ausfallen. Bereits im letzten Sommer hatte es Unruhen auf meiner Heimatinsel Paros gegeben. Die Kluft zwischen dem landbesitzenden Adel und der einfachen Bevölkerung war immer größer geworden. Immer mehr Bürger mussten ihre Kinder oder gar sich selbst in die Sklaverei verkaufen, um überleben zu können. Telesikles, mein Vater, hatte mit mir und meinem Halbbruder Kylon schon mehrfach darüber gesprochen, dass spätestens im kommenden Winter, wenn die Wahl des neuen Archonten anstand, damit zu rechnen sei, dass es zu gewalttätigen Auseinandersetzungen kommen würde.

Mein Vater war einer der alteingesessenen Adligen. Ihm gehörte zwar weniger Land als den meisten anderen Grundbesitzern, aber sein Rat wurde von den meisten Bürgern der Insel geachtet, selbst wenn sie in politischen Fragen anderer Meinung waren. Seine Verdienste hatte er vor Jahren erworben, als er eine größere Gruppe von Kolonisten von unserer Insel nach Thasos geleitet hatte. Schon mein Großvater Tellis hatte – Jahrzehnte zuvor – Siedler von Paros dorthin geführt. Dort hatte man weitgehend unbewohntes Land vorgefunden und im Norden der Insel die Polis Thasos gegründet.

In der neuen Stadt hatte Telesikles die thrakische Sklavin Enipo kennengelernt, die vom nördlichen Festland stammte. Sie wurde seine Geliebte, und mein Vater schien mit ihr eine gute Weile die nächtlichen Freuden geteilt zu haben. Mit ihrem Herrn hatte sich Telesikles wohl auf irgendeine Weise geeinigt, sodass dieser sie ihm zu seinem Vergnügen überließ. Eine Heirat kam natürlich nicht in Betracht. Da war zum einen der Standesunterschied, zum anderen war Telesikles bereits auf Paros verlobt. So war es mir nicht vergönnt, meine Mutter kennenzulernen, denn sie blieb, als mein Vater in seine Heimat zurückkehrte, bei ihrem Herrn auf Thasos. Über ihr weiteres Schicksal erfuhr ich nie etwas – ich glaube, mein Vater wusste ebenfalls nichts. Es interessierte ihn wohl auch kaum.

Auf Paros hatte er dann, wie vorgesehen, Pherenike, die Tochter eines angesehenen Ratsmitglieds, geheiratet. Zusammen hatten sie eine Tochter und einen Sohn: Eunike und Kylon. Auch wenn ich als Bastard nicht die gleichen Rechte wie seine ehelichen Kinder hatte und auch nie haben würde, wurde ich von Telesikles immer genauso wie meine Halbgeschwister behandelt. Bei seiner Rückkehr von Thasos hatte er mich als kleines Kind – ungeachtet seiner bevorstehenden Hochzeit – vermutlich gegen den Widerstand der Familie Pherenikes nach Paros mitgenommen und mich in seinem Haus aufgezogen. Eunike stand mir nahe; das Verhältnis zu Kylon war mitunter spannungsvoller und von Rivalität um die Gunst unseres Vaters geprägt.

Der überraschende Tod Pherenikes im vorigen Jahr erschütterte Telesikles tief. Auch wenn er nicht nur während der letzten Jahre seiner Ehe oft genug bei den Hetären gewesen war, hatte er sie doch aufrichtig geliebt. Eine gewisse Leere herrschte seither im Haus meines Vaters, doch zeigte er keine Absicht, erneut zu heiraten. Letztlich war er auch schon weit über fünfzig Jahre alt. Zudem glaube ich, dass er das Andenken an Pherenike nicht durch eine neue Gemahlin verblassen lassen wollte.

Im Unterschied zu ihrem Gatten hatte mich Pherenike nie gut behandelt. Sie zog allzu eindeutig die beiden Kinder, die sie mit Telesikles hatte, dem Bastard, der ich war, vor. Meine Trauer war daher nur von kurzer Dauer. Dennoch werde ich nicht nur Schlechtes von ihr in Erinnerung behalten.

An einem leuchtenden Sommermorgen, der die Hitze des Mittags bereits ahnen ließ, lief ich eben von den

Stallungen zum Hauptgebäude des väterlichen Anwesens, als ich eine am Tor entstehende Unruhe bemerkte. Zum Eingang des Hofes blickend, sah ich, wie mehrere Wagen einfuhren. Dem vordersten entstieg – gefolgt von einer ganzen Schar von Dienern und Sklaven – Leophilos, einer der größten Landbesitzer der Insel. Ich kannte ihn von früheren Besuchen bei meinem Vater. Nach dem, was ich gehört hatte, würde er bei den Wahlen im Winter für das Amt des Archonten kandidieren.

Mittlerweile war man auch im Haus auf den Ankömmling aufmerksam geworden. Nach einigen vorauseilenden Bediensteten trat mein Vater aus der Türöffnung, ging Leophilos entgegen und begrüßte ihn mit einer Umarmung. Kurz nach Telesikles erschien mein Halbbruder Kylon. Auch er umarmte den Besucher herzlich. Als mein Vater mich zwischen den Gebäuden entdeckte, winkte er mich heran, damit ich unseren Gast ebenfalls willkommen hieß.

Ich hatte Leophilos vor einigen Tagen auf der Agora eine Rede halten gehört – genau genommen hatte ich nur zur Kenntnis genommen, dass er eine Rede hielt, denn ich hatte nicht innegehalten, um den Inhalt seiner Worte aufzunehmen. Er war in meinen Augen ein Schwätzer. Er predigte dem Volk Wasser, um selbst im Wein zu schwelgen.

Natürlich beneidete ich Leophilos um seinen Reichtum. Er konnte sich leisten, was er wollte: Villen, Feste, Sklaven, Hetären. Mein Leben verlief in bescheidenen Bahnen; dafür hatten – trotz der Fürsorge meines Vaters – Pherenike und Kylon gesorgt. Und eines Tages, wenn Telesikles nicht mehr sein würde, stand mir wahrscheinlich Armut bevor. Ich würde mich vermutlich irgendwo als Söldner verdingen – egal für welche Sache, gut oder schlecht. Immerhin hatte ich, wie alle Jugendlichen von Paros, den Umgang mit Waffen gründlich gelernt. Im Einsatz war ich noch kaum gewesen.

Ich war lediglich einmal mit einem Trupp unserer Soldaten im Osten der Insel auf eine kleinere Gruppe eingedrungener Naxier gestoßen, die eilig das Weite suchten, bevor es zu Kampfhandlungen kam.

Vor einiger Zeit hatte ich begonnen, Verse zu schreiben, aber das konnte mir vermutlich kaum das tägliche Brot, geschweige denn Reichtum verschaffen. Dennoch fand ich Vergnügen und Befriedigung darin, Epoden, Elegien und andere Gedichte in unterschiedlichen Versmaßen zu verfassen. Auf der die Gedichte begleitenden Leier war ich zwar kein Meister, aber ich war immerhin in der Lage, durch entsprechenden Vortrag die Ausdruckskraft meiner Worte zu unterstützen. Als Gott der Musen stand mir Apollo spätestens seither näher als der Rest der Olympier.

An Leophilos hatte ich gedacht, als ich jüngst einen ironischen Jambus über den Wert der irdischen Güter verfasst hatte. Das Gedicht war noch nicht fertig; am Ende sollte dem scheinheiligen Redner, der vorgab, auf alles Gold zu verzichten, die Maske vom Gesicht gerissen werden.

Οὔ μοι τά Γύγεω τοῦ πολυχρύσου μέλει

οὐδ᾽ εἷλέ πώ με ζῆλος οὐδ᾽ ἀγαίομαι

θεῶν ἔργα, μεγάλησ δ᾽ οὐκ ἐρέω τυραννίδος·

ἀπόπροθεν γάρ ἐστιν ὀφθαλμῶν ἐμῶν.

22D

Ich mache mir nichts aus den Schätzen des goldreichen

Gyges;

weder bin ich von Neid erfasst und empöre mich

über die Taten der Götter, noch begehre ich die große

Macht der Tyrannen –

dies ist alles fernab von meinen Augen.

An dieses noch unfertige Gedicht musste ich denken, als ich kurz vor Mittag Leophilos mit seiner Dienerschar den Hof wieder verlassen sah. Als ich später Kylon traf, fragte ich ihn nach dem Grund für Leophilos' Besuch, doch er wies mich unwirsch ab. Auch von Telesikles konnte ich nichts Näheres erfahren, außer dass man über die politische Situation und die drohenden Aufstände der Landarbeiter gesprochen habe.

Die folgenden Wochen zeigten, dass die Befürchtungen meines Vaters, es werde zu Unruhen kommen, berechtigt waren. Immer wieder hörten wir von Gewalttaten, die ihren Ursprung in der sich immer mehr abzeichnenden oder schon Wahrheit gewordenen Hungersnot auf Paros hatten. Die Bevölkerungszahl war in den letzten hundert Jahren stark gestiegen, die Ernte von den Feldern blieb jedoch so gleich wie die Größe der Insel. Der heiße Sommer tat sein Übriges.

κακήν σφιν Ζεὺς ἔδωκεν αὐόνην

125 Bgk

eine schlimme Dürre sandte ihnen Zeus

Vor etwa vierzig Jahren hatte in einer ähnlichen Situation die Kolonisation Thasos' begonnen. Mein Großvater war mit hundert Siedlern zu der weit im Norden des Ägäischen Meeres gelegenen Insel gezogen. Ungefähr sechs Tagesreisen auf See entfernt hatten sie dort eine neue Heimat gefunden. Telesikles hatte etwa nochmals zwanzig Jahre später einen zweiten Siedlerzug auf die Insel geführt – vielleicht könnte eine weitere Unternehmung dieser Art helfen, die Probleme auf Paros zu lösen, zumindest zu lindern.

In den Wochen, in denen auf der Insel die eventuelle Notwendigkeit einer erneuten Expedition besprochen wurde, konnte ich mehr und mehr erahnen, welchen Anlass der Besuch Leophilos' bei Telesikles und Kylon gehabt hatte. Wider Erwarten gab es an unserem Hof keinen Mangel an Getreide, alle hatten genügend Nahrung, und die Speicher waren gut gefüllt. Dadurch waren wir vor Übergriffen der Landarbeiter sicher – auf anderen Landgütern, gerade auf denen, die nicht so nahe an den Toren der Polis lagen wie das meines Vaters, hatte es im Kampf um Lebensmittel schon Mord und andere Verbrechen gegeben. Die Vergeltung dieser Untaten durch ein Gericht wurde immer schwieriger durchsetzbar.

An manchen Tagen beobachtete ich Getreidelieferungen, von denen ich wusste, dass sie nicht von den Feldern Telesikles' stammen konnten. Im Gegenzug hatte mein Vater im Rat und anderswo offensichtlich sein Ansehen eingesetzt, um für die Wahl Leophilos' zum Archonten zu werben. Ich empfand deswegen keinerlei vorwurfsvolle Gedanken gegenüber Telesikles – es war sicher besser, mit Leophilos als Archonten zu leben, als von hungernden Sklaven erschlagen zu werden.

2

Im Frühherbst, bei einem Mittagessen, bei dem auch Kylon zugegen war, bestätigte mir mein Vater das erahnte Abkommen mit Leophilos. Es wurde auch über die möglicherweise bevorstehende weitere Kolonisation von Thasos gesprochen. Eine Verstärkung der Präsenz der parischen Bürger dort war ohnehin erwünscht, wurden doch die neuen Siedlungen zunehmend von den Thrakern vom Festland, insbesondere den Saïern und den Bisaltern, in ihrer Existenz bedroht. An diesem Tag erfolgte auch erstmals Telesikles' Anfrage, ob ich nicht die Siedler als Anführer der mitreisenden Söldnertruppe begleiten wolle.

„Könntest du dir vorstellen, einen solchen Zug von Kolonisten sicher nach Thasos zu bringen? Vor vielen

Jahren habe ich selbst eine größere Gruppe von Auswanderern dorthin begleitet, dein Großvater tat selbiges nochmals viele Jahre zuvor. Ich bin nun zu alt, und Kylon muss sich um das Anwesen kümmern."

Unentschlossen blickte ich meinen Vater an.

„Meine Stimme zählt immer noch viel im Rat", fuhr Telesikles fort. „Ich würde mich dafür einsetzen, dass die Familientradition fortgesetzt wird und du die Führung über die begleitende Söldnertruppe erhältst. Das Gewicht meines Ansehens wird möglicherweise deine geringe militärische Erfahrung aufwiegen."

Ich erbat mir etwas Bedenkzeit, war aber dem Gedanken nicht abgeneigt – musste ich meine fernere Zukunft doch ohnehin im Beruf eines Söldners sehen. Wir entschieden, in den kommenden Tagen und Wochen erneut über das Thema zu sprechen.

Bei diesem Gespräch berichtete Telesikles auch von der sich anbahnenden Verlobung Eunikes.

„Übrigens zeichnet sich eine Vermählung eurer Schwester mit Perikles, dem Sohn des Theophilos, ab. Längst hat Eunike das heiratsfähige Alter erreicht, und Perikles' Familie gehört zum alten Adel unserer Insel. Ich habe schon eine ganze Weile nach einem geeigneten Bräutigam Ausschau gehalten; einen besseren kann sie nicht finden. Ich habe sogar – soweit sich das beurteilen lässt – den Eindruck, er gefällt ihr."

Ich hatte diese Entwicklung geahnt. Zu oft war Perikles, der Sohn eines reichen Gutsbesitzers, in den letzten Wochen zu Besuch bei uns gewesen. Ich mochte ihn gerne – trotz seiner Abstammung gab er sich stets bescheiden. Er war im Alter von dreißig Jahren Kommandant eines unserer Kriegsschiffe geworden und hatte etliche erfolgreiche Missionen durchgeführt, so etwa gegen die immer wieder Paros heimsuchenden Naxier. Ich hatte früher schon einmal daran gedacht, wenn ich denn schon den Beruf des Söldners ergreifen müsste, zu versuchen, in seiner Einheit Aufnahme zu finden. Wir hatten darüber sogar schon einmal ein kurzes Gespräch geführt.

Auch gefiel mir, dass er sich mehrfach schon öffentlich gegen den eitlen Leophilos und seine Unterstützer gewandt hatte. Dies brachte ihn zwar in einen gewissen Konflikt mit meinem Vater, aber daran würde Telesikles die Hochzeit mit dem Sohn aus einer der besten Familien von Paros kaum scheitern lassen.

Perikles würde in einigen Tagen erneut auslaufen; noch vor seiner Abreise sollten die Vereinbarungen mit ihm und seinem Vater Theophilos über die Höhe der Mitgift getroffen werden. Es war üblich, Töchtern ein Zehntel des Besitzes in die Ehe mitzugeben.

Ich freute mich für Eunike. Sie konnte Perikles wahrscheinlich kaum kennen, zu abgeschirmt vom Umgang mit Männern war sie aufgewachsen. Ich teilte die Meinung meines Vaters, dass sie es kaum hätte besser treffen können.

Ich fragte mich, ob und wann ich einmal heiraten würde – der Gedanke lag mir noch fern. Auch war ich mit meinen siebenundzwanzig Jahren etwas zu jung für eine solche Verantwortung. Dabei fühlte ich mich durchaus sehr stark zu Frauen hingezogen und war bei den Hetären von Paros so oft zu Gast, wie ich es mir leisten konnte. Aber das war eine andere Sache.

3

Während ich noch diesen Gedanken nachhing, beschloss ich, am Abend wieder eine Hetäre aufzusuchen. Ein starker Geschlechtstrieb hatte mich immer schon bestimmt, seit eine bereits reifere Sklavin vom Anwesen meines Vaters mich an einem Nachmittag in ihr Gemach geführt hatte.

Ob sie im Auftrag von Telesikles handelte, als sie mich in die Freuden der körperlichen Liebe einwies, habe ich später nicht erfahren. Die Sehnsucht nach dem Erreichen des Höhepunkts fleischlicher Lust war mir seither ein allgegenwärtiger Gedanke.

ἀλλά μ᾽ λυσιμελής, ὦ ᾽ταῖρε, δάμναται πόθος.

118D

mich beherrscht, o Gefährte, der Trieb nach der Erlösung

der Glieder.

So ging ich nach einem leichten Abendessen hinunter zum Hafen, wo sich – wie auch auf den meisten anderen Inseln – das Viertel der Hetären befand. Die noch in den engen Gassen stehende Hitze beflügelte, wie meist, meine Lust. Mir war an diesem Tag nicht danach, einer von mir bereits besuchten Liebesdienerin beizuwohnen, vielmehr wollte ich eine neue Gefährtin ausprobieren. Deswegen vermied ich die mir von früher bekannten Wege und bog in eine noch unerforschte kleine Straße ab, wo vor einer bescheidenen Hütte eine Kerze brannte – ein allgemein bekanntes Zeichen, dass hier der Freier jetzt willkommen war.

Ich schob den Vorhang in der Tür langsam beiseite und betrat einen karg möblierten Raum. Ein junges, fremdländisch wirkendes Mädchen blickte mir ein wenig erschrocken entgegen und stand auf. Ich war überrascht, sie alleine anzutreffen; üblicherweise wachte ein Aufseher über die Hetäre. Die Nähsachen, an denen sie gearbeitet hatte, legte sie vorsichtig auf den Tisch.

„Wie heißt du?", fragte ich sie.

„Kynthia", antwortete sie, ohne mich anzusehen.

„Willst du die nächste Stunde mit mir verbringen?"

Sie nickte kurz. Kynthia gefiel mir; sie war jung und

hatte offensichtlich noch nicht geboren. Ich hasste die alten Vetteln mit breiten Becken, die meinten, ihre runzlige Haut noch zum Verkauf anbieten zu können. Ihre Augen waren groß, dunkel und rund. Ihr zarter Leib zeichnete sich unter dem einfachen Gewand deutlich ab und ließ meine Erregung, meine Vorfreude auf die Vereinigung mit diesem Geschöpf steigen. Sie ging kurz vor das Haus, um die Kerze zu löschen.

Ich gab ihr eine großzügige Summe, schon jetzt mehr, als ich eigentlich für diesen Besuch vorgesehen hatte, und wir begaben uns in das nebenan gelegene Zimmer. Dort wandte sie sich mir zu und fasste mich an den Armen. Ich streifte die Ärmel ihrer leichten Tunika nach unten. Da sie mich jedoch noch immer an den Oberarmen hielt, rutschte das Gewand nur ein wenig herunter. Nun hatte ich indessen Feuer gefangen, machte mich los aus ihrem Griff und zog etwas heftiger an ihrem Kleid, sodass ihre mädchenhaft kleine Brust, die im Halblicht leicht schimmerte, sichtbar wurde. Ich drängte sie hinüber zu der Liegestatt, die in der Ecke des Raums stand, und legte sie sanft auf die mit Stroh gefüllte Matratze. Als ich sie vollends entkleiden wollte, hob sie willig den Unterleib, danach die schlanken Beine, sodass ich den Rest des Gewandes von ihrem Körper abstreifen konnte.

Nachdem ich den Anblick kurz genossen hatte, begann ich, ihren Körper zunächst mit den Händen zu streicheln, dann über und über mit Küssen zu bedecken. Meiner Kleider hatte ich mich inzwischen entledigt. Sie ließ mich in allem gewähren, ohne ihrerseits in das Geschehen einzugreifen. Erst nachdem ich in eindeutigem Verlangen zwischen ihre Schenkel gefasst hatte, griff sie nach mir und zog mich an sich. Als ich in sie eindrang, stöhnte sie leise auf.

καὶ πεσεῖν δρήστην ἐπ᾽ ἀσκὸν κἀπὶ γαστρὶ γαστέρα

προσβαλεῖν μηρούς τε μηροῖς

und sich heftig voller Lust an ihren Körper zu werfen, an

Leib den Leib

und an Schenkel die Schenkel zu reiben.

Allzu kurze Zeit später erreichte ich den Höhepunkt; gerne hätte ich das Zusammensein mit Kynthia noch länger genossen. Erschöpft griff sie, nachdem wir uns voneinander gelöst hatten, nach einem kleinen Skyphos, welcher am Kopfende der Liege stand. Sie reichte mir das Gefäß; es war Wein, dem reichlich Wasser beigemischt war. Durstig nahm ich einige Schlucke davon, bevor wir eine Weile wortlos nebeneinander lagen.

Schließlich erfasste sie mit der linken Hand ihr Gewand, bedeckte sich damit und deutete mit wenigen Worten an, es sei allmählich an der Zeit für mich zu gehen. Sie forderte mich nicht direkt auf, die Hütte zu verlassen, doch war ich ein klein wenig verletzt. Wie hatte ich mehr erwarten können, fragte ich mich.

Ein letztes Mal blickte ich Kynthia an. Sie gefiel mir wirklich; ich ließ noch einige weitere Bronzestücke bei ihr zurück. Mein nächster Besuch bei einer Hetäre, der dann wohl wieder ihr gelten würde, rückte damit in noch weitere Ferne. Sie ging hinter mir aus der Tür und zündete das Licht am Eingang wieder an.

Die Hütte verlassend, wandte ich mich dem Hafen zu, um in einer Schenke noch etwas Wein – diesmal weniger verdünnt als den eben genossenen – zu mir zu nehmen. Während ich dort auf den Wirt wartete, fragte ich mich einmal mehr, warum die käufliche Liebe in so schlechtem Ansehen stand. Hetären waren für mich Lohn-arbeiterinnen; sie arbeiteten für ihr Geld wie viele andere Menschen auch. Die Wirklichkeit vieler Ehen schien mir übrigens nicht sehr unterschiedlich – die Männer ver-sorgten die Frauen mit dem, was diese für das Leben benötigten, und dafür erwarteten sie eine Gegenleistung. Was war also verwerflich an Kynthias Beruf?

Ich verglich Hetären eher mit Handwerkern wie Zimmerleuten. Sie arbeiteten, und dafür bekamen sie eine materielle Gegenleistung. Warum ließ man ihnen dann nicht dieselbe Achtung zukommen wie den Zimmerleuten?

Und sie standen allen jederzeit mit ihren Trauben und Feigen zur Verfügung, erfüllten damit eine Aufgabe in unserer Polis, waren da für jedermann.

συκῆ πετραίη πολλὰς βόσκουσα κορώνας,

εὐήθης ξείνων δέκτρια Πασιφίλη.

15D

Feigenbaum auf steinigem Grund, du nährtest viele

Krähen;

du nahmst Fremde auf – recht so, Geliebte von Allen!

Nach einem weiteren Skyphos nahezu ungemischten Weins war es spät geworden, und ich beschloss, nach Hause zu gehen. Als ich auf dem Weg zurück erneut an Kynthias Hütte vorbeikam, war das Licht wieder erloschen. Ein kleiner, aber spürbarer Stich durchzuckte mein Herz.

4

Einige Wochen später war Perikles von seiner Fahrt zurückgekehrt. Er hatte mit seinem Schiff im Auftrag des Rats von Paros eine Getreidelieferung für die Insel begleitet – auf anderen Inseln war die Ernte besser gewesen als bei uns. Als er mit seinem Schiff im Hafen einlief, ging ich mit Eunike zum Hafen hinunter, um meinen zukünftigen Schwager zu begrüßen.

19

Die Verhandlungen über die Mitgift Eunikes waren rasch erfolgreich verlaufen. Wenige Tage nach Telesikles' Ankündigung der anstehenden Verlobung meiner Schwester kamen Perikles und Theophilos auf unser Anwesen. In ihrem Gefolge war Lykambes, ein Ratsherr und gemeinsamer Freund der Eltern des Brautpaares. Auch Lykambes gehörte zu den Adligen der Insel und besaß ein großes Anwesen außerhalb der Stadt.

Aufgeregt mit einer Magd tuschelnd, war Eunike, die in der Küche geholfen hatte, rasch mit errötetem Gesicht in einem der hinteren Zimmer verschwunden. Lykambes hatte die Aufgabe, auf der Seite von Theophilos den mündlichen Vertrag über die geplante Eheschließung zu bezeugen; auf unserer Seite kam Kylon diese Rolle zu.

Da von diesem Tag an die Hochzeit der beiden vertraglich geregelt war, durfte Eunike mit mir das Haus verlassen, um ihren Bräutigam zu begrüßen. Während Perikles' Abwesenheit hatten Telesikles und Theophilos bereits das Datum für die Vermählung und die zugehörigen Feierlichkeiten festgelegt. Eunike hatte meinen Vater darum gebeten, ihrem zukünftigen Gatten dies persönlich mitteilen zu dürfen. Sie wirkte gelöst und schien der bevorstehenden Veränderung in ihrem Leben voller Vorfreude entgegenzusehen. Wir standen etwas abseits und beobachteten, wie das Schiff festmachte.

Auch Leophilos war zum Hafen gekommen; er stand mit seinen Dienern und Bewunderern nahe der Anlegestelle. Mit stolzgeschwellter Brust beobachtete er die Ankunft des mit Korn beladenen Seglers – schließlich war er es gewesen, der die Unternehmung finanziert hatte. Er spielte die Rolle als Wohltäter der hungernden Bevölkerung; in Wirklichkeit wollte er jedoch sicherlich nur Stimmen für die Wahl zum Archonten gewinnen. Lautstark und gestenreich machte er auf sich aufmerksam – jeder im Hafen sollte wohl erkennen, dass er die treibende Kraft hinter der Getreidelieferung war.

In seinem Gefolge erkannte ich Archenaktides, den Sohn eines reichen Gutsbesitzers im Osten der Insel. Wir waren gleichaltrig; ich kannte ihn von der gemeinsamen Waffenausbildung, die jedem männlichen Jugendlichen der Insel zukam. Wir hatten uns seither kaum gesehen, gleichwohl grüßten wir uns knapp aus der Ferne. Ich hatte nicht gewusst, dass er Leophilos nahestand.

Es dauerte weit länger als erwartet, bis Perikles als Erster von Bord ging. Zunächst sprach er mit den Männern, die am Ufer darauf warteten, das Schiff zu entladen und die Getreidesäcke in die nahe gelegenen Lager bringen zu können. Wir bewegten uns gerade in seine Richtung, als ich Lykambes in der Nähe wahrnahm. Er wurde von einem jungen Mädchen begleitet, dessen Gesicht verschleiert war. Die Anmut ihrer Bewegungen ließ mich schlagartig aufmerksam werden. Für einen Moment schien mir, als habe sie zu mir herübergesehen. Die beiden gingen, ohne dass Lykambes unsere Anwesenheit bemerkte, in Richtung des Marktes auf der anderen Seite des Hafens.

Perikles dagegen hatte uns mittlerweile gesehen und kam auf uns zu. Herzlich begrüßte er Eunike, die ihn freudig ansah, mit einer Umarmung.

„Wie war deine Reise? Was hast du erlebt? Du musst mir alles erzählen!"

Fast überfiel sie ihn mit ihrer Wissbegierde über seine Erlebnisse der letzten Tage. Ich nutzte die Gelegenheit, als Perikles durch ihren sprudelnden Wortschwall abgelenkt war, und blickte aus den Augenwinkeln hinüber zum Markt, wo Lykambes gerade hinter einem Obststand verschwand. Die geheimnisvolle Schöne war bereits nicht mehr zu sehen.

Mit Freude nahm Perikles Kenntnis vom feststehenden Datum seiner Hochzeit mit Eunike. Er lud uns ein, mit ihm zum Haus seiner Eltern zu gehen, um dort mit diesen zu speisen. Nachdem er nochmals auf dem von ihm befehligten Schiff nach dem Rechten gesehen hatte und dort alles nach seinen Wünschen geregelt war, verließen wir den Hafen, um Perikles' Eltern aufzusuchen.

Als wir am späten Nachmittag wieder auf dem Hof des Telesikles ankamen, musste ich immer noch an die Begegnung im Hafen denken. Ob das Mädchen Lykambes' Tochter oder seine Geliebte war?

5

Die Vorbereitungen des bevorstehenden Fests prägten in den folgenden Wochen das Leben auf unserem Anwesen. Die Aufsicht darüber war Kylon und mir übertragen worden. Wie üblich waren drei Tage für die Feierlichkeiten angesetzt. Telesikles ließ Amphoren des besten Weins von Naxos kommen, die Speisekammern wurden mit den Zutaten für die Festmähler gefüllt. Einige Tage vor dem Beginn der Hochzeit ließen wir das Haus mit Myrtenzweigen und Lorbeerkränzen schmücken.

Der erste Tag diente der Verabschiedung Eunikes aus ihrem alten Familienkreis. Zum Zeichen ihrer Loslösung von ihrer Kindheit trennte sie sich von ihren Spielsachen und anderen Erinnerungsstücken aus der Jugend, um diese der Artemis zu weihen. Anschließend zog sie sich mit einigen Dienerinnen – wie es Tradition war – zu einem reinigenden Bad zurück, wofür eigens frisches Quellwasser in speziellen Gefäßen herangeschafft wurde. Nach einigen weiteren rituellen Handlungen gab es ein erstes Bankett, an dem nur Familienmitglieder und wenige nahestehende Freunde teilnahmen. Telesikles hatte mehrfach Tränen in den Augen; wahrscheinlich dachte er in diesen Momenten an Pherenike. Die Ähnlichkeit Eunikes mit ihrer Mutter war sehr groß.

Die eigentliche Vermählung fand am zweiten Tag der

Feierlichkeiten statt, erst jetzt sahen sich die Brautleute. Da das Haus des Theophilos größer als das meines Vaters war, hatte man vereinbart, das Fest dort abzuhalten. Die Kosten würden allerdings – wie üblich – zwischen den Eltern des Paares aufgeteilt. Im Vorfeld hatte man sich geeinigt, wer den Wein bringen würde, wer für die Speisen zuständig war und wer sich um die Musiker kümmern würde. So brachen wir am Morgen ungefähr zu zehnt mit zwei beladenen Wagen auf. Ein weiterer Wagen stand der verschleierten Braut und ihrem Vater zur Verfügung.

Als unser Zug sein Ziel erreichte, wartete der Bräutigam mit seinen Eltern bereits auf dem Platz vor deren Haus. Perikles hatte bis zu diesem Tag dort gewohnt, zum Anlass seiner Hochzeit hatten seine Eltern ihm ein Haus in der Nähe der Agora gekauft. Am Ende des Tages würde der Prozessionszug der Hochzeitsgäste sie dorthin begleiten. Schon während der Begrüßung trafen nach und nach Gäste ein.

Die Feierlichkeiten begannen mit der Anrufung der Schutzgötter, anschließend wurden den Ehegöttern die vorgesehenen Opfergaben dargebracht. Währenddessen wurden erste Speisen und Getränke gereicht, die Musiker stimmten einen Hymnos auf die Ehe an.

Ich hatte natürlich daran gedacht, zu diesem Fest selbst einen Hymnos oder ein Brautlied zu verfassen, war dann aber zu verschämt, um diesen Plan in die Tat umzusetzen. Ich wollte in diesem Kreis nicht auffällig werden, schließlich war ich nur ein Bastard. Auch wusste noch keiner davon, dass ich begonnen hatte, Verse zu schreiben. Umso leidenschaftlicher und lauter sang ich in den Refrains der Chorlieder mit.

Anschließend überbrachten die Gäste dem Paar ihre Glückwünsche. Ich stellte mich auf die Zehenspitzen, als ich Lykambes vortreten sah. Ich hatte ihn vorher nicht wahrgenommen, obwohl ich mich eigens nach ihm umgesehen hatte – er war wohl erst spät eingetroffen. Die

Frage, ob die Verschleierte vom Hafen seine Tochter oder seine Geliebte war, würde sich hier klären – mit einer Geliebten würde er nicht bei der Hochzeitsfeier eines Freundes erscheinen.

Lykambes war sogar von vier Frauen in festlichen Gewändern umgeben. Die älteste von ihnen musste seine Ehefrau sein, bei den übrigen handelte es sich offenbar um seine Töchter. Die Unbekannte war darunter. Am Hafen war ihr Gesicht hinter einem Schleier verborgen gewesen, doch ich erkannte sie an der Art, wie sie sich bewegte, dennoch sofort wieder. Da ich jetzt ihr Gesicht erstmals erblicken konnte, bemerkte ich, dass ihre Schönheit meine Erwartungen noch übertraf. Nacheinander traten sie vor und beglückwünschten Eunike und Perikles. Ich konnte meine Augen kaum von der Anmut des Mädchens abwenden.

Den Rest des Tages, der eigentlich meiner Schwester zugeeignet war, verbrachte ich mit der ständigen Suche nach einer Gelegenheit, die Tochter des Lykambes ansehen zu können, ohne dass es jemand bemerkte. Ich war dabei bemüht, so gleichmütig wie nur möglich zu wirken – allerdings nahm ich mindestens einmal wahr, dass Telesikles mir mit gerunzelter Stirn einen Blick zuwarf.

Beim Festmahl saßen, wie üblich, Männer und Frauen getrennt. Während ich mich noch fragte, wie es mir gelingen könnte, ihren Namen zu erfahren, kam mir der Zufall zu Hilfe. Mein Vater unterhielt sich mit Theophilos, der neben ihm saß, über die Familie des Lykambes. Dabei sah er mit einem Blick, der erkennbar dem anmutigen Mädchen galt, hinüber zu den Frauen. Er sprach von Neobule, der jüngsten Tochter – sie sei nun auch in heiratsfähigem Alter, müsse aber wohl abwarten, bis ihre beiden älteren Schwestern verheiratet waren.

οἵην Λυκάμβεω παῖδα τὴν ὑπερτέρην

24D

sie allein, die jüngste Tochter des Lykambes

Neobule also. Später erfuhr ich auch die Namen der beiden älteren Schwestern, Hermione und Ismene.

Nach dem Festmahl gab es Wein und Tanz. Neobule blieb fast die ganze Zeit an ihrem Platz am Tisch der Frauen. Die Musiker kamen mit Aulos und Leier in Fahrt – der Wein, dem auch sie gerne zusprachen, tat sein Übriges. Ich tanzte ausgelassen mit den anderen und versuchte auf diese Weise, meine Anspannung zu mindern.

Immer wieder blickte ich, von der Macht ihrer Schönheit gezwungen, hinüber zu Neobule – die mich in keiner Weise wahrzunehmen schien. Ich wünschte, ich könnte mit ihr einige Worte wechseln oder sie gar mit der Hand zart berühren.

εἰ γὰρ ὣς ἐμοὶ γένοιτο χειρὶ Νεοβούλης θιγεῖν

71D

wäre es mir doch vergönnt, mit der Hand Neobule zu

berühren!

Am Ende des ausgelassenen Festes formierte sich der traditionelle Prozessionszug, der mit Musik und Gesang das frisch verheiratete Paar zu seinem neuen gemeinsamen Haus begleitete. Die Eltern des Brautpaars schritten voran, die engsten Verwandten mit dem Paar folgten ihnen. Mit einigem Abstand kam die Schar der Freunde und deren Familien, unter ihnen noch immer Lykambes mit seinen Töchtern.

Am Haus des Bräutigams angekommen, hob Perikles den Schleier Eunikes an, sodass alle ihr mit einem Kranz geschmücktes Antlitz sehen konnten, und führte sie als seine Frau in ihren neuen Hausstand ein. Die Gäste warfen Blumen auf das Paar, es wurden Nüsse und Honig gereicht.

25

Lykambes verabschiedete sich als einer der Ersten. Einerseits bedauerte ich, seine jüngste Tochter nicht länger ansehen zu können, andererseits war ich froh, dass endlich Ruhe über mich kommen konnte. Einige Zeit später verließen auch Telesikles, Kylon und ich mit unserem Gefolge das Haus nahe der Agora und kehrten zum eigenen Anwesen zurück.

Am nächsten Morgen standen Kylon und ich sehr früh auf. Zu zweit begaben wir uns erneut zum Haus des Perikles, wo sich schon einige andere Verwandte und enge Freunde eingefunden hatten. Auch die Musiker vom Vortag waren wieder erschienen, und wir sangen gemeinsam vor dem Fenster des Schlafzimmers anregende Lieder, mit deren Texten wir das Brautpaar ermunterten, rasch viele Kinder zu zeugen. Auch deutliche Hinweise in Versform, wie sie dies tun sollten, waren darunter.

Nach einiger Zeit erschien Eunike unverschleiert an der Türe und begrüßte uns mit Hochzeitsgebäck und Getränken. Sie war nun der weibliche Vorstand des Haushalts und begann, ihre neue Rolle zu erfüllen. Im Lauf des Vormittags trafen noch weitere Gäste ein, die ihre Geschenke brachten. Auch Telesikles kam mit einem Wagen, auf dem sich Möbel, Töpfe und andere Hausratsgegenstände befanden. Die Mitgift war, wie ich erfahren hatte, schon in den Tagen zuvor abgeliefert worden. Darüber hinaus hatte mein Vater Eunike reich mit Schmuck beschenkt, der teilweise noch von Pherenike stammte.

Zwar war ich für den Verlauf der Ehe meiner Schwester mit Perikles hoffnungsvoll, aber niemand konnte wissen, was geschehen würde. Tyche und Moira, die Göttinnen des Glücks und des Schicksals, hatten jedermanns Geschick in der Hand.

Πάντα Τύχη καὶ Μοῖρα, Περίκλεες, ἀνδρὶ δίδωσιν

8D

26

Perikles, alles geben Tyche und Moira dem Menschen.

Auch Lykambes erschien an diesem dritten Tag der Hochzeitsfeierlichkeiten und übergab seine Geschenke an Eunike und Perikles. Er kam alleine.

6

Zunehmend gewann der Gedanke an Bedeutung, dass ich irgendwann mit meinen Versen an die Öffentlichkeit gehen und mich zu ihnen bekennen müsste – vielleicht könnte ich sogar Ruhm durch sie erlangen. Die Dichtkunst hatte in unserem Volk immer eine große Rolle gespielt. Die Epen Homers hatte ich oft gehört und gelesen – zwar erkannte ich ihre Größe an, meinte aber, dass es an der Zeit sei, neue Formen und Inhalte zu finden. Vor allem das übertriebene Pathos, mit dem die Helden zum Kampf antraten, stieß mich mehr und mehr ab. Ich wollte eher die Gefühlswelt des Einzelnen, die eigene Antwort auf persönlich Erlebtes in den Mittelpunkt meiner Dichtung setzen. Das Moralisieren der alten Epen, das heldenmütige, aber sinnlose Sterben für irgendeine Sache war mir zuwider. Irgendeiner, warum nicht ich, müsste der Dichtkunst einen neuen Anstoß geben – und das nicht nur im Hinblick auf die verwendeten Versmaße.

Eine gewisse Bekanntheit konnte man durch das Dichten zudem auch finden: Den Liedern und Versen, die meine Zeitgenossen schufen – mögen sie in meinen Augen noch so belanglos gewesen sein –, wurde immer Beachtung zuteil. Sie wurden gelesen und im Kreis der Freunde und Verwandten besprochen.

κηλεῖται δ᾽ ὅτις ἐστὶν ἀοιδαῖς.

106D

jedermann wird von Gesängen in Bann gezogen.

27

Die Erkenntnis, dass ich mich nicht getraut hatte, zu Eunikes Hochzeit einen eigenen Hymnos zu verfassen und vorzutragen, nahm ich zum Anlass, dieses Versteckspiel um mein Dasein als Dichter zu beenden. Die Kunst der Musen war mir zu wichtig geworden.

Wie der Zufall es wollte, gab es in den folgenden Wochen sogar mehrfach die Gelegenheit dazu. Als mein Großvater Tellis Siedler von Paros auf die Insel Thasos geführt hatte, war seine Gemahlin Kleoboia mit ihm gekommen. Von ihr wurde berichtet, sie habe immer eine starke Neigung zu religiösen Handlungen gehabt, und ihr wurde zugeschrieben, bei ihrer Rückkehr den Demeterkult auf unsere Insel gebracht zu haben. Als Gott der Musen stand mir Apollo am nächsten, aber durch den Bezug zu meiner Großmutter war ich auch dem Demeterkult verbunden.

Δήμητρος ἀγνῆς καὶ Κόρης τὴν πανήγυριν σέβων

119D

die Feier der heiligen Demeter und Kore halte ich hoch in

Ehren.

Im Herbst jeden Jahres, zur Zeit der Winteraussaat, fand das wichtigste Fest für die Göttin der Fruchtbarkeit und ihre Tochter Kore – manche nennen sie auch Persephone – statt. Das Ritual bezog sich sowohl auf die Fruchtbarkeit der Böden als auch auf die der Frauen: Gebäck in Form von Schlangen, manchmal auch von männlichen Geschlechtsteilen, wurde gebacken und in Gefäßen gesammelt. Kultdienerinnen nahmen das Backwerk heraus, zerbröselten es und mischten es unter das Saatgut. Dabei wurden religiöse Lieder und Hymnen gesungen.

Auch wenn gelegentlich männliche Priester, gerade auf Paros, eine Rolle spielten, handelte es sich in der Hauptsache um einen Frauenkult – dessen Kosten die

28

Männer der Insel zu tragen hatten. Jedes Jahr schrieb der Rat der Stadt einen Wettbewerb um das Lied zu Ehren der Demeter und Kore aus, und ich beschloss, mich diesem Wettbewerb zu stellen.

Eine weitere Möglichkeit, mit meinen Gedichten in die Öffentlichkeit zu treten, bot sich anlässlich der demnächst anstehenden Spiele des olympischen Zeus. Der Reigen der Disziplinen war von jeder Olympiade zur nächsten gewachsen. Neben dem ursprünglichen Stadionlauf gab es nun auch Wettbewerbe im Faust- und Ringkampf. Die Dichtkunst und die Musik waren zwar nicht Teil des Wettkampfprogramms, es wurden aber immer Lieder für die Ehrung der Sieger und die anschließenden Feierlichkeiten gesucht.

Ein solcher Hymnos, den ich Herakles widmete, ging mir leicht von der Hand. Ich wählte ein schlichtes Versmaß und einen dreistrophigen Aufbau. Abwechselnd trugen Chorführer und Chor ihre Verse vor.

Τήνελλα

ὦ καλλίνικε χαῖρ᾽ ἄναξ Ἡράκλεες,

τήνελλα

καλλίνικε αὐτός τε καὶ Ἰόλαος, αἰχμητὰ δύο.

Τήνελλα

ὦ καλλίνικε χαῖρ᾽ ἄναξ Ἡράκλεες.

120D

Tenella!

Siegreicher Herrscher, sei uns gegrüßt, Herakles!

Tenella!

Siegreicher, du selbst und auch Iolaos – ihr beiden

Lanzenschwinger!

Tenella!

Siegreicher Herrscher, sei uns gegrüßt, Herakles!

Mehr Schwierigkeiten machte mir das Verfassen des Demeterhymnos. Hier nutzte ich ein weit komplizierteres Gefüge abwechselnder Versmaße. Ich nahm mir Zeit für diese ersten Verse, die an die Öffentlichkeit kommen sollten. Erst als ich mit allen Einzelheiten zufrieden war, betrachtete ich die Arbeit als beendet.

Natürlich dachte ich daran, Gedichte an oder über Neobule zu verfassen. Das eine oder andere begann ich auch zu schreiben, mit diesen Versen würde ich allerdings auf absehbare Zeit nicht an die Öffentlichkeit gehen. Es wusste ja auch keiner von meiner Zuneigung zu der Tochter des Lykambes. Wir hatten zwar noch kein einziges Wort gewechselt, sie ging mir aber nicht mehr aus dem Sinn.

7

Eine gewisse Unruhe überkam mich daher, als mich Telesikles eines Tages fragte, ob ich bereit sei, zu einem Treffen bei Lykambes mitzukommen. Man wolle in einem kleineren Kreis von adligen Landbesitzern über anstehende politische Fragen, darunter die möglicherweise erfolgende Expedition nach Thasos, sprechen. In diesem Gespräch, das einer offiziellen Debatte im Rat vorausgehen sollte, würde vielleicht diesbezüglich eine Vorentscheidung fallen. Darüber hinaus ging es womöglich auch um die Frage, wer diese Unternehmung leiten sollte.

In den letzten Wochen hatte mein Vater mehrfach nachgefragt, ob ich bereit wäre, diese Führungsaufgabe zu übernehmen. Je länger ich darüber nachdachte, desto größer wurde meine Bereitschaft, mich dieser Verantwortung zu stellen. Über kurz oder lang stand ohnehin eine

Tätigkeit als Söldner für mich an – warum sollte ich nicht versuchen, mich auf militärischem Gebiet zu bewähren? Vielleicht erhielt ich später dadurch eine höhere Stellung in unserem Heer oder bei meinem nächsten Arbeitgeber.

Telesikles war über meine Entscheidung sichtlich erfreut. Er dachte sich wohl in diesem Moment an seine jüngeren Jahre zurück, als er selbst erfolgreich nach Thasos gezogen war.

So begaben wir uns am Vormittag eines winterlich kühlen Tages mit einem Wagen zum Landgut des Lykambes, das sich östlich von Paros am Meer befand. Ich genoss trotz des frischen Wetters die Fahrt entlang der Küste und den Ausblick auf das benachbarte Naxos. Durch die Wolken blickte ich auf die höchste Erhebung der Insel, den nach Zeus benannten Berg.

Gegen Mittag erreichten wir das Anwesen, dessen Größe mich beeindruckte. Durch ein breites Tor gelangten wir auf einen zentralen Platz, wo wir unseren Wagen verließen. Im Hauptgebäude war man schon auf uns aufmerksam geworden, und eine Reihe von Bediensteten kam uns entgegen. Sie geleiteten uns in das Hauptgebäude der Anlage, in der sich die Wohnung von Lykambes befinden musste. Im Empfangsraum, dessen Decke von acht Säulen getragen wurde, empfing uns der Hausherr.

Es waren noch zwei andere Männer des Rats von Paros zugegen, Neilos und Leptines, die uns freundlich begrüßten. Kurze Zeit später erschien auch Leophilos, wie immer mit größerem Gefolge. Von Telesikles wusste ich, dass er die Wahl zum Archonten, die in einigen Wochen bevorstand, wohl gewinnen würde.

In einem kleineren, kostbar ausgestatteten Nebenraum nahmen wir auf den bereitstehenden Liegen Platz. Neilos erhob als Erster das Wort und fasste die Situation auf der Insel zusammen. Zwar hatte die Anzahl der Aufstände gegen die adligen Grundbesitzer mit den damit verbundenen Verbrechen in den letzten Wochen etwas nachgelassen, dennoch war deren Ursache – die schlechte Versorgungslage von Paros – nach wie vor vorhanden. Einzelne Getreidelieferungen von anderen Inseln, wie ich sie vor einigen Wochen mit Eunike beobachtet hatte, hatten die Lage nur unwesentlich verbessern können.

Es zeigte sich rasch, dass nicht alle Teilnehmer der Runde einhellig der Meinung waren, dass eine weitere Kolonisierung von Thasos die Probleme unserer Insel lösen würde.

„Paros ist zu klein, wir können nicht mehr alle Einwohner ernähren", meinte Telesikles. „Wir müssen die Bevölkerungszahl verringern."

Lykambes und Neilos pflichteten ihm bei.

„Nein, ich sehe das völlig anders", entgegnete Leophilos. „Der Verlust unserer fähigsten und stärksten jungen Männer wird die Insel nur schwächen. Mit weiterem Erwerb der Ernte anderer Inseln werden wir die Situation stabilisieren können. Ich bin gerne bereit, nochmals Ankäufe zu tätigen. Die Kosten für Schiffe und Söldner wären im Fall einer neuen Kolonisierung höher als die Aufwendungen für frisches Getreide."

Leptines blickte, offensichtlich noch unentschlossen, von einem zum anderen. Neilos, der ebenfalls seine Kandidatur für das Amt des Archonten angekündigt hatte, widersprach der Meinung, die Leophilos vorgetragen hatte, mit Entschiedenheit.

„In meinen Augen ist die Erweiterung des parischen Siedlungsgebiets auf Thasos unumgänglich. Dort brauchen sie mehr Leute, um die Thraker abwehren zu können – und hier sind wir zu viele. Im Übrigen könnte der Druck zwischen den Adligen und der einfachen Landbevölkerung abgemildert werden, wenn wir endlich eine Bodenreform vornehmen würden. Der Landbesitz muss neu verteilt werden."

„Du meinst, wir sollten auf einen Teil der Ländereien, die wir von unseren Vätern geerbt haben, verzichten?", fuhr Leophilos heftig auf.

„Wenn wir dadurch wieder Frieden auf der Insel herbeiführen können ...", entgegnete Neilos.

So wurden eine ganze Weile die Argumente ausgetauscht, ohne dass eine Einigung auch nur annähernd in Sicht kam. Eher zufällig wandte sich die Runde plötzlich der Frage zu, wer denn den Zug der Kolonisten anführen sollte. Telesikles schlug vor, dass ich diese Aufgabe übernehmen sollte. Ich musste mit Widerstand rechnen, zu vieles sprach gegen mich. Es war nicht nur der Makel meiner nicht legitimen Abstammung, auch hatte ich kaum militärische Erfahrung oder war sonst in irgendeiner Rolle führend hervorgetreten. So war ich mehr als überrascht, dass die anderen Teilnehmer der Gesprächsrunde in dieser Frage eher gleichgültig blieben. Telesikles führte weiter aus und rief seine eigene Führung bei der letzten Kolonisation in Erinnerung, auch Tellis' Leistung eine Generation zuvor wurde zu meinen Gunsten beschworen. Zwar waren die Fähigkeiten meines Vaters und Großvaters wahrlich keine Argumente für mich, da aber keiner der Anwesenden die Energie aufbringen wollte, über die Führung eines noch gar nicht beschlossenen Unternehmens zu debattieren, blieb doch letztlich mein Name als der mögliche Leiter der Expedition nach Thasos im Raum stehen.

Telesikles blickte mich mit zufriedenem Ausdruck kurz an und lenkte dann das Gespräch, bevor jemand auf die Idee kommen konnte, in der bewussten Frage nochmals einzuhaken, geschickt in eine andere Richtung. So konnte ich überrascht zur Kenntnis nehmen, dass ich, wenn die erneute Kolonisation denn tatsächlich stattfinden würde, möglicherweise der Führer der Siedler und Söldner sein würde. Ich hatte nicht einmal das Wort ergreifen müssen.

„Genug einstweilen mit der Diskussion – ihr müsst

alle mittlerweile hungrig geworden sein", sagte wenig später der Gastgeber der Runde. „Lasst uns hinüber ins Speisezimmer gehen. Wir können ja später weiterreden."

Lykambes führte die Versammelten in das nebenan gelegene Gemach. Auch dieses war mit prunkvollen Möbeln ausgestattet. Die Wände waren von einem Maler gestaltet worden, der ein Meister seines Fachs gewesen sein musste. Die Speisen waren, wie der dazu gereichte Wein, von erlesener Güte.

Nach dem Mahl beschlossen die Ratsmitglieder, ihr Gespräch über anstehende Entscheidungen fortzusetzen, und erhoben sich. Telesikles nahm mich beiseite und meinte, meine Anwesenheit sei jetzt nicht mehr notwendig. Vielleicht wollte er auch nur vermeiden, dass meine Gegenwart einen der Anwesenden dazu verleiten könnte, die Führungsfrage nochmals anzusprechen.

So blieb ich noch eine Weile sitzen und genoss den herrlichen Wein, der uns aufgetischt worden war. Die Stimmen aus dem Nebenraum wurden lauter, man schien sich in mehr als der bewussten Angelegenheit nicht einig zu sein. Warmes Sonnenlicht, das mittlerweile die morgendliche Kühle abgelöst hatte, strahlte durch eines der Fenster in den Raum, sodass ich beschloss, mich ein wenig umzusehen und in den Garten zu gehen, den ich hinter einem seitlichen Ausgang vermutete. Zwar hätte ich wohl den Hausherrn um Erlaubnis bitten müssen, doch ich wollte das neu eröffnete, offensichtlich recht lebhafte Gespräch nicht stören. Auch ein Leibeigener, der noch immer im Speisezimmer weilte, hielt mich nicht ab, als ich durch die Tür hinaus in den milden Sonnenschein trat.

8

Wie erwartet, begann an dieser Seite des Hauptgebäudes der Garten, in dem sich vornehmlich Gemüsebeete und

Obstbäume befanden. Ziellos schlenderte ich über einen gepflegten Weg und genoss den milden Sonnenschein. Ich dachte noch an die möglicherweise bevorstehende Aufgabe auf Thasos, als eine plötzliche Bewegung zu meiner Rechten mich aus meinen Gedanken aufschreckte. Ich hob meinen Blick und sah sie – Neobule, nur durch wenige Beete von mir getrennt. Sie trug ein winterliches, fast bis zum Boden reichendes, helles Kleid. Ihr langes dunkles Haar, in das über dem Ohr eine Blume geflochten war, trug sie nicht hochgesteckt, sondern ließ es frei den Rücken hinabgleiten. In der linken Hand spielte sie mit einem kleinen Zweig, den sie von einem Baum gebrochen hatte.

ἔχουσα θαλλόν μυρσίνης ἐτέρπετο

ῥοδῆς τε καλὸν ἄνθος,

ἡ δέ οἱ κόμη

ὤμους κατεσκίαζε καὶ μετάφρενα.

25D

sie hielt einen Myrtenzweig in der Hand, an dem sie sich

erfreute,

ebenso wie an der Blüte der schönen Rose –

und das Haar beschattete ihr die Schultern und den

Rücken.

Während ich noch zu Neobule hinübersah, bemerkte mich das Mädchen und kam auf mich zu. Mein Herz pochte schneller, in jeder Faser meines Körpers spürte ich, wie der Pulsschlag sich beschleunigte. Von der unerwarteten Situation völlig überrascht, wusste ich nicht, wie ich mich verhalten sollte.

Mit rotem Kopf stand ich noch verlegen da, als nach einer endlos scheinenden Zeit Neobule das Wort ergriff und mich ansprach.

„Du musst der älteste Sohn von Telesikles sein – ich habe gehört, dass ihr heute am Vormittag zu uns auf das Landgut kommen würdet. Ich hätte dich aber auch ohne diesen Hinweis erkannt, warst du doch wie ich bei der Hochzeit von Eunike und Perikles."

Ihre Stimme war angenehm, etwas tiefer, als ich es mir – ohne darüber nachzudenken – vorgestellt hatte. Ich war noch immer ohne Worte, musste jetzt aber irgendwann einmal etwas sagen, wollte ich nicht wie ein karischer Esel dastehen. Einen Moment lang überlegte ich, ihr zu verschweigen, dass ich nur der uneheliche Sohn einer thrakischen Sklavin war, entschloss mich dann aber angesichts ihrer herzlichen Offenheit, die Wahrheit zu sagen.

„Ja, ich bin Archilochos, der Sohn von Telesikles. Zwar bin ich tatsächlich der erstgeborene Sohn, allerdings nur ein Bastard. Der legitime Sohn meines Vaters, den du wohl erwartest, ist mein Halbbruder Kylon."

Als hätte ich meine niedrige gesellschaftliche Stellung nicht eben preisgegeben, fuhr sie fort, mit mir in einer Weise zu sprechen, als entstammte ich einer öffentlich anerkannten Beziehung. Meine Herkunft schien sie nicht zu interessieren.

Wir unterhielten uns eine ganze Weile über die Hochzeitsfeier, und es zeigte sich, dass Neobule mich dort mehr als einmal wahrgenommen hatte. Sie hatte mich beim Tanzen und Singen beobachtet und lachte über belanglose, amüsante Begebenheiten des Festes.

„Wie geht es deiner Schwester? Waren die Bemühungen um Nachwuchs bereits erfolgreich?"

Ich erwiderte mit wenigen Worten, dass ich noch nichts gehört hatte. Auch den größten Teil der folgenden Unterhaltung bestritt Neobule – ich stand nur da, wie gelähmt von ihrer Schönheit, und nickte gelegentlich. Schließlich erwähnte sie mit einem leichten Augenaufschlag, der mich fast um den Rest meines entleerten Gehirns gebracht hätte, dass sie mich etliche Wochen vor der Hochzeit schon einmal mit Eunike am Hafen gesehen hatte. Ich tat überrascht, als könnte ich mich an diese Begebenheit nicht erinnern.

„Möchtest du mit mir ein wenig auf dem Weg durch den Garten spazieren?", fragte sie mich nach einiger Zeit. Ich stimmte nur zu gerne zu und ließ ihr den Vortritt. Als sie schweigend vor mir ging, bewunderte ich einmal mehr die graziöse Leichtigkeit ihrer Bewegungen. Einige Male bogen wir von den immer kleiner werdenden Wegen ab, bis wir zu einem rechteckigen Platz gelangten, an dem im Schatten eine Holzbank stand. Das Haus, in dem Lykambes lebte, war von hier aus nicht mehr zu sehen; es war von Bäumen und Büschen verdeckt.

Neobule nahm auf der Bank Platz, ich setzte mich neben sie und rechnete mit der Fortsetzung des geführten, für sie wohl harmlosen Gesprächs. Unerwartet schob sie stattdessen ihre rechte Hand auf meinen Oberschenkel und blickte mich erwartungsvoll an. Ich war völlig überrascht von ihrem erkennbaren körperlichen Begehren. Wer hätte damit gerechnet, dass die behütete Tochter eines Ratsherrn einem fast fremden Mann gegenüber die Erziehung, die sie zweifellos genossen hatte, vergessen würde? Wortlos drehte sie sich mir entgegen. Ich erwiderte ihre Geste, indem ich vorsichtig zunächst eine Hand auf die ihre legte. Mit meiner Rechten begann ich, zart über ihre Wange zu streichen, dann umfasste ich ihre Schulter. Sie schob den Kopf, die Augen senkend, zu mir herüber, und wir küssten uns lange. Wenig später glitten meine Hände über ihren Körper und streichelten ihre Hüften und ihre Brüste, deren Knospen sich unter meinen Fingern aufrichteten. Ihre Hände beantworteten meine Zärtlichkeiten.

So überraschend, wie Neobule sich mir zugewendet

hatte, so überraschend löste sie sich von mir. Plötzlich zog sie sich leicht zurück und entwand sich meinen Armen.

„Ich glaube, wir sollten zurück zum Haus gehen. Mein Vater wird uns gewiss schon vermissen."

Mein Blick blieb sicherlich fragend – ich hörte meine raue Stimme ihr zustimmend sagen, dass es wohl besser sei, jetzt zu den anderen Gästen zurückzukehren. Beim Aufstehen zogen wir beide unsere Gewänder zurecht. Anschließend bückte sie sich nach dem kleinen Myrtenzweig, der während des Kusses auf den Boden gefallen war. Mit einem koketten Lächeln gab sie mir zu verstehen, dass sie mir das Zweiglein zur Erinnerung schenken wollte.

Leichten Schrittes, als wäre nichts geschehen, schwebte sie vor mir über die verschlungenen Wege durch den Garten zu der Stelle, an der wir uns getroffen hatten. Mir kam der Gedanke, dass dieses Treffen vielleicht nicht zufällig gewesen war – hatte sie etwa in der Nähe des Ausgangs vom Speisezimmer auf mich gewartet?

Tatsächlich stand Lykambes bereits vor der Tür und sah uns mit leicht erhobenen Augenbrauen entgegen. Aus den Augenwinkeln konnte ich Telesikles im Speisezimmer stehen sehen; die Besprechung der Ratsmitglieder war offenbar beendet. Mit belanglosem Ausdruck sagte Neobule zu ihrem Vater, sie habe mich zufällig getroffen und mir ein wenig den herrlichen Obstgarten gezeigt. So konnte man es auch nennen, dachte ich mir insgeheim.

Ich ergriff das Wort und entschuldigte mich mit etwas brüchiger Stimme dafür, dass ich ohne die Erlaubnis des Hausherrn das Speisezimmer verlassen hatte, um mir die Beine zu vertreten. Ich hätte nur ein wenig das milde Sonnenlicht genießen wollen und dankte Neobule für ihre Führung, wobei ich mich leicht vor ihr verneigte. Neobule nickte uns beiläufig zu und verschwand in Richtung eines anderen Gebäudes.

Nun traten auch Neilos und Leptines aus der Tür. Mein Vater sagte, dass Leophilos das Anwesen bereits verlassen habe, und es sei auch Zeit für uns, nach Paros zurückzufahren. So verabschiedeten wir uns von den Ratsmitgliedern und dankten dem Hausherrn für die erwiesene Gastfreundschaft. Im Davonfahren drehte ich mich noch einmal um, ob ich irgendwo Neobule sehen könnte, doch sie blieb verschwunden.

Auf dem Rückweg berichtete Telesikles von dem Teil der Gespräche, der ohne meine Anwesenheit stattgefunden hatte. Man hatte sich in der Frage der zu erweiternden Kolonisation von Thasos nicht einigen können; die Standpunkte waren zu weit voneinander entfernt. Leophilos sei am Ende recht verärgert, aber mit seiner Meinung alleine gewesen. So sei man übereingekommen, das delphische Orakel zu befragen. Telesikles und Lykambes sei die Aufgabe zugeteilt worden, die Pythia zu befragen, und nach deren Spruch würde man eine Entscheidung treffen. In den nächsten Tagen würden die beiden aufbrechen, um nach Delphi zu reisen. Der Rat von Paros müsse dem Vereinbarten zwar noch zustimmen, dies sei aber nur eine Formsache. Im Folgenden sprach er noch von anderen Themen, über die debattiert worden war.

Ich hörte mir Telesikles' Bericht an und schwieg. Die Probleme von Paros interessierten mich im Moment nicht allzu sehr. Vielmehr fasste ich in die Tasche meines Gewandes und berührte mit der Hand den Myrtenzweig, den Neobule mir überlassen hatte. Dann nahm ich allen Mut zusammen und erzählte meinem Vater von dem Treffen mit der Tochter von Lykambes – wobei ich einige wichtige Einzelheiten ausließ. Ich berichtete ihm gerade genug, dass er begriff, dass ich dem Mädchen zugeneigt war.

„Wäre es vorstellbar, dass Neobule und ich ein Paar würden? Würdest du mit Lykambes über diese Frage einmal sprechen können?", traute ich mich schließlich, die entscheidende Frage zu stellen.

Ich blickte ihn vorsichtig an, denn ich wusste sehr wohl, dass die Aussichten für ein solches Begehren nur sehr gering waren. Ich war kein legitimer Sohn, folglich nach Telesikles' Tod mittellos. Lykambes hatte als begüterter Adliger und Ratsherr sicherlich weit bessere Möglichkeiten, seine Tochter zu verheiraten, als diese einem Bastard zur Frau zu geben. Erschwerend kam hinzu, dass die beiden älteren Schwestern Neobules noch ledig waren und eigentlich zuerst verheiratet werden müssten.

προτείνω χεῖρα καὶ προΐσσομαι

130Bgk

ich strecke die Hand aus und bitte

Telesikles sah mich an, als hätte ich auf der Kithara eine schrille Dissonanz gegriffen.

„Das habe ich kommen sehen ...", seufzte mein Vater.

Er führte die mir nur zu bekannten Gründe an, warum ich diesen Wunsch besser vergessen sollte. Allerdings sagte er auch nicht, dass er nicht mit Lykambes reden wollte. Nachdem wir längere Zeit wortlos in Richtung unserer Stadt gefahren waren, meinte er, er wolle es sich überlegen. Ich schwieg dankbar. In mir spürte ich wieder einmal den Zorn über meine niedere Abstammung, die einen Aufstieg in der Gesellschaft ausschloss. Nicht, dass ich Besitztümer begehrte und mehr sein wollte, als mir zustand, aber dass die eventuelle Verbindung zweier Menschen daran scheitern sollte, dass der eine nur der Sohn einer thrakischen Sklavin war, empfand ich als zutiefst ungerecht. Ich haderte einmal mehr mit dem Schicksal, das die Götter mir zugedacht hatten.

9

Die folgenden Tage auf dem Landgut Telesikles' waren von den Vorbereitungen für die Abreise der beiden Ratsherren nach Delphi geprägt. Die Sklaven statteten drei Wagen für die Fahrt aus, die nötigen Vorräte wurden aus den Kammern herangeschafft. Telesikles wählte unter seinen Dienern als Begleitung und Schutz zwei vertraute Helfer aus, Linos und Itys. Beide waren freie Bürger, die den größten Teil ihres Lebens für ihn gearbeitet hatten. Sie waren etwas älter als ich und mir gut bekannt, da wir in der Jugend viel Zeit miteinander verbracht hatten.

In den Tagen seit unserem Besuch auf dem Landgut des Lykambes hatte ich meinem Vater gegenüber das heikle Thema nicht mehr angeschnitten, über das wir auf der Rückfahrt gesprochen hatten. In der Befürchtung, er würde meinem Begehren eine endgültige Absage erteilen, war ich Gesprächssituationen aus dem Weg gegangen – ich wollte ein wenig länger hoffen dürfen.

Stattdessen ging ich unter dem Vorwand, die Umzäunungen der entfernter liegenden Felder überprüfen zu wollen, alleine durch die mittlerweile winterliche Landschaft und hing meinen Gedanken nach.

καὶ βήσσας ὀρέων δυσπαιπάλους, οἷος ἦν ἐπ' ἥβης.

116D

und ich wanderte durch die wilden Schluchten der Berge,
wie ich es in meiner Jugend tat.

So fuhr ich im ersten Moment zusammen, als Telesikles am Abend vor der Abreise nach Delphi aus dem Rat nach Hause kam und meinte, er müsse mit mir sprechen. Ich fürchtete schon, dass nun doch noch vor seiner Abreise all meine Hoffnungen auf eine Vereinigung mit Neobule zerplatzen würden.

Entgegen diesen Vorahnungen kam ein ganz anderes Thema zur Sprache.

„Ich wusste ja gar nicht, dass du dichtest", sagte mein Vater gänzlich unerwartet. „Die höchsten Priesterinnen der Göttin haben befunden, dass unter allen eingereichten Preisliedern deinem Hymnos zu Ehren der Demeter und der Kore für dieses Jahr der Preis zukommen soll."

Er war erkennbar stolz auf meinen Erfolg. Ich selbst stand sprachlos da.

„Die Priesterinnen haben dem Rat, der das Preisgeld ausgelobt hatte, ihre Entscheidung am Mittag mitgeteilt. Ich war sehr überrascht!"

Kylon, der in diesem Moment im Zimmer war, nahm die frohe Botschaft weit kühler und mit Unverständnis auf. Er hatte zwar auch in seiner Jugend die alten Meister gehört und gelesen, sein persönliches Interesse war indessen immer auf die praktischeren Dinge des Lebens ausgerichtet gewesen. Zwar gratulierte er mir ebenfalls, aber später, als Telesikles den Raum verlassen hatte, fragte er mich, warum ich mich denn mit solch unnützen Dingen beschäftigte. Da ich wusste, dass ich ihm die Gründe für meinen Drang zur Dichtung kaum vermitteln konnte, fand ich einige ausweichende, nichtssagende Worte.

Nach dem Abendessen gab mein Vater einem Diener den Auftrag, zur Feier meines unerwarteten Sieges einen Krug des besten naxischen Weines aus dem Keller zu holen. Telesikles und ich sprachen eine Weile über die Poetik. Schließlich erhob er seine Kylix auf das Wohl der Demeter und brachte einen Trinkspruch zu Ehren der Göttin aus.

Δήμητρί τε χεῖρας ἀνέξων

110D

die Hände zur Demeter erhoben

Äußerst befriedigt ging ich zu später Stunde zu Bett. Eine solche Anerkennung war mir noch nie zuteil geworden. Diese wirkte natürlich beflügelnd in meinem Bestreben, in der Dichtkunst voranzukommen und die alte Epik durch eine neu zu schaffende Art der Lyrik zu ersetzen. Bereits ermüdet auf mein Lager gesunken, beschloss ich, mich neben Polyhymnia, der Muse der hymnischen Lieder, nun auch Erato, der Muse der Liebesdichtung, zuzuwenden.

Am nächsten Morgen kam Lykambes mit einigen, teilweise bewaffneten Begleitern auf Telesikles' Anwesen. Bei strömendem Regen eilte er von seinem Wagen in das Haus, wo er von meinem Vater und Kylon begrüßt wurde. Ich kam erst etwas später dazu, wobei mich sofort wieder die bekannte Anspannung erfasste, die ich auch bei meinem Aufenthalt auf seinem Anwesen gespürt hatte.

Lykambes indessen ging, kaum dass er mich gesehen hatte, auf mich zu und reichte mir beide Hände entgegen.

„Sei mir gegrüßt, Archilochos. Ich gratuliere dir herzlich zu dem Gewinn des diesjährigen Demeterwettbewerbs! Ein großartiges Gedicht auf die Göttin! Wie lange bist du schon mit der Kunst der Musen beschäftigt, dass du eine solche Leistung vollbringen konntest? Was hast du sonst noch geschrieben? Hast du deine Verse schon der Öffentlichkeit zugänglich gemacht?"

Dankend nahm ich seine Glückwünsche entgegen und erzählte von meinen bescheidenen Anfängen, mich als Dichter zu betätigen. Wir sprachen noch eine Weile über die Kunst der Verse, und ich nahm mit Erstaunen wahr, dass er viele der alten Dichter präsent hatte. Schließlich rezitierte er sogar einige Verse aus Homers Ilias, aus dem letzten Gesang, in dem Priamos Achilleus bat, ihm Hektors Leiche zu übergeben.

Ich fragte mich natürlich, ob Lykambes auch zu Hause von meinem Erfolg im Demeterwettbewerb berichtet hatte und ob Neobule davon erfahren hatte. Dies würde mich bei ihr vielleicht in ein günstiges Licht setzen.

Es war mir jedoch klar, dass ich die Frage danach nicht stellen konnte und ich mich zumindest einstweilen auch mit dieser Ungewissheit abfinden musste. Von seiner Familie berichtete Lykambes lediglich, dass seine Frau und die Töchter mit ihm in die Polis gekommen waren, um die Zeit seiner Abwesenheit in seinem Stadthaus zu verbringen. Danach wollten sie wieder auf das Landgut zurückkehren.

Durch den weiter anhaltenden starken Regen geleiteten Kylon und ich Lykambes und meinen Vater zu dem Wagen, der sie zum Hafen bringen sollte. Von dort waren es vielleicht etwas mehr als zwei Tagesreisen auf See bis zur Südküste Attikas, bevor sie mit dem Wagen über Land nochmals einige Tage unterwegs sein würden, bis sie ihr Ziel, Delphi, erreichten. Insgesamt mussten mehr als zwei Wochen für die Reise veranschlagt werden. So lange würde ich mich gedulden müssen.

Um meinen Sieg zu feiern – mehr aber noch, um mich von meinen Gedanken an Neobule abzulenken –, beschloss ich, nach meiner Arbeit Kynthia aufzusuchen. Der Regen hatte zum Glück nachgelassen, als ich durch die nasskalte Dämmerung zum Hafen hinabging. Das großzügig bemessene Preisgeld würde mich zwar nicht zu einem reichen Mann machen, aber ich war in der Lage, mir ohne Bedenken einen besonderen Abend leisten zu können.

Diesmal traf ich die junge Hetäre nicht alleine an. Sie wurde mit Argusaugen von einem Aufseher bewacht, der zum Glück den Anstand hatte, als ich mit Kynthia in den Nebenraum ging, die Hütte zu verlassen und vor dieser zu warten. Auch wenn meine Sehnsucht einer anderen Frau galt, überwältigte mich die zweite Begegnung mit der jugendlichen Schönheit mehr noch als die erste. Dankbar steckte ich dem Mädchen abermals einige zusätzliche Bronzestücke zu. Als ich das Gebäude verließ, entzündete ihr Wärter mit einem schiefen Grinsen erneut die Kerze vor der Tür.

Ich folgte gerne einmal angenommenen Gewohnheiten, und so ging ich weiter in Richtung des Hafens in dieselbe Schenke, in der ich an dem Abend, als ich Kynthia kennengelernt hatte, noch einige Skyphoi Wein zu mir genommen hatte. Vor Wochen hatte ich das Glück gehabt, unerkannt dort sitzen zu können – diesmal war mir dies nicht vergönnt. Kaum hatte ich den Raum betreten, sah ich schon, wie Archenaktides aufstand und mir zuwinkte.

„Komm, setz dich zu uns! Darf ich dir meinen Freund Glaukos, den Sohn des Leptines, vorstellen?"

Nachdem ich diesen begrüßt hatte, zog ich einen Schemel heran und nahm am Tisch Platz. Es zeigte sich, dass Glaukos trotz seiner jungen Jahre einen hohen Posten bei dem Teil der Soldaten hatte, der nicht nur in Notfällen zu den Waffen gerufen wurde. Die Männer übten ihre Tätigkeit berufsmäßig aus. In der älteren Zeit war das Vorhandensein von Söldnern nicht nötig gewesen, doch die häufigen Überfälle der Naxier auf unsere östlichen Landstriche hatten dann die Notwendigkeit geschaffen, Truppen ständig verfügbar zu halten.

Nachdem Glaukos über seine Tätigkeit gesprochen hatte, berichtete ich von meinem Dasein auf Telesikles' Landgut. Ich erwähnte auch meine illegitime Herkunft – dieser Makel schien den Berufssoldaten trotz seiner eigenen vornehmen Abstammung in keiner Weise zu stören.

„Ich habe übrigens kürzlich deinen Vater kennengelernt", wandte ich mich erneut an Glaukos. „Wir trafen uns auf dem Gut des Lykambes."

„Du warst bei Lykambes?", warf Archenaktides ein. „Ich bin dort oft zu Gast. Meinem Vater gehört das Anwesen, das südlich an das von Lykambes angrenzt."

Ich erwartete mit Spannung, ob das Gespräch nun über die Familie des Lykambes gehen würde, aber

Archenaktides beschäftigte sich im Folgenden weitgehend mit der Darstellung landwirtschaftlicher Probleme. Über diese kamen wir zu den politischen Fragestellungen, über die auch die Ratsmitglieder bei Lykambes debattiert hatten.

Um den wahlberechtigten Männern der Insel die Gelegenheit zu geben, sich über die Ansichten und Pläne der Bewerber um das Archontenamt zu informieren, war zur Wintersonnenwende eine Versammlung auf der Agora anberaumt worden. Neben Leophilos und Neilos versuchten noch drei andere Bewerber, möglichst viele Stimmen auf sich zu vereinen, allerdings wurde diesen kaum Aussicht auf den Gewinn der Wahl eingeräumt. Dass die freien Männer unserer Polis den neuen Archonten wählen würden, war eine Neuerung – bisher wurde das Amt vom Rat der Stadt, dem ausschließlich die adligen Landbesitzer angehörten, vergeben. Es war mir nicht klar, ob das neue Verfahren von Vorteil war.

Glaukos schien in den politischen Fragen eher die Meinung von Neilos zu vertreten, während Archenaktides ein Anhänger von Leophilos war. Bevor wir auseinandergingen, verabredeten wir uns für den Tag des Wahlkampfs auf der Agora, um den Rednern zu lauschen.

Obwohl ich gerade von Kynthia kam, schweiften meine Gedanken, als ich wieder zu Hause war, zu Neobule. Aus unerfindlichen Gründen war ich beunruhigt, dass Archenaktides sie vermutlich kannte und dort regelmäßig zu Besuch war. Diese Tatsache war natürlich völlig belanglos, ließ mir aber dennoch keine Ruhe – dabei war er einfach ihr Nachbar. Sinnlose, aber heftige Eifersucht nagte in mir. So lag ich bis in die frühen Morgenstunden wach, bevor es mir endlich gelang, Schlaf zu finden.

δύστηνος ἔγκειμαι πόθωι

ἄψυχος, χαλεπῇσι θεῶν ὀδύνῃσιν ἕκητι

46

πεπαρμένος δι' ὀστέων.

104D

verzweifelt liege ich da, vor Sehnsucht

entseelt; die von den Göttern verhängten grausamen

Schmerzen

bohren durch mein Gebein.

10

In den Tagen vor der Versammlung, auf der die Bewerber um das Amt des Archonten ihre Programme vorstellen sollten, war geschäftiges Treiben in der Stadt spürbar. Die Agora wurde geräumt, Podeste wurden errichtet, und am Rand stellten fliegende Händler Ladentheken und Buden auf, um ihre Waren anzubieten und die anwesenden Bürger zu verkösten.

Als ich den Platz an diesem Morgen erreichte, waren bereits über zweihundert Männer erschienen. Frauen hatten ebenso wenig das Wahlrecht wie Sklaven und Metöken, es war also nicht nötig, dass diese sich vor der Wahl über die anstehenden politischen Entscheidungen kundig machten – hier blieben die stimmberechtigten männlichen Bürger unter sich. Das Amt des Archonten sollte für ein Jahr vergeben werden.

Die Marktschreier überboten sich beim Anbieten der feilgebotenen Waren. Glaukos und Archenaktides fand ich in einer kleinen Ansammlung von Teilnehmern der Versammlung, unter denen eine ältere Person, der alle mit erkennbarem Respekt gegenübertraten, herausstach. Es musste sich um Aisimides handeln, den ältesten Ratsherrn der Polis. Als ich mich der Gruppe näherte, bestätigte sich diese Vermutung rasch, da er mehrfach, um seine Meinung gefragt, namentlich angesprochen wurde.

Als Aisimides meinen Namen erfuhr, wandte er sich an mich und meinte, er sei sehr erfreut, den Dichter des in diesem Jahr preisgekrönten Demeterhymnos kennenzulernen. Er erkundigte sich noch kurz höflich nach meinen Lebensumständen – er kannte natürlich meinen Vater – und sonstigen Gedichten, bevor er seine politischen Gespräche fortsetzte.

Als erster Redner betrat einer der mittlerweile nur noch zwei Konkurrenten von Leophilos und Neilos die Tribüne; der dritte hatte seine Kandidatur zurückgezogen. Zu Recht vermutlich, denn die Wahl würde sich zwischen diesen beiden Adligen entscheiden. Die übrigen Bewerber waren, wie mir Glaukos sagte, letztlich aussichtslos.

Langatmig führte der Redner die Situation auf Paros in diesem Jahr aus, endlos sprach er über die vergangenen Sommer und die durch deren anhaltende Hitze erlittenen Missernten. Da er nur wenige Lösungen für die bestehenden Probleme bot, schenkte ihm kaum jemand Beachtung – alle warteten auf das Aufeinandertreffen der wichtigsten Anwärter.

Dem zweiten Bewerber erging es kaum besser. Rivalisierende Gruppen begannen sogar zu zischen, noch bevor er seinen Vortrag begonnen hatte. Wenigstens fasste er sich im Unterschied zu seinem Vorredner deutlich kürzer.

Während er noch seine Ansprache hielt, gesellte sich überraschenderweise mein Schwager Perikles zu uns. Da ohnehin niemand ernsthaft auf den zweiten Kandidaten achtete, unterhielten wir uns ein wenig. Dabei teilte er mir augenzwinkernd mit, dass er und Eunike sich die Verse und Lieder, die Kylon, ich und andere am Morgen nach seiner Hochzeitsnacht vor deren Schlafzimmer vorgetragen hatten, zu Herzen genommen hätten und dass ihnen dabei offenbar Erfolg beschieden war. Ich verstand seine

Anspielung sofort und gratulierte ihm. Natürlich bat ich ihn, auch Eunike meine Glückwünsche zu überbringen. Ich hoffte, dass sie die schwierige Zeit gut überstehen und ein gesundes Kind zur Welt bringen würde. Zu oft erlitten die Frauen Fehlgeburten, oder die Mütter selbst starben im Wochenbett. Perikles bat mich noch, dies einstweilen nicht meinem Vater zu berichten; die frohe Nachricht würde er ihm selbst überbringen wollen. Danach wandten wir uns wieder dem Redner zu, der allmählich zum Ende zu kommen schien.

Ein Raunen ging durch die nochmals angewachsene Menge, als Leophilos mit erkennbarem Selbstbewusstsein das Podium betrat. Er war mit einem langen weißen Gewand bekleidet und trug in der Hand einen prächtigen Helm. Ich fragte mich, wozu er diesen auf der Rednerbühne benötigte – wahrscheinlich wollte er damit nur seine persönliche Wehrhaftigkeit zur Schau stellen. Seine Anhänger applaudierten, sobald er die ersten Sätze gesprochen hatte.

Auch er sprach über die Hungersnot des letzten Sommers. Dabei erwähnte er mehrfach die von ihm initiierten und bezahlten Hilfslieferungen an Getreide, um sich und seine Fähigkeiten ins rechte Licht zu rücken. Die Grundzüge seiner Gedanken hatte ich schon auf dem Gut des Lykambes gehört; er fügte in seiner Rede nur wenig Neues hinzu. Er sprach sich mit den mir von dort bekannten Argumenten gegen die weitere Kolonisation von Thasos aus und lehnte jegliche Neuverteilung des landwirtschaftlich nutzbaren Bodens der Insel ab. Auch forderte er größere Härte gegenüber der Landbevölkerung, die sich mancherorts gegen die Adligen erhoben hatte. Als Archont würde er Führungsstärke beweisen und diese Aufstände niederschlagen. Noch besser sei es, diese früh-zeitig im Keim zu ersticken.

Insgesamt war seine Rede, wie zu erwarten, ganz im Sinne der Landbesitzer von Paros. Dennoch johlte die einfache Menge und stimmte seinem Vortrag begeistert zu. Beifällig kommentierten die Zuhörer untereinander das Gehörte. Die Lieferung von Korn in der Notzeit hatte die gewünschte Wirkung erzielt.

Ich blickte zu Aisimides, der dem Kandidaten mit skeptischer Miene lauschte. Ich sah ihm an, dass er von den Vorstellungen und dem Auftreten Leophilos' alles andere als begeistert war. Mitunter stöhnte er sogar leise auf.

Αἰσιμίδη, δήμου μὲν ἐπίρρεσιν μελεδαίνων

οὐδεὶς ἄν μάλα πόλλ᾽ ἱμερόεντα πάθοι.

9D

Aisimides, wer beachtet, was das Volk so redet,

wird kaum viel Freude erleben.

Zum Ende seines Vortrags reckte Leophilos siegessicher beide Arme in die Höhe und ließ sich vom Volk bejubeln, bevor er, die Hände immer noch erhoben, die Rednertribüne verließ. Archenaktides, der in meiner Nähe gestanden hatte und dem Kandidaten immer wieder heftigen Beifall gezollt hatte, suchte sich jetzt einen Weg durch die Menge zu Leophilos, um diesem zu gratulieren und an seinem aufgehenden Glanz teilzuhaben.

Glaukos und ich nutzten die Bewegung, die in die Bürger geraten war, um uns zu einem Verkaufsstand durchzuschlagen, wo wir geräucherten Fisch mit etwas Wein erwarben. Danach kehrten wir zu unserem ursprünglichen Standort zurück, an dem Perikles auf uns gewartet hatte.

Als letzter der Kandidaten war nun Neilos an der Reihe. Bedächtig betrat er das Podium und ließ sich Zeit, bevor er das Wort an die Versammlung richtete.

λιπερνῆτεσ πολῖται, τἀμὰ δὴ συνίετε ῥήματα.

50

ihr alleine gelassenen Bürger, vernehmt meine Worte.

Er stellte die Notwendigkeit einer Bodenreform ins Zentrum seiner Rede. Nur durch eine solche würden die Probleme der Insel langfristig gelöst werden können. Er schilderte, wie große Teile der Landbevölkerung unter der Last der Abgaben an die adligen Grundbesitzer kaum mehr in der Lage waren, ihre eigene Existenz zu sichern. Leibeigenschaft und Verarmung waren die Folge. Hieraus wiederum resultierten die Erhebungen und Gewalt-tätigkeiten, mit denen die Insel in den letzten Jahren zu kämpfen hatte.

Seine Gedanken schienen mir vernünftig. Auch wenn mein Vater bei einer Neuverteilung des Landes vielleicht einen Teil seines Besitzes abgeben müsste, wog doch die größere Sicherheit, die eine solche Reform mit sich bringen würde, in meinen Augen mehr. In Ruhe ein etwas kleineres Stück Land bebauen zu können, war besser, als ständig mit Aufständischen kämpfen zu müssen. Man würde sich doch einigen können.

Ich hatte mir schon bei dem Treffen der Ratsmitglieder auf Lykambes' Anwesen gedacht, dass ich – obwohl Telesikles mit Leophilos zusammenarbeitete – meine Stimme an Neilos geben würde. Auch Glaukos, Perikles und Aisimides schienen mir diesen Kandidaten zu bevorzugen; sie spendeten dem Redner mehrfach Beifall.

Bereits an dieser Stelle erhoben sich allerdings vereinzelte Zischlaute. Als Neilos auch im weiteren Verlauf seiner Rede Positionen vertrat, die denen seines Vorredners widersprachen, steigerte sich der erkennbare Unmut der Zuhörer. Leophilos hatte im Vorfeld offenbar vorgesorgt, dass genügend Anhänger anwesend waren, um allein durch ihre Masse die Umstehenden zu beeinflussen. Jeder seiner Gegenkandidaten musste das Gefühl haben, er vertrete nur die Meinung einer kleinen Minderheit.

λείως γὰρ οὐδὲν ἐφρόνεον.

101D

Verstand war nirgends zu erkennen.

Ich beobachtete, wie Aisimides zu Perikles und Glaukos blickte und hilflos die Schultern hob. Dass wir unsererseits während Leophilos' Rede auf Zischen und sonstige störende Geräusche verzichtet hatten, bereute ich nun.

Neilos befürwortete in einem weiteren Abschnitt seiner Rede die Unternehmung, eine größere Zahl Siedler nach Thasos – oder auch auf eine andere Insel – zu entsenden. Er begründete diese Ansicht damit, dass auf unserer Insel kaum mehr bebaubares Land zu gewinnen sei, während die Bevölkerungszahl gleichzeitig steil nach oben schnellte. Eine Verringerung der Bevölkerungsdichte war nötig.

Mit einem Appell, Auseinandersetzungen auf Paros ohne Anwendung von Waffen zu lösen, beendete Neilos seinen Vortrag. Viele Teilnehmer applaudierten, die Mehrheit jedoch äußerte sich missmutig, als der Redner das Podium verließ.

„Jeder der Redner hat über Thasos gesprochen", wandte sich Aisimides an mich. „Ich habe gehört, dass manche Ratsmitglieder daran denken, dir die Leitung dieser Unternehmung anzutragen. Wie ist deine Meinung in dieser Frage?"

Was sollte ich antworten? Selbstverständlich befürwortete ich die Expedition und die Erweiterung thasischen Siedlungsraums. Mit der Leitung einer solchen Kolonisierung betraut zu werden, wäre natürlich auch eine große – wenngleich unverdiente – Auszeichnung für mich. Andererseits drängte mich nach der leidenschaftlichen Begegnung mit Neobule im Moment nur wenig, die Insel zu verlassen – erst musste ich wissen, ob es irgendeine

Möglichkeit gab, sie zur Braut zu nehmen. Meine Unentschiedenheit durfte ich hier aber auf keinen Fall zeigen.

„Ich bin wie Neilos ganz entschieden der Ansicht, dass wir unsere Insel entlasten müssen", antwortete ich. „Paros ist zu klein, um uns alle zu ernähren. Ich wäre erfreut, wie meine Vorfahren einen Siedlerzug führen zu dürfen."

Glaukos hatte dem Gespräch aufmerksam gelauscht und sagte, er würde an dieser Fahrt auf alle Fälle teilnehmen wollen.

„Ich habe Verwandte in der Stadt Thasos", fuhr er fort. „Mein Onkel Brentes hat schon mehrfach bei meinem Vater nachgefragt, ob ich ihn und seine Söhne nicht dort bei deren Geschäften unterstützen könnte. Brentes betreibt lukrative Geschäfte, unter anderem im Bergbau. Vielleicht kann ich dort sogar einen hübschen Gewinn erzielen. Von meinen militärischen Verpflichtungen kann ich mich eine Weile befreien lassen – und mich lockt das Abenteuer. Ich möchte einmal die Insel verlassen und etwas Neues erleben."

Ich war erfreut, denn Glaukos war mir vom ersten Moment an, als ich ihn durch Archenaktides in der Taverne kennengelernt hatte, sympathisch gewesen. Er redete nicht mehr als nötig, aber was er sagte, schien mir immer sinnvoll und durchdacht. Zudem konnte es nicht verkehrt sein, einen militärisch so erfahrenen Mann in seinen Reihen zu haben.

Während dieses Gesprächs hatte die Versammlung begonnen, sich aufzulösen. Die Kandidaten versammelten ihre Getreuen um sich, und in kleineren Kreisen setzte sich der Wahlkampf fort.

Gefolgt von einigen Bürgern gesellte sich Neilos zu uns. Aisimides gratulierte ihm zu seiner Rede und versprach ihm seine Stimme bei der Wahl; Perikles und

Glaukos pflichteten ihm bei. Perikles erregte sich heftig über Leophilos' wohl gekaufte Unterstützer, die Neilos' Vortrag gestört hatten. Neilos selbst blieb demgegenüber gleichmütig und meinte, damit habe er schon gerechnet.

Die zunehmende Kühle des Nachmittags trug dazu bei, dass die Agora sich zügiger leerte, als es zunächst ausgesehen hatte. Die Budenbesitzer begannen, ihre Läden aufzuräumen und zu schließen.

„Wir sollten die nächsten Wochen, die bis zum Wahltag verbleiben, noch nutzen, um Stimmen für Neilos zu gewinnen", regte Perikles an. „Ich werde in den kommenden Tagen einflussreiche Bürger aufsuchen, um diese von seinen Vorstellungen zu überzeugen. Ich glaube, Leophilos strebt die Tyrannis an."

Auf mehreren Inseln war in den letzten Jahren die Dominanz der Aristokratie allmählich in die Allein-herrschaft einer einzelnen Person hinübergeglitten. Unserer Polis drohte in seinen Augen dasselbe Schicksal.

„Wenn wir möglichst viele auf diese Gefahr hinweisen, müsste es doch möglich sein, doch noch eine Mehrheit gegen Leophilos zu erreichen", fuhr Perikles fort.

Glaukos stimmte Perikles zu; auch Aisimides kündigte an, die verbleibende Zeit zu nutzen, um mit anderen Ratsmitgliedern zu sprechen. Ich pflichtete den kämpferischen Reden zwar beifällig nickend zu, schwieg jedoch bezüglich eventueller eigener Bemühungen, der Wahl noch eine Wende zu geben. Meine Möglichkeiten zur Einflussnahme waren als Bastard im Unterschied zu den drei anderen sehr begrenzt; auch konnte und wollte ich meinem Vater, der ja Leophilos offen unterstützte, nicht in den Rücken fallen.

Perikles verabschiedete sich als Erster, und nach einiger Zeit ging auch der Rest der Leute um Neilos auseinander. Man verabredete aber, in Kontakt zu bleiben und sich gegenseitig über den Verlauf der anstehenden

Gespräche auf dem Laufenden zu halten. Für den Morgen nach der Wahl schlug Glaukos den Verbliebenen ein Treffen im Haus seiner Eltern vor. Dort könnten sich die Unterstützer Neilos' zu einem Gelage mit Speisen und Wein zusammenfinden; vielleicht wäre ja auch ein überraschender Sieg zu feiern. Als ich mich auf den Rückweg zum Gut meines Vaters machte, schien mir nach dem Verlauf der Versammlung ein solcher jedoch in weiter Ferne zu sein.

11

Die Rückkehr von Telesikles und Lykambes aus Delphi verzögerte sich. Jeden Tag erwartete ich, dass der Wagen mit den beiden Ratsherrn vor unserem Anwesen vorfahren würde, doch einstweilen geschah nichts.

Seit dem Besuch des Obstgartens auf dem Gut des Lykambes waren einige Wochen vergangen. Die Beziehung zu Neobule musste auf irgendeine Weise eine Fortsetzung erfahren und sich weiterentwickeln. Wenn es mir nicht gelänge, den Kontakt mit ihr aufrechtzuerhalten, würde sie vielleicht ein Desinteresse meinerseits vermuten und sich einem anderen Verehrer zuwenden. Ich musste ihr ein Zeichen meiner Zuneigung senden – lange überlegte ich, wie ich dies am besten gestalten könnte. Auf der einen Seite sollte sie verstehen, was ich für sie empfand, auf der anderen Seite wollte ich mich nicht lächerlich machen. Schließlich konnte ich ihr Verhalten im Obstgarten nach wie vor nur schwer deuten.

Schwierig würde es auch werden, ihr eine wie auch immer geartete Botschaft so zukommen zu lassen – nur sie alleine sollte sie erhalten. Ich konnte ja nicht einfach zum Stadthaus des Lykambes gehen und dort einen Brief abgeben. Zwar war ihr Vater noch unterwegs, aber die Gefahr, dass mein Schreiben in die falschen Hände geriet und Neobule oder ich kompromittiert würden, war zu groß.

Ich beschloss, ein Gedicht zu verfassen und dieses mit einem Myrtenzweig und einer Rose ohne Nennung eines Absenders an sie zu senden. Diese Beigaben würden sie an unser letztes Zusammentreffen erinnern und nur ihr den Absender kundtun. Falls meine Sendung an einen anderen Adressaten gelangte, blieb mein Name ungenannt, und Neobule könnte sich nötigenfalls unwissend stellen. Mehrere Abende feilte ich an dem Text, bis ich mit dem Ergebnis zufrieden war.

τοῖος γὰρ φιλότητος ἔρως ὑπὸ καρδίην ἐλυσθείς

πολλήν κατ᾿ ἀχλὺν ὀμμάτων ἔχευεν

κλέφας ἐκ στηθέων ἁπαλὰς φρένας

D112

ein solches Verlangen nach Liebe hat sich in mein Herz

geschlichen,

in große Dunkelheit hüllt es meine Augen;

aus der Brust raubt es die schwache Besinnung.

Ob ich eine Antwort von ihr erhalten würde? Doch zunächst musste das kleine Päckchen, das ich geschnürt hatte, anonym zu ihr gelangen. Ich selbst konnte nicht der Überbringer sein, denn ein Teil der Bediensteten Lykambes' kannte mich von meinem Besuch auf dem Landgut. Sicherlich waren einige von ihnen mit in die Stadt gekommen – das Risiko, von diesen erkannt zu werden, konnte ich nicht eingehen.

Ich beschloss, Zenon mit dieser Aufgabe zu betrauen. Zenon kannte ich ähnlich gut wie Linos und Itys, die mit Telesikles unterwegs waren; ihm konnte ich vertrauen. So suchte ich auf dem Anwesen, bis ich ihn bei der Arbeit im Stall antraf. Ich gab ihm die Anweisung, das Päckchen beim Stadthaus des Lykambes für die jüngste Tochter abzugeben, ohne seinen Namen oder den Absender zu nennen. Zenon blickte mich etwas verwundert an, fragte aber nicht nach und sagte, er würde dies umgehend erledigen. Ich dankte ihm schweigend für seine Diskretion. Nun begann ein doppeltes Warten – auf die Rückkehr meines Vaters und auf eine Antwort von Neobule.

12

Endlich kam der Tag, an dem die beiden Ratsmitglieder aus Delphi zurück waren. Wie bei der Abreise regnete es in Strömen, sodass Lykambes es verständlicherweise nicht für nötig hielt, ins Haus zu kommen. Stattdessen stieg er in dem überdachten Stall, in dem sein eigener Wagen gestanden hatte, in diesen um und verließ eilig – es war schon spät – den Hof, ohne dass ich ihn zu Gesicht bekam. Dass ich Lykambes nicht persönlich gegenübertreten musste, war mir in diesem Moment sehr willkommen. Zwar war mir klar, dass ich ihm mein Ansinnen wahrscheinlich irgendwann von Angesicht zu Angesicht würde mitteilen müssen, doch zuvor wollte ich natürlich mit meinem Vater über die eventuellen Aussichten gesprochen haben.

Als Telesikles ins Haus kam, schüttelte er heftig den Regen aus seinen Gewändern, bevor er uns begrüßte. Die Fahrt war augenscheinlich der Jahreszeit entsprechend alles andere als angenehm gewesen. Wir gingen zu dritt ins Speisezimmer hinüber, während Linos und Itys das Gepäck von den Wagen in das Gebäude schafften.

Wir nahmen Platz auf den Liegen, und die Diener brachten Speisen und Getränke. Telesikles war hungrig, daher erfuhren wir zunächst nichts vom Ergebnis der Reise. Stattdessen bat mein Vater uns, ihm mitzuteilen, was in der Polis und auf dem Anwesen während seiner Abwesenheit vorgefallen war.

Ich berichtete von der Versammlung auf der Agora, wobei ich meine geplante Parteinahme für Neilos nicht erwähnte. Auch dass sein Schwiegersohn sich gegen den Mann stellte, den Telesikles bevorzugte, verschwieg ich. So blieb ich bei einer reinen Beschreibung des Tages, der Reden und der Reaktionen, die diese bei der Menge hervorgerufen hatten. Dass ich die Bekanntschaft von Aisimides gemacht hatte, erfreute Telesikles.

Die eine oder andere Bemerkung über die Dummheit der Masse konnte ich mir doch nicht verkneifen, woraufhin mich mein Vater traurig und wissend ansah. Auch er zweifelte wohl am Sinn des neuen Verfahrens zur Bestimmung des Archonten.

„Ich meine, dass Leophilos die Wahl zum Archonten fast schon gewonnen hat", schloss ich meinen Bericht.

Kylon ergriff nun das Wort und widersprach mir: „Ich glaube nicht, dass die Wahl schon entschieden ist. Ich habe gehört, dass eine Reihe einflussreicher Bürger, auch Mitglieder des Rats, Front gegen Leophilos macht. Der Kreis derer, die sich gegen Leophilos als Archonten aussprechen, ist seit der Versammlung, von der Archilochos gesprochen hat, größer geworden. Der Ausgang der Wahl wird knapper, als es vor kurzer Zeit noch den Anschein hatte."

Mittlerweile hatte Telesikles seinen Hunger gestillt und begann, nachdem ein Diener seine Kylix erneut mit Wein gefüllt hatte, von der Fahrt nach Delphi zu berichten. Zunächst sprach er nochmals ausführlich über die üblen Wetterverhältnisse und die damit verbundenen Unannehmlichkeiten. Mehrfach waren die Wagen im Schlamm stecken geblieben – alle mussten im Regen aussteigen und versuchen, sie durch Schieben zu befreien.

Schließlich kam er aber doch auf das Orakel, den Zweck der Reise, zu sprechen. Ich gab offen gestanden wenig auf solche Weissagungen, denn die Voraussagen der delphischen Priesterinnen waren – so sie überhaupt Apollos Willen kundtaten – zu vieldeutig. Üblicherweise waren sie so diffus, dass sie in jede Richtung ausgelegt werden konnten – jeder konnte den Spruch der Pythia so interpretieren, wie es ihm am besten gefiel.

„Wenn man bedenkt, wie unklar sich die Seherin üblicherweise zu äußern beliebt, kann diesmal kein Zweifel an der Deutung des Orakels aufkommen", begann mein Vater. „Der Unternehmung, Thasos weiter zu kolonisieren, steht eine ruhmreiche Zukunft bevor. Der Rat wird angesichts der überraschend deutlichen Vorhersehung kaum umhin kommen, entsprechend zu entscheiden. Entgegenwirkende Kräfte werden allenfalls die Größe der Expedition noch beeinflussen können, nicht das Unterfangen an sich."

Telesikles wandte sich an mich: „Du kannst davon ausgehen, dass du im Frühjahr mit der Aufgabe betraut wirst, mit einer Schar von Söldnern die Kolonisten zu beschützen. Niemand im Rat hat meinem entsprechenden Vorschlag vor Wochen widersprochen – daran wird sich in der Zwischenzeit nichts geändert haben. Es wird seinen Gang gehen."

Die Neuigkeit war für mich erfreulich, ein wenig kam auch in mir von der Abenteuerlust auf, von der Glaukos gesprochen hatte. Wichtiger wäre allerdings für mich gewesen, zu erfahren, ob Telesikles mit Lykambes auch wegen einer eventuellen Hochzeit mit Neobule gesprochen hatte, doch davon war an diesem Abend keine Rede. Vielleicht hinderte ihn die Gegenwart Kylons daran, in dieser Sache ein offenes Wort an mich zu richten, vielleicht gab es aber auch einfach nichts zu sagen. Telesikles erwähnte lediglich nochmals die Strapazen der Reise und zog sich bald zum Schlafen zurück.

Als ich zur Nachtruhe in meiner Kammer lag, überkam mich eine große Enttäuschung. Entweder hatte mein Vater gar nicht mit Lykambes gesprochen, oder er war so abschlägig beschieden worden, dass er mir das niederschmetternde Ergebnis nicht einmal mitteilen wollte. Auch von Neobule war keine Antwort auf meine Sendung gekommen – ich musste davon ausgehen, dass es mir nicht vergönnt sein würde, sie zur Frau zu nehmen. Der Zug nach Thasos schien mir vor diesem Hintergrund eine willkommene Ablenkung – die Insel eine Weile zu verlassen, würde mir sicherlich helfen, über diese Niederlage hinwegzukommen. Bessere Zeiten würden wiederkommen, der Wechsel von Glück und Leid prägte das menschliche Leben.

So war ich doch ein wenig überrascht, als Telesikles mich am nächsten Morgen in sein Arbeitszimmer bitten ließ. Ohne große Umschweife begann er, über das mich betreffende Thema zu sprechen.

„Entschuldige bitte, dass ich gestern nicht schon über die Sache gesprochen habe, über die du die ganze Zeit nachdenkst. Ich war völlig übermüdet, außerdem wollte ich nicht vor Kylon, sondern zunächst mit dir – unter vier Augen – darüber reden."

Ich blickte ihn schweigend an und erwartete, in wenigen Momenten den kümmerlichen Rest meiner Hoffnung, Neobule zur Frau nehmen zu können, begraben zu müssen.

„Die Sache steht viel besser, als du erwartest – ich bin ehrlich gestanden überrascht. Ich habe mit Lykambes gesprochen und eine Hochzeit von dir und Neobule angedeutet, ganz vorsichtig zunächst. Er war über-raschenderweise nicht empört – womit ich ja rechnen musste. Er hat eine große Sympathie für dich und bewundert deine Dichtkunst."

Ich hörte ihm weiter wortlos zu, spürte allerdings, dass mein Herz begann, schneller zu schlagen.

„Natürlich wies er auf deine fehlende

Erbberechtigung hin, die ja zweifellos das Hauptproblem einer möglichen Verbindung von euch ist. Um dir zu helfen: Ich könnte mir vorstellen, dich in der Erbschaftsfrage, abweichend von der üblichen Vorgehensweise in Paros, so zu behandeln, wie ich es vor einiger Zeit mit Eunike gehandhabt habe. Das heißt, ich würde dir ein Zehntel meines Besitzes zukommen lassen."

Einen Moment pausierte mein Vater, dann fuhr er fort: „Da Neobule offenbar eine gewisse Schwäche für dich hat, wäre Lykambes unter dieser Voraussetzung wohl bereit, einer Hochzeit zuzustimmen."

„Ich weiß gar nicht, wie ich dir danken soll ... Erst dein Vorstoß bei Lykambes, dann dein überaus großzügiges Angebot ..."

Es fiel mir schwer, für meine Dankbarkeit Worte zu finden. Mit dieser Wendung des Schicksals hatte ich nicht rechnen dürfen. Zusammen mit Neobules zu erwartender Mitgift würde man ohne Schwierigkeiten einen gemeinsamen Hausstand gründen und sein Dasein fristen können.

Auch der Umstand, dass Hermione und Ismene zuerst an der Reihe waren, verheiratet zu werden, war in den Augen von Lykambes offensichtlich nicht gravierend, zumal sich zumindest für Hermione dem Anschein nach schon ein Werber eingefunden hatte. Davon hatte ich nicht gewusst, war aber, wie über alles, was mein Vater an diesem Tag zu sagen hatte, überaus erfreut.

„Den nächsten Schritt habe ich mit Lykambes bereits besprochen. Wir werden in zwei Tagen wieder in den Osten der Insel auf sein Landgut fahren, um dort alles, was für eine förmliche Verlobung nötig ist, zu regeln. Danach solltest du dich um die Vorbereitungen der Expedition nach Thasos kümmern."

Vor Glück überströmend umarmte ich meinen Vater.

„Die Hochzeit würde dann wohl nach deiner Rückkehr von Thasos gefeiert."

Als ich das Zimmer freudig erregt verließ, kündigte ein Diener das Eintreffen von Perikles an. Ich wusste, was dieser Telesikles mitteilen würde – meinem Vater stand eine angenehme Überraschung bevor. Ich freute mich für ihn.

13

Von Telesikles mit den nötigen Mitteln ausgestattet, war ich am nächsten Tag in der Polis, um meinem künftigen Schwiegervater und dessen Tochter bei dem geplanten Besuch angemessene Geschenke überreichen zu können. Dadurch erfuhr ich erst, als ich zurück auf dem Anwesen war, dass am Vormittag ein Bote nach mir gefragt hatte. Einen Moment lang durchzuckte mich der Gedanke, Neobule habe mir auf meine Sendung geantwortet. Es war jedoch eine Botschaft aus Olympia, die nun statt meiner Kylon entgegengenommen hatte. Mein Hymnos auf Herakles war ausgewählt worden, bei den nächsten olympischen Spielen des Zeus bei den Siegerehrungen vorgetragen zu werden.

Erfreut empfing ich bei meiner Rückkehr die Nachricht von der zweiten großen Ehrung, die mir innerhalb kurzer Zeit als Dichter zuteil geworden war. Wenn sich meine Glückssträhne so fortsetzte, könnte mein Lebensunterhalt vielleicht auch von dieser Seite eine Unterstützung erfahren.

Während Kylon mir den erneuten Gewinn eines Dichtwettbewerbs ausdruckslos, mit der neulich schon gezeigten Verständnislosigkeit zur Kenntnis gegeben hatte, war Telesikles über meinen Erfolg von Stolz erfüllt. Die Dichter ganz Griechenlands hatten ihre Verse in Olympia eingereicht, und die seines Sohnes hatten den ersten Preis errungen.

Inspiriert von der Neuigkeit schrieb ich ein feierliches Gedicht zu Ehren des Apollo, welches ich bei Lykambes vorzutragen plante. Ein solcher Päan wurde zum Dank für die Erhörung von Gebeten verfasst – ich hatte genügend Anlass, dem Gott der Musen zu danken.

So glücklich ich an diesem Tag war, an dem sich alles zu meinen Gunsten zu entwickeln schien – ich erinnerte mich an die Gedanken, die ich vor kurzer Zeit noch abends in meiner Kammer gehabt hatte –, war ich mir stets bewusst, dass sich das Schicksal in jedem Moment auch wieder gegen mich wenden konnte. Zum Dasein des Menschen gehört der Wechsel von Sieg und Niederlage, in Wellen folgen Glück und Leid aufeinander – diesen Rhythmus musste man erkennen und durfte ihn nie vergessen.

14

Einen Tag später brachen Telesikles und ich mit den Geschenken für die Braut und ihren Vater auf. Ich hatte erwartet, dass Kylon mit uns kommen würde, doch dieser ließ sich wegen Unwohlseins entschuldigen. Ich war darüber etwas beunruhigt, denn ich hatte mit ihm als Zeugen für diesen zweiten, innerhalb weniger Monate zu schließenden, Ehevertrag gerechnet.

Das Wetter hatte nicht nur die Reise meines Vaters nach Delphi erschwert, auch der Boden auf Paros war durch die starken Regenfälle der letzten Wochen aufgeweicht, und mehrmals drohten wir, im Schlamm einzusinken. Dass dies nicht geschah, nahm ich als ein gutes Vorzeichen für die bevorstehenden Entscheidungen.

Kaum dass wir das Landgut gegen Mittag erreicht hatten, kamen Bedienstete aus dem Hauptgebäude, um uns beim Abladen der Geschenke zu helfen.

Lykambes, festlich gekleidet, erwartete uns wie bei meinem ersten Besuch in der säulengestützten Empfangshalle, und wir schritten wieder in den Nebenraum, in dem vor einigen Wochen die Debatte der Ratsmitglieder stattgefunden hatte. Hier lernte ich auch erstmals Amphimedo, die Frau des Lykambes, kennen – bei Eunikes Hochzeit hatte ich sie nur aus der Ferne gesehen.

Nach dem Überreichen der Geschenke und dem üblichen Austausch von Höflichkeiten berichtete Telesikles von meinem erneuten Erfolg in der Dichtkunst: vom Sieg meines Hymnos auf Herakles in Olympia. Von allen Spielen, die in unserem Land veranstaltet wurden, waren die olympischen zweifellos die wichtigsten; entsprechend hoch war mein Sieg einzuordnen. Erfreut und sichtlich beeindruckt gratulierte mir Lykambes. Ein klein wenig Stolz keimte in mir, als ich bemerkte, dass es dem Musenfreund zu schmeicheln schien, möglicherweise der Schwiegervater eines zunehmend zu Bekanntheit gelangenden Dichters zu werden.

Ich war darauf vorbereitet, an diesem Tag das entscheidende Wort ergreifen zu müssen, und beschloss, die Gunst des Moments zu nutzen. So wandte ich mich an Lykambes.

„Wärest du bereit, mir deine Tochter Neobule zur Frau zu geben?"

Lykambes blickte zunächst auf meinen Vater, dann zu mir.

„Junger Mann, bei aller Sympathie für dich und deine Kunst muss ich doch vor allem die materielle Absicherung meiner Töchter im Auge haben."

Bevor ich antworten konnte, griff Telesikles in das Gespräch ein und wiederholte seine Bereitschaft, das junge Paar in der Form zu unterstützen, wie er es mir gegenüber vor zwei Tagen mitgeteilt hatte. Die Väter hatten sich, wie ich wusste, auf ihrer gemeinsamen Reise in dieser Frage schon abgestimmt.

So drehte sich Lykambes zu mir, nahm meine Hände und sagte: „Wenn es denn so ist, soll es an mir nicht scheitern."

Nachdem sich alle umarmt hatten, meinte mein neuer Schwiegervater, nun sei es doch an der Zeit, die Braut zu holen. Amphimedo, die sichtlich gerührt war, ging daraufhin zum Eingang. So schnell, wie Neobule den Raum betrat, musste sie hinter der Tür auf dem Flur gewartet haben, wenn nicht gar an der Tür gelauscht haben. Ihre strahlende Schönheit ließ mein Herz einmal mehr schneller schlagen. In der Hand trug sie den kleinen Myrtenzweig, den ich ihr mit dem Gedicht gesandt hatte. So gab sie mir zu verstehen, dass meine Sendung bei ihr angekommen war – keiner außer mir hätte die Geste deuten können.

Freudig begrüßten wir uns, und ich überreichte ihr das Diadem, das ich zu diesem Anlass erworben hatte. Sie zeigte sich beglückt und wollte es so rasch wie möglich anlegen, doch Lykambes sagte mit einem leichten Schmunzeln zu ihr, dass vorher noch eine Sache zu klären sei. Auch wenn sein Wort das entscheidende war, musste ich doch noch Neobule persönlich um ihre Hand bitten. Ich war kein Freund öffentlicher formeller Gesten, aber diese ließ sich nicht vermeiden.

„Neobule, willst du meine Frau werden?"

Sie errötete. „Ja, Archilochos, das will ich", antwortete sie, ohne auch nur einen Moment zu zögern. Sie nahm meine Hand, zog mich an sich, und wir küssten uns leicht auf die Wange.

Anschließend gingen wir hinüber in das Speisezimmer, wo ein festliches Mahl bereits für uns angerichtet war. Neben mir saß Neobule, auf der anderen Seite mein Schwiegervater. Nun waren auch Hermione und

Ismene, deren persönliche Bekanntschaft ich bislang nicht gemacht hatte, anwesend. Sie gratulierten Neobule und mir und hießen mich in meiner neuen Familie willkommen.

Nach dem Mahl trug ich den Päan vor, den ich zu diesem Anlass geschrieben hatte.

αὐτὸς ἐξάρχων πρὸς αὐλὸν Λέσβιον παιήονα

76D

ich selbst stimme an zur Flöte einen lesbischen Päan

Lykambes und seine Familie waren begeistert von meinem Vortrag und ermunterten mich, noch weitere Verse zu rezitieren, worauf ich noch die Fabel vom Fuchs und dem Adler vortrug.

αἶνός τις ἀνθρώπων ὅδε.

ὡς ἄρ' ἀλώπηξ καἰετὸς ξυνωνίην

ἔμειξαν

89D

mancher Mensch kennt die Geschichte,

in der ein Adler und ein Fuchs Freundschaft

schlossen

Danach wurde dem Wein zugesprochen, und Lykambes und Telesikles erhoben mit ermunternden Trinksprüchen einige Male ihre Trinkschalen auf das junge Paar.

καὶ νέους θάρσυνε· νίκης δ' ἐν θεοῖσι πείρατα.

57D

und ermutige die Jungen: die Entscheidung über den Sieg

liegt aber bei den Göttern.

So schnell die Zeit an diesem Nachmittag verflog –
mir blieb jede Sekunde in Erinnerung. Es dämmerte
bereits, als Telesikles sagte, wir müssten allmählich daran
denken, nach Hause zu fahren. Lykambes bot uns sogleich
an, auf dem Landgut zu übernachten, doch mein Vater
lehnte dies freundlich ab. Ich wäre gern noch länger
geblieben, auch bis zum nächsten Tag, wollte mich aber
Telesikles' Wünschen nicht widersetzen.

So verließen wir das Haus, um zurück nach Paros zu
fahren. Neobule umarmte mich ein letztes Mal, dann
bestiegen wir den Wagen. Das letzte Stück des Weges war
mühsam, da neben den Witterungsverhältnissen die
einsetzende Dunkelheit die Reise erschwerte.

In unserem Zuhause angekommen, zog ich mich,
berauscht vom Glück des Tages, rasch in mein Zimmer
zurück. Ich bemerkte allerdings noch, wie Telesikles trotz
der vorgerückten Stunde Kylon in sein Arbeitszimmer bat.

15

In der folgenden Woche fand die entscheidende
Ratssitzung statt, in der über die Kolonisation entschieden
werden sollte. Ich hatte meinem Vater angeboten, ihn zu
begleiten, doch er lehnte ab.

„Du bist weder Ratsmitglied, noch bist du bereits mit
irgendeiner Aufgabe betraut – deine Anwesenheit könnte
sogar eher schädlich für unsere Pläne sein. Du wartest
besser zu Hause auf mich."

Am Abend kam Telesikles zurück und berichtete
Kylon und mir von den Entschlüssen.

„Wie gut, dass es den eindeutigen delphischen
Orakelspruch gegeben hat. Dadurch konnte der Rat
letztlich gar nicht anders, als für die Entsendung einer
Gruppe von Siedlern zu stimmen. Wer wollte sich schon

dem Willen Apollos widersetzen?"

Kylon und ich schmunzelten, mein Halbbruder hatte eine ähnliche Meinung von Weissagungen wie ich.

„Ohne das Orakel wäre die Entscheidung möglicherweise anders ausgefallen", fuhr unser Vater fort. „Es gab entschiedenen Widerstand gegen das Unternehmen, vor allem von Leophilos. Er wurde jedoch überstimmt."

Es war festgelegt worden, zwei Schiffe mit je fünfzig Mann zu besetzen. Davon sollten fünfzig als Siedler auf Thasos bleiben. Die anderen fünfzig, die die Aufgabe hatten, die Kolonisten auf der Fahrt und bei der Landnahme zu beschützen, sollten anschließend nach Paros zurückkehren.

Kolonisationen in früherer Zeit waren mitunter größer dimensioniert gewesen, die meisten jüngeren Expeditionen fanden in kleineren Gruppen statt – insofern bewegte sich die Größenordnung der Entscheidung dieses Tages ungefähr im erwarteten Rahmen.

An mich gewandt, sagte er: „Du wurdest zum Führer der Unternehmung ernannt, man hofft auf ähnliche Erfolge, wie dein Großvater und ich sie dort hatten. Von einer Seite kam der Vorschlag, Glaukos solle der Führer sein – er hat ja die weit größere Erfahrung in militärischen Dingen als du. Dieser wird allerdings, wie Leptines zu bedenken gab, zumindest eine gewisse Zeit auf Thasos verbringen, um dort seinen Onkel – ich glaube, sein Name ist Brentes – zu unterstützen. Schließlich müssen die Männer ja nach Paros zurückgeleitet werden, und da schien es sinnvoll, die Leitung in eine einzige Hand zu geben."

„Ich danke dir für deinen Einsatz in meiner Sache – ich werde versuchen, diesem gerecht zu werden."

Eine Frage musste ich noch stellen. „Wird es Leophilos gelingen, das Unternehmen noch zu Fall zu bringen?"

„Das glaube ich nicht. Vielleicht wird es ein paar kleinere Veränderungen in der Größenordnung geben, aber die grundsätzliche Entscheidung, Paros durch Kolonisation zu entlasten, ist heute gefallen."

Weiter führte er aus: „Du musst bald Verbindung zu Glaukos aufnehmen, um mit ihm die Männer auszuwählen, die zum Schutz der Siedler mit euch kommen werden. Sein Vater Leptines wird sich um die Schiffe kümmern."

„Das werde ich umgehend tun, ich bin mit Glaukos ohnedies nach der Archontenwahl bereits verabredet."

Wir sprachen noch eine Weile über die Entscheidung und die Folgen, die sich daraus ergeben würden. Anschließend zogen wir uns in die Schlafgemächer zurück. Die kaum verdiente Ernennung zum Leiter der Unternehmung war ehrenvoll, einmal mehr musste ich Telesikles dankbar sein. Auf der anderen Seite war ich frisch verlobt, und die Abwesenheit von Paros und Neobule entsprach so gar nicht meinen Wünschen für die nächsten Wochen, gar Monate. Aber ich würde ja zurückkehren.

16

Am Morgen der Archontenwahl fuhr ich mit Telesikles, Kylon und den anderen stimmberechtigten Männern vom Anwesen meines Vaters zur Agora unserer Polis, wo sich trotz der Kälte des Tages bereits eine beträchtliche Menschenmenge eingefunden hatte. Viele der fliegenden Händler hatten nach der Versammlung, auf der ich den Auftritt der vier Kandidaten verfolgt hatte, ihre Buden gar nicht abgebaut, sondern sie nur zusammengeklappt, um sie am Wahltag wieder in Betrieb nehmen zu können. Manche verkauften erhitzten Wein, um die Wähler aufzuwärmen, auch wir ließen uns davon aus den Amphoren schöpfen.

Wir erfuhren, dass ein weiterer Kandidat – er war damals der zweite Redner gewesen – seine Bewerbung, wohl mangels Erfolgsaussichten, zurückgezogen hatte. Zwar musste Leophilos nach wie vor als Favorit betrachtet werden, sein Vorsprung war in letzter Zeit allerdings – nicht zuletzt durch Perikles' und Glaukos' Aktivitäten – geschmolzen. Durch den Rückzug eines weiteren Kandidaten gestaltete sich die Wahl noch offener, denn es war nicht klar, wem die nun frei gewordenen Stimmen zukommen würden.

Viele Wähler standen bereits in Gruppen um ihren jeweiligen Kandidaten geschart, wodurch sich ein wenig schon die Stimmverhältnisse bei der Wahl abzeichneten. Die größte Gruppe stand, wie zu erwarten, um Leophilos. Ich vermutete allerdings, dass viele der Leute um ihn nicht freiwillig an seiner Seite waren, sondern dass sie als seine Schuldner ihm ihre Stimme hatten verkaufen müssen. Das war legitim, ich hätte an seiner Stelle nicht anders gehandelt. Wir stellten uns so auf den Platz, dass nicht erkennbar war, wen wir unterstützen würden.

Aisimides, als Ratsältester, betrat nach einiger Zeit das Podium, bat mit erhobenen Händen um Ruhe und eröffnete die Versammlung. Zunächst stellte er nochmals die drei Kandidaten vor, die einer nach dem anderen sich neben ihn platzierten. Jeder Kandidat richtete noch einige kurze Worte an die Menge.

Die Abstimmung erfolgte durch Handzeichen. Nur wenige Hände erhoben sich, als danach gefragt wurde, wer für den ersten Kandidaten stimmte. Da absehbar war, dass dieser damit nicht die geringste Aussicht hatte, die Wahl zu gewinnen, wurde auf ein genaues Abzählen der Stimmen verzichtet.

Danach wurde für Neilos abgestimmt, und eine Vielzahl von Händen schoss unter Zurufen nach oben. Ich hatte zwar vor, Neilos zu unterstützen, traute mich dann aber in Gegenwart meines Vaters, Kylons und des Rests unserer Leute nicht, dies öffentlich kundzutun – ich wäre der Einzige von unserem Anwesen gewesen, der nicht für Leophilos gestimmt hätte. Etwas beschämt sah ich mich vorsichtig um, ob einer der Leute um Perikles oder Glaukos mich sehen würde. Es waren mittlerweile vielleicht fünf- oder sechshundert Männer auf der Agora. Mir schien, dass ich nicht beobachtet worden war, das Lager der Anhänger Neilos' war zu weit entfernt.

Aisimides und einige andere Ratsmitglieder berieten sich nach diesem Votum kurz. Das Ergebnis würde wohl knapp werden, daher beschloss man, die Stimmen genau zu zählen. Es dauerte eine Weile, bis dieser Vorgang abgeschlossen war, schließlich mussten die Zählenden alle zum gleichen Ergebnis gelangen. Etwas Unruhe kam im Lager des Leophilos auf.

Anschließend wurde danach gefragt, wer für Leophilos als Archonten stimmte. Es war sofort erkennbar, dass die Zahl der erhobenen Hände ähnlich groß war wie kurz zuvor, als nach den Stimmen für Neilos gefragt wurde. Ich stand im Rücken der Leute von Telesikles' Gut, und auch diesmal ließ ich meinen Arm gesenkt und hoffte, dass keiner der vor mir Stehenden dies bemerkte. Es war ohnehin feige gewesen, Neilos nicht unterstützt zu haben, aber Leophilos meine Stimme zu geben – dazu konnte ich mich doch nicht überwinden. Auch hier nahm es viel Zeit in Anspruch, bis die Offiziellen zu einem einheitlichen Ergebnis gekommen waren.

Unruhig warteten die Stimmberechtigten darauf, dass verkündet würde, wer die Wahl gewonnen hatte. Lange standen Aisimides und die anderen beieinander und besprachen sich. Endlich trat der Älteste vor und wandte sich mit erhobener Stimme an die Menge: Leophilos hatte die Wahl, wenn auch nur mit fünf Stimmen Vorsprung, gewonnen.

Jubel brandete in der Gruppe auf, die um den Wahlgewinner herumstand. Leophilos löste sich aus der Schar der Gratulanten und bestieg das Podium erneut. Er dankte Aisimides für die Durchführung der Wahl, bevor er sich in Siegerpose mit zum Himmel gestreckten Händen wieder der Menge zuwandte. Die meisten jubelten ihm zu, auch aus der Gegend der Agora, wo die Wähler der anderen Kandidaten sich gesammelt hatten, kam Applaus auf.

Neilos bahnte sich einen Weg durch die Menge und reichte dem Wahlgewinner vom Platz unten aus die Hand, um diesen zu beglückwünschen. Leophilos bückte sich nieder, um den Handschlag des Unterlegenen entgegenzunehmen.

νῦν δὲ Λεώφιλος μὲν ἄρχει, Λεώφιλος δ᾽ ἐπικρατεῖ,

Λεωφίλοι δὲ πάντα κεῖται, Λεώφιλος δ᾽ ἀκούεται.

70D

jetzt herrscht Leophilos, Leophilos hat nun die Macht,

alles liegt nun an Leophilos, Leophilos – dem hört man zu.

Auch die übrigen Ratsmitglieder, darunter mein Vater, gratulierten dem neuen Archonten zu seiner Wahl. Aisimides wandte sich wieder an das Volk und erklärte die Versammlung für beendet, woraufhin die Menge begann, sich in alle Richtungen zu zerstreuen.

Ich suchte Telesikles, um ihm mitzuteilen, dass ich zu Glaukos ins Haus des Leptines gehen würde. Mein Vater vermutete wohl, dieses Treffen diene, wie von mir angekündigt, einer Vorbesprechung der Fahrt nach Thasos. Dass sich dort die Gegner des Leophilos zum Wein treffen würden, erwähnte ich nicht.

17

Der Sitz der Familie des Leptines lag nicht weit von der Agora entfernt, ganz in der Nähe des Hauses, in dem

Eunike und Perikles seit der Hochzeit wohnten. Ich betrat das Gebäude, aus dem schon lebhaftes Stimmengewirr zu hören war. Im Empfangsraum waren vielleicht acht oder neun Leute versammelt und unterhielten sich angeregt, wahrscheinlich über den Ausgang der Wahl. Leptines selbst war nicht anwesend, ich hatte ihn auch auf der Agora nicht gesehen. Er war, wie ich später erfuhr, zu Besuch auf einer der Nachbarinseln.

Glaukos begrüßte mich freundschaftlich, als er mich sah. Ich legte, wie es üblich war, meinen Beitrag für das anstehende Symposion in eine bereitstehende Schale, wonach der Gastgeber mich den Anwesenden vorstellte. Wieder durfte ich, als mein Name genannt wurde, Glückwünsche zum Gewinn der beiden Wettbewerbe entgegennehmen. Einige fragten, ob ich später nicht vielleicht einige Verse vortragen wollte.

Da ich mich nun im Kreis der Anhänger Neilos' befand, meldete sich mein schlechtes Gewissen wegen meines Verhaltens bei der Abstimmung. Ich war wohl der Einzige im Raum, der nicht für diesen Kandidaten gestimmt hatte. Um diese Gedanken zu vertreiben, griff ich begierig nach einem Skyphos mit kaum vermischtem Wein.

Die Stimmung war weit ausgelassener, als ich angesichts des Wahlausgangs erwartet hatte. Vielleicht waren die Teilnehmer des Gelages über den hohen Stimmenanteil ihres Kandidaten erfreut, vielleicht zeigte auch der genossene Wein schon seine Wirkung. Einige hatten sicherlich – wie auch ich – bereits vor der Wahl an einer der Buden auf der Agora erhitzten Wein zu sich genommen.

ἔωθεν ἕκαστος ἔπινεν· ἐν δὲ βακχίηισιν

D111

schon morgens trank jeder: im Bachantenrausch

73

Nach einiger Zeit erschien auch Neilos. Er wurde von seinen Wahlgängern frenetisch begrüßt und gefeiert, als habe er die Wahl gewonnen. Abwehrend hob Neilos die Hand und versuchte, den Lärm etwas zu beruhigen. Anschließend dankte er den Anwesenden für ihre Stimme, insbesondere denen, die in den letzten Tagen nochmals verstärkt für ihn geworben hatten. Seine Rede unterschied sich wahrscheinlich nicht von der, die Leophilos an anderer Stelle der Polis in diesem Moment hielt. Aisimides ließ sich nur kurz blicken – nachdem er die ausgelassene Menge im Empfangsraum gesehen hatte, zog er sich rasch zurück. Vielleicht wollte er sich auch als unparteiischer Vorstand der eben abgehaltenen Wahl nicht zu lange auf der Versammlung eines der Kandidaten sehen lassen.

Kurz nach Neilos kam auch Perikles, der noch zu Hause vorbeigesehen hatte. Dabei vergaß er – wohl aus Versehen – seinen Anteil, den jeder für die Kosten des Gelages zu tragen hatte, zu zahlen. Da ich dies zufällig wahrnahm, ging ich hinüber zu der dafür bereitgestellten Schale und erledigte dies, ohne großes Aufsehen darüber zu machen, für meinen Schwager.

Eine Stunde später war die Niederlage vom Vormittag für die meisten Teilnehmer des Symposions wohl vergessen. Der starke Wein hatte eine anregende Wirkung auf alle Anwesenden.

Einer der Zecher blickte auf mich und grölte: „Es ist doch ein berühmter Meister der Dichtkunst im Raum! Lass doch ein paar Verse von dir hören – wir sind gespannt!"

Ich hatte keine Wahl, fühlte mich aber auch durchaus inspiriert und beschloss, aus dem Stegreif mich in einem Lied auf Dionysos zu versuchen.

ὡς Διωνύσοι' ἄνακτος καλὸν ἐξάρξαι μέλος

οἶδα διτύραμβον οἴνωι συγκεραυνωθεὶς φρένας.

77D

74

denn ich weiß, dem Dionysos ein schönes Lied

anzustimmen,

den Dithyrambos; vom Wein gezeichnet ist mein Geist

Das Publikum johlte, als ich begann, einen Vers auf den Gott des Weines anzustimmen. Selber schon leicht berauscht, glitt ich mehr und mehr in Anspielungen erotischer Natur ab, die kaum einem der Zuhörer in ihrem wahren Sinn verborgen bleiben konnten. Immer mehr steigerte ich mich in den improvisierten Dithyrambos hinein.

...Ὁ Διόνυσος...

...ὄμφακες...

....σῦκα μελιχρὰ...

...οἰφολίωι ερ[?]...

Monumentum Archilochium E1 col.III

(nur sehr bruchstückhaft überliefert)

...O Dionysos...

...Trauben...

...die süßen Feigen...

...dem Gott des Geschlechtsverkehrs opfern...

Die Reaktion der stark angeheiterten Runde ließ mich erkennen, dass man die eigentliche Bedeutung meiner Worte durchaus noch zu verstehen in der Lage war. Irgendjemand mit kurz geschorenen Haaren reichte mir meinen Skyphos, der wieder bis zum Rand aufgefüllt worden war. Ich leerte ihn in einem Zug, um dann in ähnlicher Art fortzufahren.

Schließlich kam ich auf die Idee, die Zuhörer in mein wildes Gedicht einzubeziehen. Ich studierte mit ihnen – die meisten nahmen begeistert daran teil – einige Verse ein, die wir im Folgenden im Wechselgesang zwischen Chor und Chorführer intonierten. Wieder wurden die Trinkschalen gefüllt, es wurde getrunken und gelacht.

Der Nachmittag ging allmählich in den frühen Abend über, es dämmerte bereits. Bald umfasste die tiefe Dunkelheit des Winters unsere Polis. Völlig im Dunkeln sind auch meine Erinnerungen an den Rest des Tages.

18

Das Erwachen war äußerst unangenehm. Noch wie bewusstlos nahm ich nur wahr, dass stumpfe Schläge an meine Hüfte pochten. Noch bevor ich zu mir kam, bemerkte ich entsetzliche Kopfschmerzen, wie ich sie noch nie verspürt hatte. Mit großer Anstrengung versuchte ich, die Augen zu öffnen. Als mir das gelang, blickte ich mich vorsichtig um – ich hatte keinerlei Vorstellung, wo ich mich überhaupt befand.

Als ich den Raum erkannte, dämmerte mir allmählich, dass es das Haus des Leptines sein könnte, in dem ich, merkwürdig wenig bekleidet, auf dem Boden lag. Es war noch nicht hell geworden, doch in einiger Entfernung konnte ich zwei weitere Menschen erkennen, die in verrenkten Positionen auf den Liegen hingen und laut schnarchend ihren Rausch ausschliefen.

Allmählich schien in mir ein Schatten des Erkennens meiner selbst zu erwachen, als grobe Stimmen nach meinem Namen fragten. Es dauerte nochmals eine Weile, bis ich bemerkte, dass ich die angesprochene Person war. Als solche bemühte ich mich, nach oben in Richtung der dröhnenden Stimmen zu sehen. Es waren zwei Soldaten, die mit dem hinteren Ende ihres Speeres angestrengt und ärgerlich den Versuch unternahmen, mich aus meiner Bewusstlosigkeit zu holen. Es schien, als würde der

76

Morgen sich mit fahlem Licht durch ein Fenster ankündigen.

Nach einiger Zeit gelang es mir, meinen Namen zu nennen, worauf die beiden Soldaten reagierten, indem sie mir unter die Achseln griffen und mich hochzogen. Mühsam stand ich nun auf den Beinen, stützte mich aber zur Sicherheit an einer Säule ab. Den fehlenden Teil meines Gewandes sah ich am Boden liegen und hob ihn auf. Während ich mich notdürftig bekleidete, fragte ich den einen Soldaten, der mich so ansah, als fürchtete er, dass ich in jedem Moment wieder in mich zusammenfallen könnte, was er denn überhaupt von mir wolle.

Nur schwierig gelang es mir, seiner Antwort zu folgen.

„Es hat in der vergangenen Nacht eine schwere Schändung des Ansehens von Dionysos stattgefunden. Ein Sänger namens Archilochos – das bist doch du – hat Schmählieder auf den Gott gesungen. Das gibt Ärger ...“

Mit dieser Aussage konnte ich gar nichts anfangen. Ich war mir keiner Schuld bewusst und verstand auch nicht, was ich überhaupt mit einer solchen Angelegenheit zu tun haben könnte. Bevor ich mich in meiner Langsamkeit zu irgendeiner Antwort sammeln konnte, packten mich die beiden wieder und schleppten mich in Richtung Ausgang – mir wurde übel. Ich musste mich übergeben, was der eine der Soldaten, der es nicht mehr ganz schaffte, meinem herausprudelnden Mageninhalt auszuweichen, mit heftigem Fluchen quittierte.

Ans anbrechende Tageslicht geschleift, riss ich, so gut ich konnte, die Hände vor die Augen. Zu hell war das Grau des Wintermorgens, mir schien es, als würde ich direkt ins gleißende Licht der Sommersonne hineingeworfen. Doch die beiden Schergen packten mich alsbald wieder an den Schultern und setzten ihr Werk, mich irgendwohin zu befördern, erbarmungslos fort.

Allmählich glaubte ich, die Umrisse mir bekannter Häuser erkennen zu können. Man schleifte mich über die Agora in Richtung des Sitzes des Archonten, neben dem sich das Gebäude, in dem üblicherweise das Gericht tagte, befand. Willenlos erwartete ich, wohin der Weg uns drei führen würde. Hinter dem Gericht bogen die beiden Knechte mit mir ab und brachten mich in einen Raum, wo ein weiterer Soldat uns erwartete.

Er öffnete eine nebenan befindliche Zelle, in die ich hineingeschoben wurde. Meiner zwei Stützen beraubt, sackte ich auf den Boden in mich zusammen. Unterdessen verriegelte der Soldat, dessen Bekanntschaft ich zuletzt geschlossen hatte, geräuschvoll die Zellentür.

Zwar war mir klar, dass ich mich in einer besorgniserregenden Situation befand, dennoch schlief ich an Ort und Stelle sofort wieder ein. Als ich wieder erwachte, fühlte ich mich zwar immer noch angeschlagen, war aber etwas frischer im Kopf als zuvor.

Ich begann nachzudenken, warum ich da war, wo ich jetzt war. Irgendeiner aus der Runde des gestrigen Abends hatte offensichtlich unmittelbar nach der Feier oder sogar noch während des Gelages die Behörden verständigt, dass unzüchtige Verse im Haus des Leptines vorgetragen wurden. Derjenige musste mich als treibende Kraft und Anstifter belastet haben. Ich kannte zu wenige der Anwesenden, um eine Person zu verdächtigen, verfluchte den Denunzianten aber und wünschte, Apollo möge ihn zum Hades schicken. Vielleicht waren es sogar mehrere Verräter. Hoffentlich würden nicht auch Glaukos und Perikles belangt werden.

...ὦναξ Ἄπολλον, καὶ σὺ τοὺς μὲν αἰτίους

πήμαινε καὶ σφεας ὄλλυ᾿ ὥσπερ ὀλλυεις,

ἡμέας δὲ...

30D

...Gott Apollo, lass die Schuldigen leiden

und vernichte sie, wie nur du sie vernichten kannst,

uns aber...

Mein Zorn wandelte sich wieder in Sorge, als der Wärter die Zellentür öffnete und mir mitteilte, ein Gericht würde an Ort und Stelle darüber befinden, ob ich der Schmähung des Dionysos schuldig sei oder nicht. Noch immer war ich etwas langsam im Begreifen dessen, was er sagte. Daher musste er sich wieder mit dem stumpfen Ende seines Speers behelfen, um mich auf die Beine zu bringen und aus der Zelle hinauszubewegen. Mit der Speerspitze wies er mir den Weg, den ich nun zu nehmen hatte.

Ich wusste, dass ich jetzt Herr meiner Sinne sein musste, und begann im Gehen über eine Verteidigung nachzudenken. Der Wärter geleitete mich in einen kleinen Verhandlungssaal des Gerichts, in dem bereits drei Geschworene auf mich warteten. Ich wusste nicht, dass ein Gericht auch so früh am Morgen tagte. Weiter hinten im Raum saßen noch zwei oder drei andere Personen, die mir unbeteiligt schienen.

Einer der Geschworenen ergriff das Wort und wiederholte die Anklage, ich hätte mit meinen schändlichen Gedichten den Gott Dionysos beleidigt. Er zitierte meinen angeblichen Text, in dem ich im Zusammenhang mit dem Gott unzüchtig über weibliche Geschlechtsorgane gelästert hätte. Er unterstellte mir noch eine ganze Reihe weiterer unflätiger Bemerkungen.

Nachdem der Geschworene mich so deutlich erinnert hatte, dämmerten mir einige Zeilen der Verse, die ich gestern berauscht mit den anderen Trinkern gesungen hatte. Ich versuchte einige Ausflüchte, die ich mir vor dem Betreten des Raumes zurechtgelegt hatte.

„Ich habe wohl ein Lied auf Dionysos gesungen – das stimmt. Da war aber nichts von dem, was ihr mir vorwerft.

Ich habe den Gott nur auf die übliche Weise angerufen. Es waren nur harmlose Segenswünsche für die Fruchtbarkeit unserer Obstfelder!"

Der mittlere der drei Geschworenen lachte daraufhin hell auf: „Du willst uns wohl für dumm verkaufen? Wir wissen genau, was du mit deinen Anspielungen gemeint hast. Dies ist eine schwere Freveltat gegenüber dem Gott!"

So ging es einige Male hin und her, ich stritt weiterhin jede Gotteslästerung ab.

Ich forderte das Gericht auf, Zeugen für meine angeblichen Verfehlungen zu benennen. Daraufhin winkte der mittlere Geschworene eine der drei Personen, die sich im hinteren Teil des Raums aufhielten, nach vorne und fragte ihn nach seinem Namen und ob er etwas auszusagen hätte.

„Mein Name ist Dimitros, Herr", begann der kurz geschorene, unscheinbare Mann. „Ich habe sehr wohl etwas in dieser Sache vorzubringen."

„Dann berichte uns, was gestern Abend im Haus des Leptines vorgefallen ist!"

„Alle Vorwürfe, die gegen den Angeklagten hier vorgebracht wurden, treffen zu – es war ein gotteslästerliches Treiben, Singen und Dichten. Da war nichts von Obstfeldern ..."

„Das hast du alles mit deinen eigenen Augen gesehen und gehört?"

„Ja, Herr!"

Ich betrachtete Dimitros genau: Es war durchaus möglich, dass er am Vorabend ebenfalls bei Glaukos gewesen war – ich erinnerte mich einfach nicht genau, ich hatte zu wenig in den Kreis meiner Zuhörer geblickt. Nun aber sah ich mich um, ob unter den übrigen Anwesenden noch einer war, den ich erkannte, der ebenfalls möglicherweise gegen mich aussagen würde. Dem war aber nicht so, zumindest schien es mir so.

Mir blieb nichts anderes übrig, als meine Darstellung zu wiederholen. Erneut flüchtete ich mich in eine angebliche Fehldeutung meiner Verse.

ναὶ ναὶ μὰ μήκωονς χλόην

99D

ich schwöre beim blühenden Mohn

„Nun ist genug gesprochen", meinte der mittlere Geschworene, offenbar der Vorsitzende dieser Kammer. „Ich habe mir ein Bild von den Vorkommnissen des gestrigen Abends gemacht."

Er blickte zu seinen beiden Kollegen, die ihm zunickten, worauf sich das Gericht zur Beratung zurückzog.

Wie auch immer die Sache ausgehen würde – ich beschloss, an demjenigen, der mich in diese Situation gebracht hatte, Rache zu üben. Nicht mit körperlicher Gewalt, sondern mit der Gewalt meiner Worte.

ἓν δ᾽ ἐπίσταμαι μέγα,

τὸν κακῶς μ᾽ ἔρδοντα δεννοῖς᾽ ἀνταμείβεσθαι κακοῖς.

66D

eine große Sache kann ich:

dem, der mir Böses angetan hat, es mit Schmähreden

heimzahlen.

Ich musste nicht lange auf den Ausgang des Verfahrens warten. Es dauerte nur eine kurze Weile, bis das Gericht in den Verhandlungssaal zurückkam. Der Vorsitzende setzte sich nicht wieder hin, sondern blieb stehen und verkündete das Urteil: „Archilochos, du bist der

Gotteslästerung schuldig gesprochen. Du wirst verbannt und hast zwei Wochen, unsere Insel zu verlassen."

19

Ich war am Boden zerstört. Zwar war ich immer noch benommen vom gestrigen Rausch, aber genug bei Bewusstsein, um zu erkennen, dass sich mein ganzes Leben durch den Urteilsspruch verändern würde. Zwar hätte ich die Insel ohnehin bald verlassen, aber vierzehn Tage waren kaum genug, um den Zug der Siedler nach Thasos zusammenzustellen – und ob ich das Kommando über dieses Unternehmen nach dem heutigen Tag noch haben würde, stand in den Sternen. Vielleicht könnte ich mich als Siedler der Expedition anschließen; dort angekommen, müsste ich dann in der neuen Kolonie bleiben.

Was sollte aus Neobule werden? Diese Hochzeit würde wohl nicht gefeiert werden – Lykambes konnte einem Verurteilten seine Tochter nicht zur Frau geben. Selbst wenn dem so wäre, würde er nie gestatten, dass sie mit mir die Insel verließe.

Ich wankte aus dem Gerichtsgebäude, quer über die Agora, und lief in Richtung des Stadttores, hinter dem sich das Landgut meines Vaters befand. Dort angekommen, zog ich mich als Erstes, ohne irgendjemandem eine Begründung meines Fernbleibens über Nacht zu geben, in mein Zimmer zurück, um mich frisch zu machen.

Als ich mich wieder besser fühlte und ein neues Gewand angelegt hatte, ging ich hinunter zum Arbeitszimmer meines Vaters. Beim Betreten des Raumes sah ich, dass Perikles zu Besuch war. Die beiden hatten wohl vorhin bemerkt, dass ich auf das Anwesen zurückgekommen war, und zeigten sich daher nicht überrascht, als ich den Raum betrat.

Ich berichtete in einer knappen Zusammenfassung von den Ereignissen des Abends und von meiner Verurteilung wegen Gotteslästerung am Vormittag. Meine eigene Rolle stellte ich sicherlich beschönigt dar und erboste mich auch über die schnelle Anklage und Aburteilung.

„Bist du des Wahnsinns? Was hast du getan?" Telesikles war mit entsetztem Gesicht aufgesprungen.

Perikles fuhr mich wütend an: „Was hast du, alter Trunkenbold, dir gedacht? Du bist doch eine Schande für unsere ganze Familie! Wie konnte so etwas passieren?"

„Du warst doch selbst, zumindest anfangs, bei dem Gelage dabei", entgegnete ich zornig. „Und außerdem hast gerade du kein Recht, mir ungebührliches Benehmen vorzuwerfen. Schließlich hast du – obwohl du nicht einmal eingeladen warst – es sogar versäumt, deinen Beitrag zu der Feier zu leisten! Ich habe für dich gezahlt! Du hast den teuren Wein in großen Mengen zu dir genommen und bist dann einfach verschwunden!"

Dass Perikles nur aus dem Grund nicht eingeladen war, da er die Agora nach den Wahlreden früher als andere verlassen hatte, erwähnte ich nicht.

πολλὸν δὲ πίνων καὶ χαλίκρητον μέθυ,

οὔτε τῖμον εἰσενείκας

οὐδὲ μὲν κληθεὶς (ὑφ' ἡμέων) ἦλτες, οἷα δὴ φίλος,

ἀλλὰ σεῦ γαστὴρ νόον τε καὶ φρένας παρήγαγεν

εἰς ἀναιδείην.

78D

obwohl du viel Wein getrunken hast, und zwar

ungemischten,

hast du nicht zu den Kosten beigetragen!

obwohl du nicht geladen warst, kamst du wie zu Freunden

–

aber dein Magen hat dir Sinn und Verstand verführt

und ließ dich schamlos sein.

Meine Vorwürfe gegenüber Perikles wogen natürlich nur einen Bruchteil von dem, was er mir – und vor allem ich mir selbst – zu Recht anzulasten hatte. Ich musste nur meine aufgestaute Wut herauslassen und hatte dafür ein Opfer gefunden. Der Hang zum Cholerischen war immer schon ein Bestandteil meines Charakters gewesen, auf den ich nicht stolz sein konnte.

Mein plötzlicher, wenn auch unsachlicher Angriff hatte die Wirkung, dass Perikles für einen Moment stutzte. Er versuchte sich zu erinnern, ob er tatsächlich vergessen hatte, einen angemessenen Betrag in die Schale zu legen.

Die kurze Pause gab Telesikles die Gelegenheit, das Wort zu ergreifen.

„Wie konntest du dich so gehen lassen? Wie konnte das geschehen? Wahrscheinlich hast du an einem einzigen Abend dein ganzes Leben ruiniert. Was soll aus Thasos werden, was aus Neobule?"

Er schlug verzweifelt die Hände über dem Kopf zusammen, bevor er auf seinen Stuhl niedersank und den Kopf in den Armen vergrub. Er wirkte betroffener als ich selbst.

20

In den folgenden zwei Tagen ging ich allen Mitbewohnern aus dem Weg. Meine Arbeit auf dem Anwesen verrichtete ich, soweit es eben nötig war, ansonsten zog ich mich völlig zurück. Natürlich hatte ich Fehler begangen, doch damit war ich sicher nicht allein.

ἤμβλακον, καὶ πού τιν' ἄλλον ἡ ἀάτη κιχήσατο.

73D

ich habe mich geirrt – und manch anderer wurde auch

schon vom Irrtum heimgesucht.

Irgendwie musste Neobule von der Angelegenheit erfahren – wahrscheinlich war die Nachricht meiner Verurteilung über den Rat und Lykambes schon zu ihr gelangt. Ich überlegte, ob ich zu Lykambes' Landgut fahren oder ihr einen Brief zukommen lassen sollte. So würde sie wenigstens meine Darstellung der Vorgänge kennen, jede andere würde mich sicherlich in noch ungünstigerem Licht erscheinen lassen.

Während ich noch grübelnd auf meinem Lager saß, erledigte sich das ganze Problem völlig unerwartet auf eine ganz andere Weise. Telesikles stürmte, ohne anzuklopfen, in mein Zimmer.

„Du wirst es nicht glauben! Und du hast es schon gar nicht verdient!" Er hielt kurz inne und holte tief Luft. „Leophilos hat zur Feier seiner Amtsübernahme eine Amnestie erlassen – und du bist ebenfalls betroffen!"

Ich war sprachlos und konnte zunächst die Tragweite der Botschaft nicht erfassen. Erst allmählich ließ der Druck nach, der in den letzten Tagen auf mir gelastet hatte. Als ich die Tragweite des Geschehenen begriff, nahm ich mir vor, eine Lehre aus dem Erlebten zu ziehen und in Zukunft einer Situation wie der im Haus des Leptines aus dem Weg zu gehen.

Dass ich dieses Glück gerade Leophilos verdankte, war eine besondere Ironie des Schicksals. Fast war ich froh, keinen Wahlkampf gegen ihn gemacht und auf der Agora zumindest nicht für seinen Rivalen gestimmt zu haben. Vielleicht hatte mein Vater, der sein Ansehen bei der Wahl zugunsten von Leophilos in die Waagschale geworfen hatte, mit diesem gesprochen und ihn zu der Amnestie gedrängt?

Telesikles hatte zweifellos recht mit seinem Hinweis, dass die Geschichte trotz der Amnestie nicht einfach ungeschehen gemacht werden konnte – so sehr ich es mir auch wünschte. Einige Wochen, besser Monate auf Thasos zu verbringen, war mit Sicherheit günstig, denn man würde die Vorkommnisse durch meine Abwesenheit schneller vergessen.

Daher entschloss ich mich, die Vorbereitungen für den Siedlerzug nach Thasos mit Entschiedenheit voranzutreiben. Alle sollten sehen, dass ich ein fähiger Anführer war. Am nächsten Morgen würde ich zu Glaukos gehen, um die Söldner, die uns begleiten sollten, auszuwählen.

Neobule würde ich eine Nachricht mit der Bitte um ein persönliches Treffen zukommen lassen. Dann konnte ich ihr erklären, was vorgefallen war. Vielleicht gelang es mir, die Verlobung zu retten. Noch am selben Abend verfasste ich das Schreiben an sie.

21

Noch bevor ich am nächsten Tag Zenon erneut beauftragen konnte, meine Botschaft an Neobule zu bringen, ließ mich mein Vater in sein Arbeitszimmer bitten. Nochmals sprach er tadelnd von dem unverdienten Glück, welches ich durch Leophilos' Amnestie gehabt hätte.

Der eigentliche Grund für das Gespräch war aber, dass er zu dem Schluss gekommen war, dass ein persönliches Treffen mit der Familie des Lykambes nötig war, um meine geplante Eheschließung zu retten. Er hatte unseren Besuch mit seinem Kollegen aus dem Rat abgesprochen und für den folgenden Tag in dessen

Stadthaus vorgesehen.

Das vorgesehene Treffen würde für mich zutiefst peinlich und beschämend werden, gleichwohl sah ich die Notwendigkeit einer Aussprache mit allen Beteiligten ein und stimmte dem Termin zu.

Den Vormittag dieses Tages nutzte ich dann wie vorgesehen und suchte Glaukos in der Kaserne am Stadtrand auf. Ich traf ihn im Hof des Geländes, auf dem die Soldaten exerzierten, an. Als er mich sah, gab er das Kommando an einen der Umstehenden weiter.

„Erxies, übernimm du den Befehl! Ich muss mich eben um eine andere Sache kümmern." Danach wandte er sich mir zu, und wir gingen einige Schritte zur Seite, damit unserem Gespräch nicht gelauscht werden konnte. „Ich habe natürlich von deiner Verurteilung gehört. Es ist mir sehr peinlich, dass der Vorfall im Haus meines Vaters stattgefunden hat! Erzähle mir, was passiert ist – ich kann mich ehrlicherweise an das Ende des Abends nicht mehr erinnern. Der Wein war zu schwer. Wenigstens habe ich es noch in mein Bett geschafft, wenn ich auch nicht weiß, wie mir das in meinem Zustand gelungen ist."

Ich berichtete von dem Prozess, in dem Dimitros sich als der Verräter oder dessen Strohmann entpuppt hatte. Dann fragte ich ihn: „Wer ist dieser Dimitros? Woher kennst du ihn?"

„Ich kenne ihn überhaupt nicht. Wie gesagt – mein Erinnerungsvermögen ist getrübt ... Ich kann dir nicht sagen, wer genau bei dem Gelage zugegen war. Es waren sicherlich einige ungebetene Gäste anwesend. Gesungen wurde schon, das weiß ich noch."

Ich glaubte ihm. Hätte Dimitros nicht plötzlich eine so bedeutende Rolle in meinem Leben gespielt, hätte ich ihn wohl ebenfalls nicht mehr erkannt, wenn er mir auf der Agora begegnet wäre – er war zu unscheinbar.

„Bist du sicher, dass es bei dem Prozess – nennen wir es einmal einen Prozess – wirklich um die angebliche Schmähung des Dionysos gegangen ist? Das Verfahren ging doch viel zu schnell, mit einem viel zu harten Urteil. Was war denn schon los? Wir haben getrunken. Na und? Oder steckt vielleicht mehr dahinter? Möchte dich jemand aus dem Weg haben oder mundtot machen? Welchen Grund könnte jemand haben, dich zu denunzieren?"

Von dieser Seite hatte ich die Angelegenheit noch gar nicht betrachtet. Ich beschloss, mir über die möglichen Hintergründe Gedanken zu machen – ich wusste allerdings nicht, an welcher Stelle ich anfangen sollte.

Anschließend wechselte Glaukos das Thema, und wir begannen, über unsere gemeinsame Unternehmung zu sprechen. Leophilos hatte versucht, die Gruppe der Aussiedler und Söldner zu verkleinern, war aber gescheitert. Ich nahm dies ausdruckslos zur Kenntnis – ich verdankte Leophilos im Moment einfach zu viel, als dass ich mich über irgendein Ränkespiel seinerseits geärgert hätte.

Glaukos hatte bereits Gespräche mit einer Reihe ausgewählter Männer geführt und legte mir eine Liste mit deren Namen vor.

„Wann werden die Söldner bereit sein, um nach Thasos aufzubrechen?"

„Die Truppe ist eigentlich sofort verfügbar", antwortete Glaukos. „Ebenso die beiden Schiffe, um die sich mein Vater gekümmert hat. Es wird noch einige Tage dauern, die Vorräte für die Reise zu besorgen, aber insgesamt sind die Vorbereitungen schon weit fortgeschritten."

„Was denkst du, können wir einen Termin für die Abreise schon festlegen? Sagen wir, heute in zehn Tagen?"

„Das sollte möglich sein."

Als das Gespräch fast beendet war, öffnete sich die Türe, und ein großer, junger Soldat betrat den Raum. Glaukos stellte ihn mir als einen seiner Stellvertreter mit Namen Kleitos vor. Auch dieser gehörte zu den fünfzig Söldnern, die als Begleitung der Siedler vorgesehen waren.

Kleitos begleitete mich bei meinem nächsten Gang, der mich zum Sitz des Archonten führte. Dort erhielt ich in einer Amtsstube eine weitere Liste, nämlich die der auswanderungswilligen Bürger. Die Not des letzten Jahres hatte diese lang werden lassen, sie enthielt knapp einhundert Namen. Wir mussten eine Auswahl treffen. Kleitos und ich achteten dabei darauf, dass die verschiedenen Berufsstände gleichmäßig vertreten waren. Innerhalb der Männer eines Berufsstandes gaben wir jenen den Vorzug, die sich zuerst angemeldet hatten. Ich ordnete an, dass die fünfzig ausgewählten Siedler über den Abreisetermin informiert wurden. Sie sollten sich mit allem Notwendigen am Vormittag im Hafen bei den beiden Schiffen einfinden. Auch die Namen der beiden Schiffe erfuhr ich an diesem Tag, es waren die „Klio" und die „Phoibe".

Als ich mich auf der Agora von Kleitos verabschiedete, hatte ich nach der Dramatik der letzten Tage das Gefühl einer gewissen Befriedigung – endlich begann das Unternehmen, das ich zu führen hatte, Gestalt anzunehmen.

22

Das befriedigende Gefühl, welches mich nach der Vorbereitung des Siedlerzugs nach Thasos überkommen hatte, wich im Verlauf des Tages einer angespannten Nervosität. Ich fragte mich, wie das Gespräch mit Neobule und Lykambes verlaufen würde, und legte mir die Worte zurecht, mit denen ich meine Missetat in möglichst mildem

Licht schildern könnte.

Daher hatte ich kaum geschlafen, als ich zu Telesikles am nächsten Morgen auf den Wagen stieg. Der Wagen wurde von Itys geführt. Er hatte darum gebeten, denn seine Schwester arbeitete bei Lykambes, und er wollte die Gelegenheit nutzen, sie zu sehen. An den Feldern meines Vaters vorbei ging die Fahrt durch das Tor in die Stadt, über die Agora zum Haus des Lykambes.

Vor dem Haus stand ein geschlossener Wagen, offenbar hatte Lykambes vor uns noch andere Besucher empfangen. Noch während wir unseren Wagen verließen, öffnete sich die Türe des Hauses, und Archenaktides trat uns entgegen. Im Hintergrund konnte ich Lykambes, weiter hinten Ismene und Neobule erkennen.

Archenaktides war über unser zufälliges Zusammentreffen ebenso überrascht wie ich. Wir begrüßten uns nur knapp. Mir war nicht klar, was sein Erscheinen bei Lykambes bedeutete. Zwar waren sein Vater Archenax und Lykambes benachbarte Gutsherren im Osten der Insel, aber unendlich viel gab es auch unter Nachbarn nicht zu besprechen.

Archenaktides bestieg schwungvoll seinen Wagen und gab das Zeichen zur Abfahrt. Der kurzhaarige Fahrer, den ich nur ungenau sehen konnte, trieb die Pferde an, und das Gespann verließ den Platz vor dem Haus.

Während ich noch mit dem Auftreten von Archenaktides beschäftigt war, hatten sich Lykambes und mein Vater schon begrüßt. Ich wandte mich Lykambes zu und verneigte mich mit ausgesuchter Höflichkeit vor ihm. Dieser bat uns mit einer Geste ins Haus, wo mich Ismene und Neobule willkommen hießen.

Die Stimmung war diesmal nicht von der ausgelassenen Freundlichkeit wie bei meiner kleinen Verlobungsfeier, aber bei weitem nicht so schlecht, wie ich aufgrund der Umstände befürchten musste. Ich bemerkte, wie alle darauf warteten, dass ich das Wort ergriff, um zu erklären, was in der vergangenen Woche vorgefallen war. Daher wartete ich nicht lange und berichtete zunächst, um auch über erfreuliche Entwicklungen zu sprechen, vom Fortschritt der Vorbereitungen des Siedlerzugs. Dabei erwähnte ich auch das besprochene Datum unserer Abreise und stellte ganz bewusst ein frühes Datum für meine Rückkehr in Aussicht. Das Unterfangen würde sicherlich eineinhalb oder zwei Monate dauern, ich gab aber an, ich würde in vier Wochen zurück sein. Ohne es auszusprechen, wollte ich damit ein Datum für die Hochzeit mit Neobule andeuten – und diese sollte nicht in allzu großer Ferne liegen.

Auch wenn kein Mitglied der Familie des Lykambes eine Andeutung machte, wurde natürlich von mir erwartet, dass ich mich zu meiner Verurteilung äußerte. Ich tat dies so sorgsam, wie ich nur konnte, und wählte die Worte, die ich am gestrigen Tag und während der Nacht überlegt hatte. Wie ich es darstellte, schien mir selbst mein Vergehen nicht mehr so gravierend. Ich fügte sogar noch, ohne Glaukos namentlich zu nennen, dessen Idee an, dass es sich vielleicht um eine kleine Verschwörung gegen einen allmählich bekannt werdenden Dichter der Insel handeln könnte.

Das Schweigen, mit dem mein Vortrag aufgenommen wurde, musste ich schon als ersten Erfolg werten. Ich hatte zuvor befürchtet, dass jemand aus der Familie meines Schwiegervaters oder er selbst wegen meines Vergehens heftige Anschuldigungen vorbringen würde.

„Ich kann natürlich über die jüngsten Vorgänge nicht erfreut sein", begann Lykambes. „Aber es hat in der Tat ein wenig den Anschein, als wolle jemand dir Übles. Versuche einmal herauszufinden, wer dahinterstecken könnte."

„Das werde ich tun, ich habe aber noch keinerlei Anhaltspunkte."

„Es wird gut sein, wenn du eine Weile nicht in Paros bist. Das wird dem Vergessen nützen."

Schuldbewusst blickte ich zu Boden. Ich hatte mit einer Auflösung der Verlobung rechnen müssen, aber diese schlimmste Befürchtung schien sich nicht zu bewahrheiten. Auch mein Vater schien die überraschend entspannte Stimmung zu erfassen und begann, mit einer gewissen Vorsicht über erste Einzelheiten des geplanten Hochzeitsfests zu sprechen. Mittlerweile war auch Hermione zu der Gesellschaft gestoßen. Ich wusste nicht, wie weit deren Verlobungspläne fortgeschritten waren, traute mich aber nicht zu fragen. Ich wusste ja nicht einmal, wer der potenzielle Freier war. Möglicherweise erklärte sich die Anwesenheit von Archenaktides auf diese Weise.

Lykambes bat uns in das Speisezimmer, wo wir bewirtet wurden. Neobule, die die ganze Zeit nichts gesagt hatte, saß zu meiner Rechten. Absichtlich nahm ich an diesem Tag nichts von dem angebotenen Wein.

Allmählich löste sich die Spannung, die ich während des letzten Tages empfunden hatte. Neobule gelang es sogar, mir mit einigen Anekdoten ein Lachen zu entlocken. Dabei neigte sie sich zu mir und berührte mich leicht am Arm. Noch beruhigter wurde ich, als auch Lykambes das von Telesikles angerissene Thema aufnahm und über die Hochzeitsfeier sowie deren Datum sprach. Der Prozess schien keine Auswirkungen auf mein weiteres Dasein zu haben.

In befreiter Stimmung verließen wir am Nachmittag das Haus des Lykambes. Beim Abschied von Neobule spürte ich, wie sie mir einen kleinen Zettel in die Hand drückte. Ich ließ diesen rasch in eine meiner Taschen gleiten. Ich sah in ihre Augen, und sie erwiderte meinen Blick. Den Zettel würde ich später lesen.

Lykambes und die Seinen verabschiedeten uns freundlich. Ich konnte mit dem Verlauf des Besuchs, mit meinen Erklärungen und den Reaktionen darauf mehr als zufrieden sein. Dennoch spürte ich eine gewisse innere Unruhe, deren Ursache ich mir nicht erklären konnte.

23

Itys erwartete uns bereits am Wagen, als wir das Haus verließen. Es regnete in Strömen, der Weg war schmierig und rutschig. Wir hatten Mühe, ohne auszugleiten den Wagen zu besteigen. Wir überquerten die Agora und verließen die Stadt durch das Tor.

Unmittelbar danach mussten wir in einer scharfen Kehre nach rechts abbiegen, um zu Telesikles' Landgut zu gelangen. Genau in dieser Kurve scheute eines der Pferde, und der Wagen begann heftig zu schlingern. Itys war einer unserer besten Wagenlenker – er bemühte sich nach Kräften, das Gefährt auf dem glitschigen, vom Regen aufgeweichten Weg zu halten, aber wir waren zu schnell unterwegs.

Der Wagen stürzte um, Telesikles und ich wurden herausgeschleudert. Da ich am Rand saß, hatte ich das Glück, die Berührung mit dem Wagen völlig zu verlieren. Leicht benommen, doch unversehrt, landete ich auf einer Grasfläche. Im Fallen hörte ich das Geräusch berstender Knochen und einen kurzen Schrei meines Vaters. Itys konnte ich ein Stück entfernt sehen – er war vom Kutschbock geworfen worden und rollte sich gerade ab.

Die Pferde waren mit dem Wagen umgestürzt und schlugen laut wiehernd mit den Hufen um sich. Ich wandte mich um und sah nach Telesikles. Er war, wie ich, links vom Wagen geschleudert worden, allerdings nicht so weit wie ich. Dadurch war er unter das fallende Gefährt geraten und offensichtlich schwerer verletzt.

Itys hatte sich als Erster gefangen und versuchte, die Pferde zu beruhigen und wieder aufzurichten. Ich bemühte mich vergeblich, meinen Vater vom Gewicht des Wagens zu befreien.

„Hilf mir, meinen Vater unter dem Wagen hervorzuziehen! Wir müssen den Rahmen anheben!"

Itys ließ von den Pferden ab und stemmte den seitlichen Balken hoch, sodass ich den stöhnenden Telesikles bergen konnte. Der Balken hatte seinen Körper getroffen, etliche Rippen mussten gebrochen sein. Ein abgebrochener Holzsplitter des Aufbaus ragte aus seiner Seite. Offensichtlich litt er unter Atemnot.

„Kümmere dich wieder um die Pferde!"

Ich überlegte kurz, ob Itys und ich die Situation meistern könnten oder ob es besser wäre, dass einer von uns Hilfe holte. Ich entschied mich, dass wir, um keine Zeit zu verlieren, es zunächst zu zweit versuchen sollten.

„Lass uns den Wagen wieder aufrichten. Es dauert zu lange, bis uns jemand hier unter die Arme greifen kann. Wir müssen meinen Vater sofort nach Hause fahren und einen Arzt holen."

Itys kam zurück zu mir, und mit vereinten Kräften gelang es uns im dritten Versuch, den beschädigten Wagen aufzustellen. Dadurch konnten sich auch die beiden Pferde wieder erheben. Itys stürzte sofort erneut nach vorne, damit sie nicht in Panik davon galoppierten. Mit einem beherzten Griff ins Geschirr gelang es ihm, das Gespann zu beruhigen und unter seine Kontrolle zu bringen.

Mein Vater drohte, in die Bewusstlosigkeit zu gleiten. Um ihn wach zu halten, schüttelte ich vorsichtig seinen Kopf, doch sackte dieser willenlos zur Seite. Ich blickte mich um, um zu überlegen, wie wir ihn am besten auf den Wagen heben könnten, ohne seine Verletzungen noch zu verschlimmern. Mit einer kurzen Handbewegung deutete ich auf die intakt gebliebene Sitzbank. Itys verstand meinen Gedanken sofort und brach den hölzernen Sitz heraus. Auf diese improvisierte Trage legten wir den Verletzten, bevor wir ihn hinten auf den Wagen hoben. Während ich die Sitzbank dort stabilisierte, bog Itys den Fahrersitz in seine ungefähre ursprüngliche Position zurück.

„Mach schnell!"

Ich gab ein Zeichen, dass wir abfahren sollten. Itys bestieg den notdürftig wieder hergestellten Fahrersitz und nahm die Zügel, die er in der Zwischenzeit gesucht hatte, wieder auf.

Völlig durchnässt setzten wir unsere Fahrt fort. Zum Glück war es nur noch ein kurzes Stück zu unserem Anwesen. Dort angekommen, machte Itys schon bei der Einfahrt durch lautes Rufen auf uns aufmerksam. Sowohl aus den Ställen als auch aus dem Wohngebäude kamen Bedienstete, um zu sehen, was vorgefallen war.

Kylon stürzte aus dem Haupthaus und erfasste die Lage blitzschnell. Umgehend herrschte er einen der Sklaven an, mit einem anderen Wagen in die Stadt zu fahren, um einen Arzt zu holen. Gemeinsam trugen wir unseren noch immer bewusstlosen Vater auf der improvisierten Bahre ins Haus.

Während wir auf den Arzt warteten, fragte Kylon, wie der Unfall geschehen war.

„Eines der Pferde scheute, gerade in einer Kurve. Dadurch sind wir umgestürzt, und der Wagen ist auf unseren Vater gefallen."

Kylon blickte finster in Itys' Richtung, sodass ich mich genötigt sah, einen Satz zu dessen Verteidigung vorzubringen.

„Unseren Fahrer trifft keine Schuld – im Gegenteil: Ohne seine Hilfe hätte ich Telesikles nicht befreien und nach Hause bringen können."

Mein Bruder verstand nun und bedankte sich sogar bei Itys, der in der Empfangshalle stand und in seiner Verlegenheit nicht wusste, ob er bleiben oder gehen sollte. Erst jetzt bemerkte ich, dass auch er selbst am Bein leicht verletzt war. Ich befahl dem zufällig anwesenden Linos, der ja mit ihm befreundet war, sich um Itys' Wunde zu kümmern.

Kylon schickte einen weiteren Bediensteten los, damit Eunike von dem Unglück unterrichtet wurde. Angesichts der offenkundig ernsten Lage wäre es günstig, wenn sie so bald wie möglich auf das Landgut käme.

Telesikles atmete kaum noch, sein Kopf war leicht bläulich verfärbt. Inzwischen war er in seinem Schlafgemach auf das Lager gebettet worden. Endlich kam der Arzt und entfernte vorsichtig den Holzsplitter aus der Seite des Oberkörpers. Nachdem er die notwendigsten Maßnahmen eingeleitet hatte, wandte er sich mit sorgenvoller Miene an Kylon und mich. Die Verletzungen waren mehrfach und lebensgefährlich. Er riet uns, dass über Nacht ständig jemand Wache halten solle. Im Notfall stünde er jederzeit für uns bereit. Daraufhin packte er seine Tasche und verabschiedete sich mit der Ankündigung, am nächsten Morgen wiederzukommen.

Unmittelbar nach seiner Abfahrt erreichte Eunike das Wohnhaus unserer Familie. Sie stürzte sofort, nachdem sie Kylon und mich begrüßt hatte, ins Zimmer unseres Vaters. Mit bleichem Gesicht kehrte sie nach einiger Zeit zu uns zurück.

Kylon ließ ihr ein Zimmer für die Nacht herrichten und sagte, er wolle die erste Nachtwache übernehmen. Ich nahm sein Angebot dankend an, denn ich war von den Ereignissen des Tages erschöpft und wollte bald zu Bett gehen. Als ich mich in meinem Zimmer auskleidete, fuhr meine Hand mehr zufällig über das Gewand, das ich getragen hatte, und ich spürte den Zettel, den Neobule mir zugesteckt hatte. Seit wir das Stadthaus des Lykambes verlassen hatten, war so viel geschehen, dass ich ihre Nachricht fast vergessen hätte. Rasch zog ich ihn aus der Tasche und las ihre kurzen Sätze.

Neobule schrieb, dass ich am Abend vor der Abreise nach Thasos zum Stadthaus kommen sollte. Sie wollte mich noch sehen, bevor ich die Insel für längere Zeit verließ. Sie würde mir auf ein dreimaliges Klopfen hin eine der Hintertüren öffnen.

Zwar wollte ich Lykambes, der sich mir gegenüber mehr als loyal gezeigt hatte, nicht durch ein heimliches Stelldichein mit seiner Tochter hintergehen, aber die Gelegenheit, einige Stunden vor der Reise mit Neobule zu verbringen, konnte und würde ich mir nicht entgehen lassen. Die Aussicht auf dieses Treffen ließ mein Herz höherschlagen. Kurze Zeit später schlief ich ermattet ein.

Es wird schon nach Mitternacht gewesen sein, als ich durch Kylon geweckt wurde. Unser Vater war seinen Verletzungen erlegen.

24

Für den Rest der Nacht war mir wieder nur wenig Schlaf vergönnt. Bei aller Erschöpfung war ich fast in jeder Stunde für einen längeren Zeitraum erwacht. Meine Gedanken waren bei Telesikles. Wo war er jetzt? Konnte er mich sehen? Gab es ein Leben nach dem Tod oder nicht? Eigenartigerweise fragten sich die Menschen dies immer nur unmittelbar nach dem Dahinscheiden einer nahestehenden Person. Nach einiger Zeit, vielleicht einigen Monaten oder einem Jahr, schien sich diese Frage nicht mehr oder nicht mehr so dringlich zu stellen. Den Toten ließ man viel zu wenig Achtung zukommen, man beschäftigte sich nur mit den Lebenden, versuchte, deren Zuneigung im eigenen Interesse zu erringen.

οὔ τις αἰδοῖος μετ' ἀστῶν οὐδὲ περίφημος θανών

γίγνεται· χάριν δὲ μᾶλλον τοῦ ζοοῦ διώκομεν

οἱ ζοοί· κάκιστα δ' αἰεὶ τῶι θανόντι γίγνεται.

64D

keiner ist nach seinem Tode noch hoch angesehen und verehrt:

Wir verfolgen lebenslang nur die Gunst der Lebenden.

Sehr schlecht geht man mit den Toten um.

Am Morgen frühstückte ich alleine mit Kylon. Eunike hatte uns noch in der Nacht verlassen und war zu Perikles zurückgekehrt. Obwohl fast durchgängig schweigend, hatte ich den Eindruck, mein Halbbruder und ich wären uns nie so nahe gewesen. Vorher und nachher trennte uns zu vieles – in diesem Moment des Verlustes schienen wir aber für kurze Zeit vereint.

Wie angekündigt, kam der Arzt am Vormittag. Er war betroffen, aber nicht allzu überrascht, als er vom Ableben des Telesikles erfuhr. Die Verletzungen waren zu groß gewesen, er hatte mit dem Tod seines Patienten, unseres Vaters, gerechnet. Er drückte sein Beileid uns gegenüber aus, nahm das Honorar, das ihm Kylon gab, und verließ das Anwesen wieder.

Die Vorbereitung und Durchführung der Trauerfeierlichkeiten war üblicherweise weitgehend Sache der Frauen. Eunike war zur Mittagszeit zurückgekommen und kümmerte sich mit Hilfe der Bediensteten um die Erfüllung der Rituale. Nach dem Waschen des Leichnams mit kostbaren Essenzen wurde der Körper Telesikles' in weiße Gewänder gehüllt. Anschließend wurde er aufgebahrt und wegen der kühlen Jahreszeit nicht wie üblich im Freien, sondern in der Empfangshalle seines Hauses zur Besichtigung durch später kommende Trauergäste ausgestellt.

Zum Zeichen der Trauer schnitten mein Halbbruder und ich uns die Haare ab. Die Haarbüschel wurden zu Kränzen geflochten und auf dem Hausaltar abgelegt.

χαίτην ἀπ' ὤμων ἐγκυτὶ κεκαρμένος

39D

sein schulterlanges Haar schor man ganz ab.

Die Nachricht vom plötzlichen Tod des Telesikles hatte sich rasch in der Stadt verbreitet. Am Nachmittag trafen etliche seiner Kollegen aus dem Rat ein. Kylon begrüßte neben Aisimides auch Neilos, Leptines und andere Ratsmitglieder. Der neue Archont Leophilos selbst kam ebenfalls, er war sogar einer der ersten Besucher. Lykambes erschien im Verlauf des Nachmittags. Er war einer der wenigen, die auch mir gegenüber ihr Beileid zum Ausdruck brachten – die meisten anderen sprachen neben Eunike nur mit dem legitimen Sohn des Hauses. Solange Telesikles gelebt hatte, waren Kylon und ich fast gleich behandelt worden – angesichts der weitgehenden Missachtung durch die Ratsmitglieder und sonstigen Trauergäste begann ich zu ahnen, dass in Zukunft die Bedeutungslosigkeit eines Bastards für mich Realität werden würde.

Auf das Anmieten von Klageweibern hatten wir absichtlich verzichtet. Wir erinnerten uns, dass unser Vater selbst beim Tod Pherenikes keine gekaufte Trauer wollte, und wir vermuteten, dass es in seinem Sinn war, die eigene Leichenfeier nicht durch künstliches Schluchzen zu umrahmen.

Am Abend vor dem eigentlichen Begräbnis herrschte stille Trauer unter den Anwohnern des Landguts. Da die Bestattung noch vor Sonnenaufgang stattfinden musste, gingen alle bereits sehr früh zu Bett.

Der Friedhof war nicht weit vom Eingang des Anwesens entfernt, nahe der Stelle, an der sich der tragische Unfall ereignet hatte, allerdings auf der anderen Seite des Tores, das in die Stadt hineinführte. Der Leichnam war in einem schlichten Holzsarg auf einen geschmückten Wagen gehoben worden. In Anwesenheit der meisten Ratsmitglieder und etlicher anderer angesehener Bürger der Polis setzte sich der Leichenzug in Bewegung.

Neben dem Grab Pherenikes, das durch eine sich nach oben verjüngende Grabstele gekennzeichnet war, hatte man am Vortag eine Grube ausgehoben. Pherenikes' Name hatte Telesikles oben auf den Stein einmeißeln lassen; auf das freie Feld daneben würde Kylon den Namen unseres Vaters setzen lassen.

Der Sarg wurde in das Grab hinabgelassen. Anschließend traten verschiedene Anwesende als Trauerredner hervor und rühmten die Taten Telesikles' für unsere Polis. Seine Verdienste um die Kolonisierung von Thasos wurden von den Ratsmitgliedern immer wieder hervorgehoben. Ich hoffte in diesen Momenten, dass ich dem Vertrauen, das mein Vater in mich gesetzt hatte, als er mich für die Leitung des erneuten Siedlerzugs vorgeschlagen hatte, in den kommenden Wochen gerecht werden würde. Ich vermisste Telesikles – ich verdankte ihm unendlich viel.

Nachdem Speise- und Trankopfer gebracht worden waren, zog die Trauergemeinde wieder zum Haus meines Vaters, der sie dort zum letzten Mal als Gastgeber einlud. Der feierliche Leichenschmaus war am Vortag von den Bediensteten des Hauses vorbereitet worden. Kylon dankte den Anwesenden für ihr Kommen und das Beileid, das sie zum Ausdruck gebracht hatten. Erneut empfand ich es als unangenehm, dass meine Person völlig ignoriert wurde – alle unterhielten sich, mit dem Bastard wollte keiner sprechen.

Es würden noch weitere Trauerfeierlichkeiten stattfinden, allerdings zu einem Zeitpunkt, an dem ich bereits unterwegs nach Thasos sein würde. Die Anwesenden dieser Runde würden allerdings kaum wahrnehmen, dass ich an diesen kommenden rituellen Opfern zu Ehren des Toten nicht mehr teilnahm.

25

Mittlerweile blieb nur noch ein kurzer Zeitraum bis zu unserer Abfahrt. Ich kümmerte mich nun um viele organisatorische Belange. Siedler hatten Fragen, die Vorräte für die Reise mussten bereitgestellt werden, die Schiffe und deren Ausrüstung mussten in Augenschein genommen werden – die Tage nach Telesikles' Beerdigung vergingen wie im Flug. Die Ablenkung durch die Betriebsamkeit der Reisevorbereitungen war mir will-kommen, verdrängte sie doch die Trauer um meinen geliebten Vater ein wenig. Am Abend ging ich wie gewohnt in Tavernen und Schenken. Nicht, dass ich meinen Kummer in ungemischtem Wein ertränken wollte – es hatte jedoch in meinen Augen keinerlei Sinn, durch eine Veränderung des Lebenswandels den Versuch zu unter-nehmen, Geschehenes ungeschehen zu machen. Ob ich zu Hause saß und trauerte oder in einem Gasthaus dem Wein zusprach – nichts ließ sich rückgängig machen.

οὔτε τι γὰρ κλαίων ἰήσομαι οὔτε κάκιον

θήσω τερπωλὰς καὶ θαλίας ἐφέπων.

10,3.4D

weder wird mir Klagen helfen, noch verschlimmere ich die

Lage,

wenn ich mich zu erheitern versuche und zu Gastmählern

gehe.

Durch die rege Tätigkeit schob ich auch bewusst ein

notwendiges klärendes Gespräch mit Kylon vor mir her. Noch vor meinem Aufbruch würde ich mit ihm reden müssen. Ich wollte wissen, ob er zu den materiellen Zusicherungen meines Vaters bezüglich der Hochzeit mit Neobule stehen würde. Eines Abends beschloss ich, dieser Frage nicht länger auszuweichen, und suchte nach Kylon. Ich fand ihn rasch; er hielt sich im Arbeitszimmer von Telesikles auf, das er inzwischen übernommen hatte.

Er blickte von den Unterlagen auf, in denen er geblättert hatte. Er schien nicht überrascht, auch er wusste wohl, dass wir eine Unterredung führen mussten.

Ich vermutete, dass er von den Versprechungen Telesikles' wusste, hatte ich doch bei der Rückkehr nach der Verlobung mit Neobule beobachtet, wie mein Vater Kylon in sein Arbeitszimmer gebeten hatte. Bei dem anschließenden Gespräch konnte es nur um den mir zugesagten Anteil gegangen sein.

„Du weißt sicherlich von der Vereinbarung zwischen unserem Vater und mir", begann ich. „Er wollte mir, gewissermaßen als Hilfestellung für den Anfang der Ehe, ein Zehntel seines Besitzes überlassen. Ich hoffe, du erfüllst seinen Wunsch – auch nach seinem Tod."

„Ich denke nicht im Traum daran", entgegnete mir Kylon leise und kalt. „Ich beabsichtige nicht, das Erbe aufzuteilen. Ich befolge nur geltendes Recht, indem ich den gesamten Besitz für mich beanspruche."

„Du weißt schon, dass du dich damit über einen Wunsch unseres Vaters hinwegsetzt?"

„Ich bin der einzige legitime Erbe. Alles andere ist mir egal."

Ich war konsterniert, wie kühl sich mein Halbbruder über die Entscheidungen unseres Vaters hinwegsetzte.

„Die Rechtslage ist eindeutig. Wenn du mehr Wohlstand für deine Ehe willst: Versuche doch, in Thasos reich zu werden. Es wird dort nach Gold und Silber gegraben. Nach deiner Rückkehr kannst du ja weiter als Söldner arbeiten. Es werden immer wieder Kämpfer gegen die vordringenden Naxier gebraucht! Du kannst meinetwegen auch als Arbeiter hier auf dem Gut leben. Mit deiner bevorzugten Stellung hier im Haus ist es auf alle Fälle vorbei. Du bist nur ein Bastard! Das musst du begreifen!"

Kylon hatte sich in Fahrt geredet. An der Heftigkeit seiner Worte erkannte ich, dass sich hier lange angestauter Zorn auf meine Gleichbehandlung durch Telesikles entlud. Die kompromisslose Härte seiner Rede überraschte mich dennoch.

Auf einmal begriff ich auch, warum Kylon an dem Tag, als ich um Neobules Hand angehalten hatte, nicht mit zu Lykambes gekommen war. Er wäre nur ungewollt Zeuge eines Ehevertrags zwischen Telesikles und Lykambes geworden und hatte sich der Situation vorausschauend entzogen.

Sprachlos über das Ausmaß an Kaltherzigkeit verließ ich sein Arbeitszimmer. In meinem Gemach angelangt, setzte ich mich auf mein Bett und überlegte, was ich tun sollte. Nach einigem Nachdenken kam ich zu dem Schluss, Neobule und insbesondere deren Familie noch nichts von der faktischen Enteignung, die Kylon vorgenommen hatte, zu berichten. Dies würde nur Lykambes' Zustimmung zur Hochzeit gefährden.

Stattdessen würde ich versuchen, Kylons Rat zu folgen und mich auf der Expedition nach Thasos bemühen, über das Begleiten der Siedler hinaus auf die eine oder andere Weise Wohlstand zu erlangen. Auch ich hatte schon von Beutezügen auf das edelmetallhaltige Festland der Thraker gehört. Die eventuellen Möglichkeiten würde ich aber erst vor Ort beurteilen können.

Vielleicht würde es mir auch gelingen, Kylon in

einem erneuten Gespräch nach meiner Rückkehr zur Einsicht zu bringen. Allerdings konnte ich mir angesichts der Deutlichkeit seiner Rede nur wenig Hoffnung auf ein späteres Einlenken machen. Ich verfluchte Kylon, dass er mir so in den Rücken gefallen war. Jahre hatten wir als Brüder zusammen gelebt, um nun in Herrn und Diener aufgeteilt zu werden. Ich konnte auch nicht umhin, dies als Verrat an unserem Vater zu sehen.

κύμασι πλαζόμενος.

κἂν Σαλμυδεσσῶι γυμνὸν εὐφρονέστατα

Θρήικες ἀκρόκομοι

λάβοιεν – ἔνθα πόλλ᾿ ἀναπλήσει κακά

δούλιον ἄρτον ἔδων –

ῥίγει πεπηγότ᾿ αὐτόν· ἐκ δὲ τοῦ χνόου

φυκία πόλλ᾿ ἐπέχοι,

κροτέοι δ᾿ ὀδόντας ὡς κύων ἐπὶ στόμα

κείμενος ἀκρασίηι

ἄκρον παρὰ ῥηγμῖνα κυμαντῶι

ταῦτ᾿ ἐθέλοιμ᾿ ἂν ἰδεῖν,

ὅς μ᾿ ἠδίκησε, λὰξ δ᾿ ἐπ᾿ ὁρκίοισ᾿ ἔβη,

τὸ πρὶν ἑταῖρος ἐῶν.

79aD

von den Wellen verschlagen.

In Salmydessos sollen ihn, den Nackten, stark

behaarte Thraker auf das „Freundlichste" empfangen –

dort wird er viel Schlimmes erfahren,

wenn er das Brot der Sklaven isst.

Vor Kälte sei er starr, und durch die salzige Flut

soll viel Tang ihm am Leib kleben;

mit den Zähnen soll er klappern, wenn er wie ein Hund

am Boden liegt, hilflos,

nahe an der Brandung der Wellen.

Das möchte ich sehen!

*Er, der mir Unrecht tat und den Eid mit den Füßen
getreten hat –*

früher war er mir Gefährte!

26

Die wenigen verbliebenen Tage bis zu meiner Abreise waren wieder mit Vorbereitungen ausgefüllt. Am letzten Abend verließ ich das Anwesen Telesikles', welches jetzt das Anwesen Kylons war, um der Verabredung mit Neobule nachzukommen. Ich fuhr in die Stadt zum Haus des Lykambes, stellte den Wagen allerdings einige Gassen entfernt ab. Niemand außer Neobule wusste von meinem Kommen – ich wollte, dass dies so blieb, und war bemüht, möglichst wenig Aufsehen zu erregen. Jedes überflüssige Geräusch vermeidend, ging ich zum Haus des Ratsherrn.

Neobule hatte mir bei aller Kürze ihrer Nachricht genau beschrieben, bei welcher Tür ich mich einfinden sollte. Ich wusste allerdings nicht, ob mein Schwiegervater anwesend war. Er konnte im Haus, im Rat oder auf seinem Landgut sein – in jedem Fall musste ich mit seinem plötzlichen Auftauchen rechnen. Auch Amphimedo oder ein Bediensteter konnten mich entdecken.

Klugerweise hatte Neobule nicht einen bestimmten Zeitpunkt genannt, an dem ich dreimal klopfen sollte, sondern einen größeren Zeitraum vorgegeben, innerhalb dessen ich zu ihr kommen sollte. Der genaue Moment meines Eintreffens war ja nicht vorhersehbar – in jedem

Moment konnte ein Hindernis für mich auftreten.

Ich klopfte leise an die Hintertüre, die sie mir beschrieben hatte. Diese öffnete sich kurze Zeit später, doch zunächst war niemand zu sehen. Ich drehte mich um, und beim Schließen des kleinen Zugangs sah ich, verborgen im Schatten, Neobule.

„Archilochos, hier bin ich! Sei bitte leise – niemand soll uns hören."

Sie nahm mich bei der Hand. Geräuschlos geleitete sie mich in das Haus hinein – mitunter blickte sie sich um, ob jemand unsere Anwesenheit bemerkt hatte. Endlich erreichten wir im ersten Stockwerk ein Zimmer, vermutlich ihr Schlafgemach, in dem sie sich mir zuwandte, nachdem sie die Türe geschlossen hatte.

Mein Begehren war in diesem Moment hauptsächlich körperlicher Natur – es erschien mir jedoch meiner Verlobten gegenüber angemessen, mich zunächst zu mäßigen. Schließlich gab es noch mehr als die eine göttliche Sache, nach der ich so sehr begehrte.

...τέρψιές εἰσι θεῆς πολλαὶ νέοισιν ἀνδράσιν παρὲξ τὸ

θεῖον χρῆμα...

Kölner Papyrus 196aW, 9f

...viele Freuden bereitet die Göttin jungen Männern neben

der göttlichen Sache...

So zwang ich mich, mich zunächst ruhig neben sie auf das Bett zu setzen und ihren Worten zu lauschen. Wie Wochen zuvor im Obstgarten nahm ich kaum den Sinn ihrer Worte wahr, war vom tiefen Klang ihrer Stimme verzaubert. Es waren wohl eher belanglose Dinge, die sie sagte.

Ich berichtete anschließend mit rauer Stimme von den

abschließenden Vorkehrungen für die Expedition nach Thasos, als wäre es wichtig gewesen, von diesen in jenem Moment zu sprechen. Sie lauschte mir mit derselben, vermutlich gespielten Ernsthaftigkeit, dachte wahrscheinlich ebenfalls an andere Dinge.

Schließlich hatte sie offenbar genug von Waffen, Schiffen und Vorräten gehört und legte mir die Finger auf die Lippen. Dabei umfasste sie mich so, dass wir beide auf das Bett niedersanken. Ich umarmte sie ebenfalls, und wir küssten uns. Irgendwann begann ich, vorsichtig mit den Händen an ihrem Körper entlangzugleiten. Sie gebot keinen Einhalt und antwortete bald auf die gleiche Weise.

So waren wir eine Weile ineinander versunken, als plötzlich Geräusche vor der Türe vernehmbar wurden. Neobule fuhr hoch und gab mir mit der Hand schnell ein Zeichen, mich still zu verhalten. Es klopfte an die Türe, und die leise Stimme einer anderen Frau war hörbar.

Zwar war ich der Verlobte des Mädchens, meine Entdeckung in ihrem Schlafgemach wäre dennoch von größter Peinlichkeit für mich. Ich dachte für einen Moment an Eunike, die – soweit ich das beurteilen konnte – bis zu ihrer Hochzeit enthaltsam gelebt hatte.

„Rasch! Leg dich hier neben das Bett! Besser noch – versuche, darunter zu kriechen!"

Neobule deutete auf die Stelle, an der ich mich verbergen sollte. Sie hob eine der Bettdecken und gab mir zu verstehen, dass sie diese über mich legen wollte. Ich begriff, glitt rasch hinunter und verbarg mich dort, halb neben, halb unter dem Lager kauernd. Neobule zog das breite Tuch über mich. Gut, dass es Winter war und mehrere Decken vorhanden waren – so war es nicht zu auffällig, dass eine davon nach unten abgerutscht war. Ich hielt den Atem an.

Nachdem sie mich auf diese Weise verborgen hatte, ging Neobule zur Türe und öffnete diese, wohl nur einen

Spalt. Worüber die beiden Frauen redeten, war nicht zu verstehen, in meiner Situation auch ohne Belang, solange ich nicht bemerkt wurde. Es schien sich zum Glück um eine harmlose Unterhaltung, wohl um die Verabschiedung zur Nachtruhe, zu handeln, denn die zweite Frau sprach in einem Tonfall, der keinen Anlass zur Sorge für mich gab.

Erst als die Türe wieder verschlossen war, wagte ich es, wieder Luft zu holen. Neobule befreite mich von der Decke und zog mich wieder zu sich nach oben.

„Das war knapp – wir müssen vorsichtig sein", kicherte sie. „Das war Theakleia, meine Dienerin. Sie wollte nur wissen, ob ich noch etwas benötige."

Ich nahm an, dass der Moment der Gefahr ihren Mut, mit mir zusammen zu sein, abgekühlt hatte. Binnen kürzester Zeit wurde ich jedoch eines Besseren belehrt und fragte mich, ob sie den Hinweis zur Vorsicht ernst oder ironisch gemeint hatte.

Sie presste ihren Körper mit noch größerer Leidenschaft als zuvor an mich. Meine Hand schob sich an ihrem Schenkel unter ihr Gewand und begann, sich nach oben vorzuarbeiten. Als diese auf der Höhe ihrer Hüften angelangt war, gab sie mir durch ein leichtes Anheben des Körpers zu verstehen, dass sie keinen Widerstand leisten würde, wenn meine Rechte versuchen würde, noch weiter zu forschen. Ich folgte dieser schweigenden Einladung nur zu gerne und begann, ihr Kleid nach oben zu ziehen. Sie hob bereitwillig die Arme, und ich konnte ihr das Gewand gänzlich abstreifen. Eine Woge süßer Düfte umfasste mich, und ich atmete den Geruch ihrer Haare und ihres Körpers begierig ein.

ἐσμυριχμένας κόμας

καὶ στῆθος, ὡς ἂν καὶ γέρων ἠράσσατο.

26D

nach Myrrhe duftend die Haare

und die Brust, dass selbst ein Greis noch Feuer fangen

würde.

Nachdem ich mich meiner eigenen Kleider entledigt hatte, küssten wir uns in wilder Leidenschaft überall. Für einen Augenblick dachte ich an die süßen Trauben und Feigen, die ich in meinem Gedicht an Dionysos besungen hatte. Ich steuerte die Bewegung der Körper allmählich so, dass sie begreifen musste, dass ich nunmehr bereit war, sie zu nehmen – sie schob mich im letzten Moment sanft zur Seite.

„Lass uns das Eine, das Göttliche, für die Hochzeitsnacht aufheben", flüsterte sie in mein Ohr.

Im ersten Moment überrascht, akzeptierte ich schnell ihre Verweigerung des Äußersten. Unserer gegenseitigen Lust war dieser einstweilige Verzicht in der folgenden Stunde keineswegs abträglich, wir genossen unsere Körper auch ohne die letzte Vereinigung in vollen Zügen.

Schließlich lagen wir noch eine längere Zeit, einander umfassend, wortlos zusammen. Mitternacht musste längst vorüber sein, als Neobule irgendwann mit leicht scherzhaftem Unterton sagte, dass ich mein Schiff nicht verpassen dürfte. Meine Frage, ob sie am nächsten Morgen am Hafen sein würde, verneinte sie. So ungern ich meine Verlobte verließ, es musste sein. So begannen wir, uns wieder anzukleiden, und Neobule spähte, die Türe nahezu geräuschlos öffnend, in den dunklen Gang, ob jemand uns bemerken würde.

Ich war noch wie benommen, als sie mich zu dem Hinterausgang brachte, durch den ich vor Stunden das Haus betreten hatte. Mit einem letzten Kuss verabschiedeten wir uns voneinander. Im Davongehen schon strich ich ein letztes Mal wie zufällig mit einer zarten Geste über ihren Körper – ich konnte mich kaum von ihr lösen.

Während die Türe sich hinter mir schloss, schlich ich

mich in die Nebengasse, wo ich meinen Wagen abgestellt hatte. Ich schirrte den Esel an den Wagen und versuchte weiterhin, so geräuschlos wie möglich zu sein. Erst als ich die ersten Straßen hinter mir gelassen hatte, ließ ich die Peitsche kurz knallen und fuhr, so rasch es die Dunkelheit erlaubte, zurück zu Kylons Anwesen.

Die Strecke war lange genug, das letzte halbe Jahr nochmals vor meinem inneren Auge vorbeiziehen zu lassen. Vieles war geschehen: Eunikes Hochzeit und Schwangerschaft, der Tod unseres Vaters, der merkwürdige Prozess, die Wahl von Leophilos und natürlich meine Verlobung mit Neobule. Wäre sie nicht, würde ich wahrscheinlich versuchen, auf Thasos ein neues Leben zu beginnen. Außer meiner Geliebten hielt mich nichts auf Paros. Eunike brauchte mich bei aller geschwisterlichen Liebe nicht, sie hatte Kylon und vor allem Perikles. Wenn Kylon nicht doch noch auf ein Zehntel verzichtete, würde meine wirtschaftliche Lage nach der Rückkehr von Thasos miserabel sein. Neobules Mitgift würde sicher beträchtlich sein, aber ich musste befürchten, dass Lykambes in dieser neuen Situation nicht mehr bereit war, seine Tochter einem mittellosen Dichter zur Frau zu geben. Auch meine gesell-schaftliche Situation hatte sich durch Telisikles' Tod erheb-lich verschlechtert – durch den unnötigen Prozess hatte ich selbst noch zusätzlich dazu beigetragen.

Ich musste versuchen, auf Thasos zu Wohlstand zu gelangen und mir nach meiner Rückkehr eine neue Existenz auf Paros aufzubauen – das war ich meiner Liebe zu Neobule schuldig.

THASOS

27

Der Tag der Abreise nach Thasos war gekommen. Ich nahm das Bündel, das ich in den letzten Tagen gepackt hatte, schnürte es und holte meine Waffen. Nachdem ich das Schwert an den Gürtel gehängt und den Schild auf den Rücken geworfen hatte, griff ich zuletzt nach dem Speer, dessen Gewicht ich kurz in der Hand prüfte. Der Schild war aus der Werkstatt des Hippolytos, sicherlich das wertvollste Stück meiner Ausrüstung: Telesikles hatte ihn mir vor etwa zwei Jahren geschenkt.

Ich hatte kein Bedürfnis, Kylon nach dem letzten Gespräch noch einmal zu sehen, ich glaubte auch nicht, dass er darauf Wert gelegt hätte. So ging ich auf direktem Weg zum Ausgang, wo Zenon und Linos bereits auf mich warteten.

„Willst du dich denn gar nicht von deinem Bruder verabschieden?"

„Halbbruder", antwortete ich, ohne eine Spur des Innehaltens, so knapp wie möglich.

Die zwei Diener meines Vaters warfen sich einen vielsagenden Blick zu, schwiegen aber und folgten mir. Um sein geerbtes Anwesen wirtschaftlich erfolgreicher zu machen, hatte Kylon angekündigt, die Bezahlung für die Lohnarbeiter zu kürzen. Daher hatten Zenon und Linos zu meiner Freude beschlossen, sich als Söldner bei der weiteren Kolonisation Thasos' zu verdingen. Es war leicht, Glaukos von der Nützlichkeit der beiden zu überzeugen. Itys dagegen war auf dem Anwesen Kylons geblieben. Niemand hatte ihm die Schuld an Telesikles' Tod gegeben, dennoch war ich etwas überrascht, vielleicht sogar enttäuscht, dass er nicht mit uns kommen wollte.

Am Hafen angekommen, sah ich, dass sich eine

überraschend große Menschenmenge versammelt hatte, um dem Aufbruch der beiden parischen Schiffe beizuwohnen. Neobule war – wie sie ja auch angekündigt hatte – nicht gekommen, dennoch war ich insgeheim etwas enttäuscht. Aber auch Lykambes war nicht zu sehen – ich wusste nicht, ob er das heimliche Miteinander des Vorabends in seinem Haus bemerkt hatte, bei dem ich von den Feigen seines Stammes zumindest gekostet hatte. Auch wenn er sich mir gegenüber immer sehr entgegenkommend, ja bewundernd gezeigt hatte, traute ich dem Frieden nicht. Es war nur ein Gefühl, aber ich war mir nicht sicher, ob ich ihm gut genug war, ob er seine Zustimmung zur Hochzeit mit Neobule nicht irgendwann zurückziehen würde. Auch wenn die Verbannung aufgehoben worden war, musste mich der Prozess um das angebliche Schmählied auf Dionysos in seinen Augen zweifellos herabgesetzt haben.

Eunike und Perikles dagegen waren gekommen. Eunike umarmte mich, während Perikles mir erklärte, dass auf seine Kosten einige zusätzliche Amphoren Wein aus Naxos zu den Lebensmitteln gebracht würden. Er wusste, dass ich diesen besonders schätzte – so musste wohl der Nektar der Götter schmecken. Offenbar versuchte er damit, sich für seinen heftigen Angriff zu entschuldigen, als ich von meiner Verurteilung berichtet hatte. Vielleicht wollte er auch das Versäumnis, seinen Beitrag zu dem Gelage bei Glaukos zu leisten, wieder wettmachen.

Die Vorbereitungen für die Abfahrt waren noch nicht so weit fortgeschritten, wie ich erhofft hatte. Glaukos und Kleitos trugen schwitzend Kisten mit Waffen an Bord des ersten der beiden Schiffe. Es war die „Klio", auf der ich das Kommando haben würde. Direkt daneben lag die „Phoibe", die ebenfalls etwa fünfzig Männer aufnehmen konnte. Die meisten der Siedler, die Kleitos und ich vor fast zwei Wochen ausgewählt hatten, waren bereits vor Ort. Viele hatten die Gerätschaften ihres jeweiligen

Handwerks bei sich, die sie nach und nach an Bord schafften. Es waren fast ausschließlich junge Männer, die nach Norden aufbrachen, lediglich der eine oder andere bereits verheiratete Handwerker brachte seine Frau mit.

Mittlerweile war es fast schon Mittag geworden, und die Sonne begann, mehr als sonst in dieser Jahreszeit, die Luft zu erwärmen. Eine milde Brise sorgte für angenehme Abkühlung beim Beladen der Schiffe.

„Wir hätten für unsere Abreise kaum besseres Wetter haben können", begrüßte mich Pelagios, der Kommandant der „Phoibe". „Es wäre mehr als günstig, wenn wir noch bei Tag das Kap Gyrai passieren könnten. Die Felsen dort sind bei Nacht tückisch!"

Ich hatte davon schon mehrfach gehört. Viele Seeleute hatten an diesem Kap ihr Leben gelassen, als sie auf die Felsen geschleudert wurden. So befahlen wir den Siedlern und den begleitenden Söldnern, keine Zeit zu verlieren, sondern das Beladen der Schiffe so bald wie möglich zum Abschluss zu bringen.

Meine Sachen verstaute ich unter Deck, Zenon und Linos taten es ebenso. Nachdem alle Männer mit ihren Ausrüstungsgegenständen und den Lebensmitteln an Bord waren, ließ ich den Anker der „Klio" einholen, und wir ruderten, gefolgt von Pelagios mit der „Phoibe", an der zum Abschied winkenden Menge vorbei aus dem Hafen heraus.

Kaum dass wir den Hafen verlassen hatten, wandten wir uns nordwärts. Bald schon konnten wir die Ruder einholen und die Segel setzen. Der Wind hatte aufgefrischt und trieb uns zügig Richtung Delos voran.

Ich hatte schon eine Reihe von Fahrten auf der Ägäis unternommen – ich liebte es, in fast jedem Moment irgendwo eine Insel sehen zu können. Es war nicht die Angst vor der offenen See, vielmehr mochte ich das ständige Wechselspiel der lang gezogenen, weitgehend flachen

Inseln und der ebenen See. Nachdem wir Delos westlich passiert hatten, wandten wir uns nach Osten, ließen das nach einem Sohn des Musengottes Apollo benannte Mykonos rechts von uns liegen und fuhren Richtung Tenos.

Mittlerweile war es Abend geworden, die Sonne stand bereits tief im Westen. Der Wind begann aufzufrischen, und mich beschlich ein ungutes Gefühl, als wir Richtung Kap Gyrai segelten. Pelagios hielt sein Schiff meist in der Nähe der „Klio", sodass wir uns verständigen konnten.

Als wir einmal sehr dicht beieinander fuhren, rief er mir gestikulierend zu, wir sollten uns beeilen, damit wir vor Einbruch der Nacht noch Kap Gyrai passierten. Das war mir recht – ich wollte lieber auf dem ruhigen, offenen Meer hinter Tenos als in der Nähe gefährlicher Klippen übernachten. Schließlich trug ich die Verantwortung für die gut hundert Männer, die wir nach Thasos bringen sollten.

Wir konnten zu diesem Zeitpunkt noch nicht wissen, dass diese Entscheidung falsch war – und als wir es bemerkten, war es zu spät. Während ich noch darüber nachdachte, ob wir das Nachtmahl vor oder nach Kap Gyrai nehmen sollten, brach ein Unwetter über uns herein. Schneller, als ich es für möglich gehalten hatte, zog ein starker Sturm auf. Ehe wir uns versahen, war es dunkel geworden – ein heftiger, unregelmäßiger Wind fegte von Osten heran, und immer höhere Wellen drückten uns auf die Insel und die berüchtigten Klippen zu. Der vorher klare Himmel zog sich rasch mit schwarzen Wolken zu, was den Eintritt der Nacht noch beschleunigte. Die „Phoibe" war wieder weiter entfernt, ich konnte jedoch sehen, dass die Männer um Pelagios in Bewegung gerieten und sich hektisch am Segel zu schaffen machten. Ich nahm dies zum Anlass, auch auf unserem Schiff das Segel reffen zu lassen, schließlich war Pelagios der weit erfahrenere Seemann.

„Lass das Segel einholen! Schnell!"

Glaukos lief mit meinem Befehl davon. Er hatte gerade die Schiffsmitte erreicht, als eine erste hohe Welle über die Reling hereinbrach. Unser Boot wurde vom wild tosenden Wogengang hin und her geschüttelt.

Γλαυχ᾽ ὅρα· βαθὺς γὰρ ἤδη κύμασιν ταράσσεται

πόντος, ἀμφὶ δ᾽ ἄκρα Γυρέων ὀρθὸν ἵσταται νέφος,

σῆμα χειμῶνος· κιχάνει δ᾽ ἐξ ἀελπτίης φόβος.

56D

Glaukos, sieh: schon wird das tiefe Meer von den Wellen

aufgewühlt,

und am Kap von Gyrai stellt sich senkrecht eine Welle auf

—

Zeichen des Sturms; schlagartig überfällt uns die Angst.

Immer mehr wurde unser Schiff von der Kraft des Meeres in Richtung der Felsen gedrückt. Wir versuchten, uns durch Rudern von ihnen fernzuhalten. Bald mussten wir dies aufgeben, denn Welle um Welle brach über uns herein, und wir waren vollauf damit beschäftigt, das Wasser aus dem Rumpf der „Klio" zu schöpfen.

Ein plötzlicher Wasserschwall schoss über das Schiff. Ich war sicher, durch das Stöhnen und die Rufe meiner Männer noch einen Schrei gehört zu haben, doch noch konnte ich nicht feststellen, von wem er kam und was er bedeutete. Ich sandte ein Gebet zu Poseidon.

ψυχὰς ἔχοντες κυμάτων ἐν ἀγκάλαις

21D

in der Hand der Wellen liegt das Leben aller

Als ich das Schiff schon verloren glaubte, ließ der

Sturm endlich nach. So plötzlich, wie das Unwetter gekommen war, endete es. Im Dunkel der Nacht war fast nichts zu sehen, links ahnte man nur Thenos mit dem Kap, welches fast unser Verhängnis geworden wäre. Eine Weile trieben wir, erschöpft vom Kampf gegen die Naturgewalten, willenlos auf dem nur noch schwach bewegten Meer, bevor ich den Männern befahl, die Ruder aufzunehmen und den Abstand zur Insel zu vergrößern. Nur wenigen gelang es in dieser Nacht, Schlaf zu finden.

Im Morgengrauen entdeckten wir, nicht einmal sehr weit von der „Klio" entfernt, die „Phoibe", deren Besatzung uns wohl schon früher gesehen hatte und in unsere Richtung ruderte. Bereits in der Nacht, nachdem der Sturm vorüber war, hatten wir festgestellt, dass Zenon offensichtlich im Sturm über Bord gespült worden war. So erschloss sich mir im Nachhinein der Schrei, den ich in der Nacht zu hören gemeint hatte. Niemand hatte während des Unwetters etwas bemerkt, alle waren zu beschäftigt, ihr eigenes Leben zu retten.

Als Pelagios' Schiff so nahe war, dass wir uns verständigen konnten, berichtete er, dass es ihm und seinen Männern gelungen war, dem Sturm zu entkommen. Der Sturm hatte offensichtlich nur auf engem Raum und nur für kurze Zeit getobt – uns schien es eine Ewigkeit gewesen zu sein.

28

Der folgende Tag verlief ruhig, so ruhig, dass wir nach dem abendlichen Mahl nur wenige Männer für die Nachtwache einteilen mussten. Wir hatten die nächste Insel, Andros, östlich passiert und fuhren auf dem nun offenen Meer nach Norden. Nach den Schrecken der vergangenen Nacht kam bei vielen eine gewisse Hochstimmung auf. Am Abend wurde die Besetzung der Nachtwache besprochen. Linos wurde mit zwei anderen

Männern für die ersten Stunden eingeteilt.

„Das Meer ist so ruhig, kein Sturm bedroht uns – wäre es nicht möglich, die Nachtwache mit etwas Wein erträglicher zu gestalten?"

Vielleicht schwang in Linos' Frage auch das Bedürfnis mit, den Verlust seines langjährigen Gefährten Zenon eine Weile zu vergessen. Selbst betroffen vom Tod des Getreuen, ließ ich mich leicht überzeugen, und der naxische Wein, den Perikles an den Hafen gebracht hatte, vertrieb uns die Zeit auf angenehme Weise. Zunächst tranken wir auf Zenon – keiner glaubte, dass er das rettende Land irgendwie noch hätte erreichen können. Still dankte ich Zenon auch nochmals für den Dienst, den er mir erwiesen hatte, als er vor einigen Monaten, ohne nachzufragen, meine Sendung an Neobule diskret am Haus des Lykambes abgegeben hatte.

Es wurde ein langer Abend, viele meiner Mitfahrer blieben auf, obwohl sie keine Nachtwache hatten.

ἀλλ᾽ ἄγε σὺν κώθωνι θοῆς διὰ σέλματα νηός,

φοίτα καὶ κοίλων πώματ᾽ ἄφελκε κάδων,

ἄγρει δ᾽ οἶνον ἐρυθρὸν ἀπὸ τρυγός· οὐδέ γὰρ ἡμεῖς,

νήφειν ἐν φυλακῆι τῆιδε δυνησόμεθα.

5AD

aber lauf' rasch mit dem Becher durch die Ruderbänke des schnellen Schiffs,

zieh' den Deckel von den bauchigen Krügen ab

und schöpfe vom roten Wein die Hefe.

Wir werden diese Wache nicht nüchtern verbringen wollen.

Am nächsten Morgen nahm ich wie der Rest meiner Männer mit klarem Kopf dankbar wahr, dass der Wein des

Perikles von sehr guter Qualität gewesen war. Seinen Beitrag zum Gelage bei Glaukos hatte er zwar nicht geleistet, aber jetzt hatte er sich großzügig gezeigt. Wir passierten Skyros, bevor wir den letzten größeren Abschnitt auf offener See begannen.

Am Ende des fünften Tages, nachdem wir Paros verlassen hatten, kam Thasos in Sicht. Ich musste unmittelbar an einen Tierrücken denken, als ich die dicht bewaldete, wegen ihrer Nebelwände gefürchtete Insel vor uns liegen sah. Wir umrundeten die Insel auf der östlichen Seite und hielten Kurs auf die im Norden gelegene Hauptstadt der Insel. Aus der Ferne schon war der Tempel des pythischen Apollo auf der Akropolis zu erkennen.

ἥδε δ᾽ ὥστ᾽ ὄνου ῥάχις

ἕστηκεν ὕλης ἀγρίης ἐπιστεφής·

οὐ γάρ τι χῶρος οὐδ᾽ ἐφίμερος

οὐδ᾽ ἐρατός, οἷος ἀμφὶ Σίριος ῥοάς.

18D

von wildem Wald dicht bedeckt, liegt die Insel da –

wie ein Eselsrücken.

Es ist allerdings kein schöner Ort, auch kein entzückender

oder freundlicher – wie etwa die Landschaft am Siris-

Strom.

29

Es war schon am frühen Abend, als wir das Segel einholten und von Osten kommend in den Hafen von Thasos ruderten. Die tief stehende Sonne tauchte die Siedlung in ein mildes, rötliches Licht. Am Kai angekommen, befestigten wir mit Tauen unsere beiden Schiffe.

Einige der Kolonisten, die wir als Söldner begleiteten, hatten Verwandte, die mit einem der früheren Züge nach Thasos gekommen waren. Diese begrüßten und umarmten sich erfreut, hatten sie sich doch jahre- oder manchmal gar jahrzehntelang nicht gesehen. Auch Glaukos' Onkel Brentes, der Bruder seines Vaters Leptines, war wie erwartet am Kai. Er war mit Telesikles vor fünfundzwanzig Jahren gekommen und seit Langem im Rat der Stadt. Er hieß seinen Neffen herzlich willkommen, entschuldigte sich dann aber bald, da er noch zu einer geschäftlichen Verabredung musste. Bevor er uns verließ, berichtete er noch, dass es in den letzten Tagen wieder zu einem Konflikt mit einer thrakischen Schar gekommen sein musste. Er wisse aber noch nichts Genaueres.

Für die, die keine Angehörigen auf der Insel hatten, war es vordringlich, einen Ort zum Übernachten zu finden. Die Söldner blieben auf dem Schiff, die meisten der Kolonisten schlugen Zelte auf einem nahegelegenen Feld auf. Die wenigen, die Verwandte auf der Insel hatten, zogen mit diesen zu deren Häusern – sie würden ihre Geräte und alles, was sie sonst noch für ihr neues Leben mitgebracht hatten, an einem der folgenden Tage entladen.

Während Pelagios bei den Schiffen blieb, gingen Glaukos und ich in Richtung der Akropolis, ins Zentrum der Siedlung. Sie war weit größer, als ich erwartet hatte. Hinter dem Tempel des Herakles, vor dem letzten Anstieg zur Akropolis, war der Amtssitz des Archonten, an dessen Tor wir zunächst vergeblich klopften. Als wir uns schon abwenden wollten, öffnete sich der Eingang einen schmalen Spalt, und ein kleines Männlein wurde sichtbar.

„Was wollt ihr?"

„Können wir den Archonten Peisistratos sprechen?"

„Da müsst ihr morgen wiederkommen. Er ist mit einem Trupp Soldaten in den Wäldern, wird aber

119

wahrscheinlich in der Nacht zurückkehren."

Der Übernachtungen auf dem Schiff müde, fragten wir das Männlein nach einer Schenke, in der wir auch über Nacht bleiben könnten. Er wies uns einen Weg, der weitgehend mit dem identisch war, den wir gekommen waren. So gingen wir zurück Richtung Hafen, bogen an der uns beschriebenen Stelle ab und fanden auch bald die gewünschte Taverne.

Mit dem Wirt wurden wir uns rasch einig. Es waren noch zwei Räume frei, die wir für die nächsten Tage belegten, bevor wir im Schankraum aßen und tranken. Der Wein war säuerlich, nicht zu vergleichen mit dem, den Perikles uns für die Überfahrt mitgegeben hatte. Dennoch blieben wir noch lange Zeit auf. Erst als wir die Wirkung des üblen Tranks stärker bemerkten, als wir ursprünglich beabsichtigt hatten, gingen Glaukos und ich in die uns zugewiesenen Räume.

Am nächsten Morgen gingen wir erneut zum Amtssitz des Archonten. Das Tor stand diesmal offen, und wir betraten den Innenhof. Noch war niemand zu sehen, daher liefen wir auf das Hauptgebäude zu, aus dem Stimmen erklangen. Als wir die Tür durchschritten hatten, kam aus einem Nebenraum das Männlein, das wir gestern gesehen hatten, auf den Flur. Er wandte sich uns zu und begrüßte uns. Heute stellte er sich auch vor – sein Name war Timaios, und er war die rechte Hand des Archonten.

„Peisistratos ist zurück. Ich habe ihm schon von eurer Ankunft berichtet. Ihr sollt in diesem Raum auf ihn warten."

Mit einer knappen Geste deutete er auf den Eingang eines kleinen Saales, den wir betraten. Wir hatten uns kaum einen Platz zum Hinsetzen gesucht, als der Vorhang, der den Durchgang zum Raum bedeckte, beiseite geschoben wurde und ein groß gewachsener, sehr beleibter Mann eintrat. Wir machten uns bekannt.

„Ich kenne eure Väter", eröffnete uns der Archont. „Als ich vor einiger Zeit im Rat von Paros über die hiesige Situation Bericht erstattet habe, wurden mir sowohl Leptines als auch Telesikles vorgestellt. Wie geht es ihnen?"

„Mein Vater ist leider vor einigen Wochen bei einem Unfall ums Leben gekommen", antwortete ich.

„Nimm mein Beileid entgegen", sagte Peisistratos und erkundigte sich nach den Umständen von Telesikles' Tod.

Der thasische Archont erzählte uns dann von seiner gestrigen Expedition. Es war eine jüngst gegründete Siedlung einer parischen Siedlergemeinschaft von Thrakern überfallen worden. Als er mit seinen Soldaten das eben entstehende Dorf erreicht hatte, war alles längst vorüber. Die wenigen Gebäude rauchten nur noch, die Felder waren abgebrannt, und die leblosen Körper der erschlagenen Bauern lagen da, wo sie abgestochen worden waren. Jugendliche, Kinder und Frauen, soweit sie nicht vergewaltigt und ebenfalls ermordet worden waren, hatte man augenscheinlich verschleppt, um sie in die Sklaverei zu verkaufen. Die aufgefundenen fünfzehn Leichen hatte man nachts in die Stadt gebracht, um sie zu bestatten. Insgesamt betrug der Verlust etwa vierzig Bürger.

„Lage und Größe der neuen Kolonien werden hier tunlichst verschwiegen, um sie vor Angriffen zu schützen. Vor allem in der Gründungsphase sind die neu entstehenden Dörfer leichte Beute herumstreunender Feinde. Wenn die Siedlung größer wird, ist diese Geheimhaltung kaum mehr möglich; gleichzeitig schwindet allerdings deren Schutzbedürftigkeit", erklärte er uns.

Peisistratos war nicht nur betrübt über den Verlust der Siedler und des Dorfes, er war auch besorgt über die Zukunft der parischen Kolonie. Immer wieder wurde die

Insel von Thrakern überfallen. Manchmal waren es nur vierzig oder fünfzig Mann, die kleinere Siedlungen heimsuchten – es hatten aber auch schon mehr als fünfhundert Mann übergesetzt, und man hatte die Bevölkerung der Hauptstadt zu den Waffen rufen müssen. Schließlich sprach er sogar von einem Stein des Tantalos, der über der Insel hänge. Er fürchtete nämlich, die Thraker würden eines Tages ihre ganze Macht zusammennehmen und die Polis selbst zu Lande und zu Wasser belagern, um die parischen Siedler endgültig zu vertreiben und sich der goldhaltigen Quarzadern, die es bei und in der Stadt gab, zu bemächtigen.

...ἀκήρατος...

...σημάντορες...

...αἴχμητὴς ἐών...

εὔμενος

...

μηδ' ὁ Ταντάλου λίθος

τῆσδ' ὑπερ νήσου κρεμάσθω.

55D

...reines, ungemischtes (Gold)...

...Feldherren...

...Speerkämpfer...

...

aber der Stein des Tantalos

möge nicht über der Insel hängen!

Dann kamen wir auf unsere Belange zu sprechen. Peisistratos war froh, dass die Zahl der Parier auf Thasos größer wurde; jeder zusätzliche Mann erhöhte die

Sicherheit der Gemeinschaft.

„Land für Bauern und Handwerker ist genug vorhanden. Wie die letzten Tage zeigen, ist man zurzeit allerdings nicht sicher vor Übergriffen thrakischer Einheiten."

Wir folgten seinem Vortrag, ohne ihn zu unterbrechen.

„Eine Gruppe von Thrakern hat vor einiger Zeit vom Festland übergesetzt. Wir wissen nicht einmal, wie viele Männer es sind. Sie sind vermutlich irgendwo im Westen der Insel an Land gegangen. Keine Rodung, kein Neubau ist im Moment sicher; überall müssen Söldner unsere Arbeiten beschützen."

Mit einem Blick auf uns, als würde er unsere Möglichkeiten abwägen, fuhr er fort:

„Am einfachsten ist es meiner Meinung nach" – er räusperte sich kurz –, „ihr würdet die eben zerstörte Siedlung übernehmen und wieder aufbauen. Viele nötige Vorarbeiten, die ihr sonst machen müsstet – zum Beispiel Bäume fällen –, sind hier ja schon erledigt."

Das klang vernünftig, wenn mich auch ein etwas mulmiges Gefühl bei dem Gedanken beschlich, dass wir das begonnene Werk hingemetzelter Siedler weiterführen würden.

„Ihr solltet aber noch warten, bis wir in Erfahrung gebracht haben, wie viele Feinde auf unserer Insel sind. Das Dorf hatte übrigens den Namen Leukas erhalten."

Nach so vielen Informationen lud Peisistratos uns noch zum Mittagessen ein. Im Anschluss daran gingen wir durch den Ort zum Hafen, um mit den Kolonisten das weitere Vorgehen zu besprechen.

Der Zeitpunkt, mit unseren Siedlern zu reden, war günstig. Fast alle waren anwesend, da sie am Nachmittag damit beschäftigt waren, die beiden Schiffe zu entladen. Ich suchte eine erhöhte Position und rief die etwa fünfzig Kolonisten, die mit uns gekommen waren, in Hörweite zu mir heran. Dann berichtete ich von unserem Gespräch mit dem Archonten und fragte am Ende, wer sich dem Plan, die überfallene Siedlung erneut zu beleben, anschließen wolle. Nach einigem Hin und Her fanden sich etwa dreißig Siedler, die dazu bereit waren. Die übrigen wollten teils noch abwarten; teils wollten auch diejenigen, die Verwandtschaft auf der Insel hatten, lieber bei ihren Familien eine neue Tätigkeit finden.

Im Verlauf der Gespräche mit den Bauern und Handwerkern entpuppte sich mehr und mehr Agapetos, ein etwa fünfunddreißigjähriger Mann, als deren Sprecher. Es hatte keine Wahl oder eine Abstimmung gegeben, wer befugt wäre, im Namen der Siedler das Wort zu ergreifen – er machte sich einfach zum Wortführer. Die übrigen Männer stimmten ihm meistens zu, es wurde kaum widersprochen. Ich kannte Agapetos bereits von Paros und war erfreut, dass er eine führende Rolle beim Aufbau der neuen Kolonie spielen würde, denn er hatte klare Ansichten und eine ebensolche Sprache. Mit ihm würde ich mit Sicherheit in den kommenden Wochen bei allen auftretenden Problemen gut zusammenarbeiten können.

Eine der wichtigsten Fragen war, auf welche Weise die Bauern und Handwerker ihre Utensilien in das etwa hundert Stadien entfernte Dorf Leukas bringen konnten – man benötigte Wagen und Zugtiere. So machte ich mich wieder auf den Weg zum Archonten, um ihm die Wünsche der Neuankömmlinge zu übermitteln. Ich traf ihn eben noch an; er war gerade im Begriff, seinen Amtssitz zu verlassen. Er versprach mir, sich morgen um die gewünschte Hilfe zu kümmern, und ging in Richtung des Pythions davon.

Da für den Moment die Aufgaben des Tages erledigt schienen, durchzuckte mich der Gedanke, ob es nicht wieder einmal an der Zeit wäre, eine Hetäre aufzusuchen. Dann ging ich doch zurück zu der Taverne, in der ich übernachtet hatte. Dort traf ich überraschenderweise Glaukos an – ich hatte gedacht, er wäre mit seinen Sachen bereits bei Brentes.

Er begann ausführlich über seine Pläne auf Thasos zu reden. Offensichtlich hatte er am Nachmittag mit seinem Onkel diesbezüglich ein Gespräch geführt.

„Die Insel ist landwirtschaftlich ergiebiger als unser steiniges Paros. Darüber hinaus gibt es auch in beträchtlichem Ausmaß Kupfer- und Silbervorkommen. In der Stadt Thasos selbst wird sogar Gold abgebaut."

„Ja, Peisistratos erwähnte es heute Morgen."

„Mein Onkel besitzt nicht nur einige Ländereien außerhalb der Stadt, er ist auch dank seines geschäftlichen Geschicks mittlerweile der führende Mann im Bergbau auf Thasos. Dazu kommt, dass er thrakische Verwandte hat – da ist es natürlich leichter, mit der ansässigen Bevölkerung ins Geschäft zu kommen."

Als ich von Brentes' thrakischer Verwandtschaft hörte, war ich nicht überrascht, schließlich war Brentes ein thrakischer Name.

„Auf dem Festland", fuhr Glaukos fort, „sind die Goldvorkommen noch weit größer als auf der Insel, und ich habe vor, mit den Söhnen meines Onkels dorthin eine Expedition zu unternehmen."

Ich wurde hellhörig, hatte doch auch Kylon bei unserem Gespräch nach der Beerdigung unseres Vaters davon gesprochen.

„Ich werde damit in jedem Fall warten, bis du mit den Söldnern aus Leukas zurück bist. Ich würde diese gerne zum Schutz der Erkundungen auf dem Festland beanspruchen. Selbstverständlich erhalten sie zusätzlichen Lohn für ihre Dienste."

Vielleicht bot sich mir hier eine Gelegenheit, meine wirtschaftliche Lage zu verbessern. Daher sagte ich Glaukos mein Interesse zu.

Danach wandte sich unser Gespräch wieder Leukas zu. Da keiner wusste, wie groß der Haufen der Thraker war, der sich auf der Insel herumtrieb, war niemandem – wohl auch dem Archonten noch nicht – klar, ob man ein Heer zusammenstellen müsse oder ob die Schar unserer Gegner nicht einfach wieder von der Insel verschwinden würde. Die Klärung dieser Frage würde wahrscheinlich noch einige Zeit in Anspruch nehmen. In jedem Fall war meine Mission, die Siedler zu der zerstörten Siedlung zu begleiten, alles andere als frei von Risiken.

Die anschließende Überfahrt aufs Festland war sicher noch weit gefährlicher. Die Aussicht auf einen materiellen Gewinn ließ mich den Gedanken an die Gefahr jedoch in diesem Moment verdrängen.

Im weiteren Verlauf des Abends sprachen wir einmal mehr über die politische Entwicklung der vergangenen Monate auf Paros: über die Hungersnot, die Aufstände, den merkwürdigen Prozess und Leophilos' Wahl zum Archonten. Glaukos war irritiert von der leichten Formbarkeit und Wankelmütigkeit der Masse. Jeder fasste seine Meinung nur danach, wie sich im Moment die Umstände darzustellen schienen. Dabei wurden unter dem Druck kurzfristiger, auch geringer Zwänge Meinungen gebildet, die bei genauerer Überprüfung und etwas besserem Nachdenken klügeren, langfristigen Positionen hätten weichen müssen. Die Menge war dumm.

τοῖος ἀνθρώποισι θυμός, Γλαῦκε, Λεπτίνεω πάι,

γίγνεται θνητοῖς᾽, ὁκοίην Ζεὺς ἐφ' ἡμέρην ἄγηι,

καὶ φρονεῦσι τοῖ' ὁκοίοις' ἐγκυρέωσιν ἔργμασιν.

68D

so beschaffen ist, Glaukos, des Leptines Sohn, der Sinn

der Sterblichen: wie der von Zeus herangeführte

wechselnde Tag –

und sie denken so, wie die Lage sie gerade betrifft.

Über diese Gedanken war der Abend bereits weit vorangeschritten, und wir gingen kurze Zeit später auf unsere Zimmer. Glaukos wollte unsere Unterkunft am nächsten Morgen verlassen und, wie schon früher erwartet, im Haus von Brentes sein Lager aufschlagen.

30

So sah ich Glaukos am nächsten Tag nur kurz. Danach ging ich wieder hinauf zum Amtssitz des Archonten, um mich nach den gewünschten Wagen und Zugtieren zu erkundigen. Ich traf zunächst nur Timaios an und brachte mein Anliegen vor. Er sicherte mir zu, er werde sich so bald wie möglich darum kümmern.

Während er noch sprach, ging der Vorhang seiner Amtsstube zur Seite, und Peisistratos betrat den Raum – an seiner Seite ein hoch gewachsener junger Mann.

Diesen vorzustellen wäre nicht nötig gewesen; es musste sich um seinen Sohn handeln – die Ähnlichkeit war zu groß, auch wenn der Jüngere bei Weitem noch nicht die Leibesfülle des Vaters erreicht hatte.

„Dies ist mein Sohn Lycidas", sagte Peisistratos, woraufhin dieser selbst das Wort ergriff:

„Meine Späher haben die Thraker ausfindig gemacht. Es ist nur eine kleine Gruppe, höchstens fünfzig Mann. Wir sind sicher, dass es nicht mehr sind."

„Ihr könnt damit früher nach Leukas aufbrechen, als wir gestern noch dachten", ergänzte Peisistratos. „Das Risiko eines Überfalls ist zwar nicht auszuschließen, aber gering – immerhin seid ihr an die achtzig oder fünfundachtzig Mann."

„Ich danke dir für deinen Bericht", antwortete ich, „so müssen wir nicht ungewisse Zeit hier verbringen. Sobald gewährleistet ist, dass wir unsere Gerätschaften transportieren können, werden wir die Stadt Richtung Leukas verlassen."

Ich war über die jüngste Entwicklung erfreut, wollte ich doch nicht unnötig Zeit auf der Insel, auf dem thrakischen Festland und erneut auf Reisen verbringen. So fragte ich den Archonten, wann nach seiner Meinung die Vorbereitungen für den Aufbruch abgeschlossen sein könnten. Peisistratos meinte, nach Auskunft von Timaios könne dies bereits morgen der Fall sein, und wir vereinbarten, der Zug solle am Morgen des übernächsten Tages nach Leukas aufbrechen.

Der Weg vom Amtssitz nahe der thasischen Akropolis hinunter zum Hafen war mir mittlerweile geläufig, er schien mir immer kürzer zu werden. So fand ich die Zeit, in die eine oder andere Gasse hineinzuspähen, ob dort ein Haus mit Hetären zu erahnen oder gar zu erkennen war. Schließlich war schon mehr als eine Woche seit meiner Abreise aus Paros und dem Abschied von Neobule vergangen. Der Gedanke, eine Hetäre aufzusuchen, war mir heute weit mehr präsent als gestern.

Meine Suche wurde unterbrochen, als ich überraschenderweise Agapetos kurz vor der Agora traf.

„Der Archont hat mir eben mitgeteilt, dass die Gruppe der eingedrungenen Thraker nur klein ist, höchstens fünfzig Männer. Wir werden bald aufbrechen. Lass uns am Hafen mit den anderen sprechen."

Agapetos war eigentlich auf dem Weg zum Tempel des pythischen Apollo gewesen. Als er jedoch meine Neuigkeiten erfuhr, wandte er sich um und kehrte mit mir zum Hafen zurück. Er hatte, wie die meisten der

Kolonisten, keine Verwandtschaft auf der Insel und hatte daher die letzten Nächte in dem provisorischen Lager in der Nähe der „Klio" verbracht. Er war froh, dass sich ein Ende des Wartens abzeichnete. Im Hafen angekommen, sah ich, dass Pelagios mit der „Phoibe" Thasos bereits wieder verlassen hatte. Ich dachte kurz an das schaurige Erlebnis am Kap Gyrai mit dem Verlust Zenons und wünschte Pelagios eine ähnlich angenehme Fahrt, wie zumindest er sie auf der Herreise gehabt hatte.

Während ich noch diesen unschönen Erinnerungen nachhing, hatten wir das Lager bei der „Klio" erreicht. Agapetos ging von Zelt zu Zelt und suchte die ungefähr dreißig Siedler, die nach Leukas kommen wollten. Diese wurden von ihm angewiesen, sich in einer Stunde am Schiff einzufinden. Die Zeit bis zu der Zusammenkunft nutzte ich, um auf der „Klio" nach dem Rechten zu sehen und mit der Wache über die Pläne für die nächsten Wochen zu sprechen. Auch legte ich fest, wer von den Söldnern beim Schiff bleiben würde und wer mit uns nach Leukas kommen würde.

Zurückgekehrt auf den Platz vor dem Schiff, konnte ich feststellen, dass Agapetos fast alle betroffenen Kolonisten hatte antreffen können. Auch war die Zahl derer, die mit uns nach Leukas kommen wollten, angewachsen. Fünf weitere Männer würden uns begleiten. Einer war verheiratet und hatte seine Frau bei sich.

Einen kurzen Moment dachte ich an die Situation, die sich über kurz oder lang in Leukas ergeben würde. Es waren fast ausschließlich Männer, die die Siedlung bewohnen würden. Streit, wenn nicht mehr, war absehbar. Dieses Problem hatten die ersten Siedlerzüge unter Tellis und meinem Vater auch schon gehabt – ich hatte davon gehört. Nach einiger Zeit würde es vielleicht einige Tote geben, manche Männer würden sich Frauen aus der Hauptstadt anlocken, manche würden sich mit thrakischen Sklavinnen vergnügen. Nach einiger Zeit würde sich die

Situation auch in dieser kleinen Kolonie normalisieren, das Anwachsen des Ortes würde sein Übriges dazu tun.

Die Versammlung der Kolonisten währte nur kurz. Ich berichtete von Lycidas' Einschätzung der Lage und dass Peisistratos uns Wagen und Zugtiere wahrscheinlich im Lauf des kommenden Tages zur Verfügung stellen würde. Wenn alles rechtzeitig eintraf, wollten wir bei Sonnenaufgang des nachfolgenden Tages nach Leukas aufbrechen. Die Siedler und Handwerker hatten somit noch einen Tag Zeit, ihre Geräte zu überprüfen und sich für die Abfahrt vorzubereiten.

31

Somit war an Ort und Stelle alles geregelt – auch ich hatte noch einen Tag und beschloss, morgen im Apollotempel ein Opfer für das Gelingen der Unternehmung zu bringen. Da es nun schon gegen Abend ging, wandte ich mich in Richtung der Taverne, in der ich nächtigte.

„Ich habe eine Überraschung für dich", eröffnete mir der Wirt. „Ich habe am Morgen ein Zicklein geschlachtet – das Abendessen wird heute noch um einiges besser ausfallen, als du es hier ohnehin gewohnt bist!"

Köstlicher Duft zog bereits durch das Gebäude. Ich ging durch den Schankraum in den Innenhof, wo eine Magd das Feuer mit dem aufgespießten Tier beaufsichtigte. Der Wirt hatte nicht zu viel versprochen; das Fleisch des Zickleins übertraf die Güte des normalerweise gereichten Abendessens erheblich.

Den Nachgeschmack dieses Festmahls noch genießend, machte ich mich, zusätzlich beschwingt von nur wenig vermischtem Wein, bei anbrechender Dunkelheit aus der Taverne auf, um meinen Trieben zu folgen. Am Mittag hatte ich vergeblich nach einem Haus der Hetären Ausschau gehalten. Auf Anfrage hatte der Wirt mir nach dem Essen einen Hinweis gegeben, wo ich fündig werden könnte. Ich folgte dem beschriebenen Weg, dennoch dauerte es länger, als ich erwartet und gehofft hatte, bevor ich das gesuchte Haus gefunden hatte.

Als ich durch den Eingang trat, sah ich drei Personen. Ein junges Mädchen huschte, kaum dass sie mich sah, in einen Flur und verschwand. Es blieben eine ältere Frau und ein grobschlächtiger Mann zurück, der offensichtlich der Aufseher war. Bei meinen früheren Besuchen bei den Hetären hatte ich öfters mit älteren Frauen vorliebnehmen müssen, doch seit Kynthia – an Neobule wagte ich im Moment nicht zu denken – war ich verwöhnter geworden. Nach einleitenden Worten, aus denen meine Absichten klar hervorgingen, deutete ich in Richtung des Flurs, in den das Mädchen gelaufen war.

„Nein, du musst dich schon mit dem zufriedengeben, was angeboten wird – die Junge steht dir nicht zur Verfügung", beschied mich der vierschrötige Mann, bei dem es sich wegen seiner erkennbaren verheilten Verletzungen wahrscheinlich um einen ehemaligen Soldaten oder Söldner handelte.

So wandte ich mich der anderen Frau zu, die ihr Alter – sie mochte schon an die vierzig Jahre sein – hinter zu viel Schminke zu verbergen suchte.

οὐκ ἄν μύροισι γρῆυς ἐοῦσ´ ἠλείφετο

27D

ein altes Weib sollte sich nicht mit Myrrhen einsalben.

Mangels besserer Gelegenheit – mein Drang war zu groß – gab ich der Frau einen geringen Betrag. Der ehemalige Söldner gab einen grunzenden Laut von sich: „Das meinst du doch jetzt nicht im Ernst? Sie ist mehr wert!"

131

„Ob sie mehr wert ist, werde ich dir später sagen",
entgegnete ich. Daraufhin zog er wortlos den Vorhang zum
Nebenraum auf, und die Frau erhob sich. Als sie vor mir
ins Nebenzimmer ging, spürte ich, ihren Rücken
betrachtend, deutlich das Verlangen, das sich in den letzten
Tagen aufgestaut hatte.

Die Hetäre hatte augenscheinlich große Erfahrung,
dennoch kam ich nicht so sehr in Fahrt, wie ich beim
Betreten des Raumes noch gedacht hatte. Die namenlose
Frau gab sich große Mühe, sie benutzte Hand und Mund,
kniete vor mir, um mich zu ermuntern.

ὅσπερ αὐλῶι βρῦτον ἢ Θρέιξ ἀνήρ ἢ Φρὺξ ἔμυζε· κύβδα δ᾽

ἦν πονευμένη.

28D

wie ein Thraker oder Phryger saugte sie an der Röhre das

Bier – vornübergebeugt bekam sie etwas ab.

Es nahm eine ganze Weile, bis ich den Höhepunkt
erreicht hatte. Danach fühlte ich mich völlig ausgelaugt;
die Frau hatte mir alle meine Kräfte genommen.

ἀλλ᾽ ἀπερρώγασί (μοι) μύκεω τένοντεσ

34D

aber zerrissen sind meines Gliedes Sehnen.

Eilig kleidete ich mich an und verließ diesen Ort nur
geringen Genusses so rasch es ging. Ein wenig fühlte ich
mich wie der auf Frauen ewig scharfe Flötenspieler
Myklos, den ich in einem meiner Jamben verspottet hatte.
Ich hatte mir ein schöneres Erlebnis erhofft, vielleicht wäre
es klüger gewesen, dem früheren Söldner gegenüber auf
den Gebrauch der jüngeren Frau zu bestehen. Als ich in der

Taverne auf mein Lager niedersank, dachte ich – bereits im Einschlafen – noch an den Verzehr des Zickleins mit Wein und Brot als den besseren Teil des Abends.

32

Den nächsten Morgen verbrachte ich wie vorgesehen, indem ich zum Apollotempel auf der Akropolis hinaufstieg. Die Polis hatte seit ihrer Gründung, nicht zuletzt wohl wegen der Goldvorkommen, einen starken Aufschwung genommen. Überall boten Händler ihre Waren an. Die Hauptstraße verband die beiden Wohnviertel der Stadt miteinander, Zentrum des einen Stadtteils war das Artemision, das des anderen das Herakleion. Höhepunkt der Götterverehrung war jedoch der Tempel des pythischen Apollo, neben dem ein der Athene geweihter Tempel eben entstand. Die Cella war bereits zu erkennen.

Im Tempel opferte ich zwei Schafe, die ich auf dem Platz zwischen den beiden Tempeln einem Priester abgekauft hatte, und verrichtete meine Gebete. Wahrscheinlich würde ich zum ersten Mal in Kampf-handlungen verwickelt werden. Ich fürchtete mich nicht davor, meine Ausbildung auf Paros war gut gewesen, mir fehlte jedoch fast jede praktische Erfahrung. Letztlich konnte es in jedem Zweikampf nur einen Sieger geben.

Daneben beunruhigte mich auch die Verantwortung für die fünfzig Söldner, die ich befehligte. Meine Führungsrolle verdankte ich ausschließlich dem Eintreten meines Vaters im Rat von Paros, der auf die Fortsetzung der Tradition gedrungen hatte, dass Siedler von Mitgliedern seiner Familie nach Thasos geleitet würden. Ich wusste nicht, was die Söldner hinter meinem Rücken über mich sprachen, aber ich würde versuchen, ihren Erwartungen gerecht zu werden. Die Überfahrt von Paros war gewiss nur ein kleines Vorspiel im Vergleich zu dem, was uns nun bevorstand.

Es war bereits gegen Mittag, als ich die Akropolis verließ und mich den bekannten Weg zum Hafen hinunterbegab, um zu sehen, wie weit die Bemühungen von Timaios und Peisistratos fortgeschritten waren. Unten angekommen, stellte ich erfreut fest, dass bereits an die fünfzehn meist einachsige Karren und dreißig Zugtiere, Esel und Ochsen, eingetroffen waren. Agapetos, den ich vor dem Zeltlager traf, zeigte sich ebenfalls von Timaios' Arbeit befriedigt. Die Siedler und Handwerker teilten die Wagen nach ihren Bedürfnissen unter sich auf und beluden diese mit ihren Geräten.

„Wir kommen gut voran", sagte Agapetos, „wir werden gut versorgt. Dem geplanten Aufbruch steht nichts im Weg."

Eine Weile beobachtete ich das geschäftige Treiben, als ich Timaios auf mich zukommen sah. Ich dankte ihm für die zuverlässige Erfüllung unserer Wünsche. Wie er mir mitteilte, stellte Peisistratos darüber hinaus noch einige Kräfte zur Verfügung, die uns den Weg in die neue Heimat der Siedler weisen sollten.

„Der Archont hat zusätzlich einige Soldaten aus Lycidas' Einheit abkommandiert, dass sie euch begleiten. Schließlich kennt ihr den Weg nach Leukas nicht, und sie werden euch mit ihrer Ortskenntnis bestimmt nützlich sein. Und sie kennen die Thraker ..."

„Richte bitte Peisistratos meinen Dank für seine großzügige Unterstützung aus!"

Guter Dinge ging ich zurück zur Taverne. Vom Zicklein waren noch Reste da, auch am zweiten Tag genoss ich das Abendmahl. Der Wein, ein besserer als gestern, kam aus Ismaros, einer Stadt auf dem thrakischen Festland. Anschließend begab ich mich auf mein Zimmer, wo ich meine Waffen und sonstigen Habseligkeiten für den morgigen Tag zusammenstellte.

Nachdenklich betrachtete ich meinen Speer. Jetzt war wahr geworden, was ich schon lange, noch zu Telesikles' Lebzeiten, geahnt hatte. Ich war Söldner. Mit meinen Waffen verdiente ich mein Brot.

ἐν δορὶ μέν μοι μᾶζα μεμαγμένη, ἐν δορὶ δ' οἶνος

Ἰσμαρικός, πίνω δ' ἐν δορὶ κεκλιμένος

2D

dem Speer verdanke ich das Brot, dem Speer verdanke ich

den Wein

aus Ismaros – und ich trinke ihn an den Speer gelehnt

Ich war tatsächlich in meinen Namen hineingewachsen: Archilochos heißt „Führer der Kampf-truppe".

33

Schon weit vor Sonnenaufgang packte ich meine Sachen und nahm meine Waffen auf. Mit dem Wirt hatte ich am Vorabend schon abgerechnet, sodass ich die Taverne ohne weitere Verzögerung verlassen konnte. Bevor ich zum Hafen abbog, blickte ich ein letztes Mal zur Akropolis mit dem Tempel des pythischen Apollon hinauf.

Unten in der Nähe des Lagers bei der „Klio" herrschte rege Betriebsamkeit. Ohne Hast und ohne wildes Schreien wurden die mittlerweile fast zwanzig Karren beladen und die Zugtiere eingespannt. Als ich Agapetos erblickte, waren fast alle bereits zur Abreise bereit.

Pünktlich, noch vor Sonnenaufgang kamen auch die fünf Männer, von denen Timaios gestern gesprochen hatte.

Sie sollten uns den Weg nach Leukas zeigen. Ihr Anführer war ein kleiner, gedrungener Mann, der sich als Polykarpos vorstellte.

„Ich denke, wir sollten geschlossen nach Leukas vorrücken. Kurz vor dem Erreichen des Dorfes werde ich mit meinen Männern in den Ort gehen und prüfen, ob sich dort noch Thraker herumtreiben. Wenn keiner von den Bastarden mehr da ist, kommt ihr nach."

Beim Wort Bastard zuckte ich kurz zusammen, aber Polykarpos konnte ja nichts von meiner minderen Abkunft wissen. Ich stimmte seinem Plan zu.

Als die ersten Sonnenstrahlen über dem Meer im Osten der Stadt zu glitzern begannen, verließen wir Thasos. Polykarpos und seine Leute gingen voran, gefolgt von meiner Einheit und den Siedlern. An der Stelle, wo später einmal vermutlich das Südtor der Stadt stehen würde, verließen wir die Stadt. Ich hatte mich in den letzten Tagen schon mehrfach darüber gewundert, dass eine Polis von der Größe, die Thasos mittlerweile erreicht hatte, noch immer keine Stadtmauer mit Toren besaß. Dies sei längst geplant, hatte mir Peisistratos auf meine Anfrage hin mitgeteilt – die Aufgabe schien mir angesichts des zugespitzten Verhältnisses zu den Thrakern dringlich.

Die etwa einhundert Stadien, die die Strecke nach Leukas ausmachten, waren auch mit einem Tross unserer Länge innerhalb eines Tages zu bewältigen. Allerdings hing unser Vorankommen vom Zustand des Wegs nach Leukas ab. Polykarpos hatte mich gewarnt, dass wir nicht damit rechnen könnten, ausgebaute Straßen vorzufinden; vielmehr müssten wir uns mehr als einmal durchs Gebüsch schlagen. Immerhin, der Weg, den die Kolonisten vor uns genommen hatten, wäre erkennbar.

Angesichts dieser Erwartungen war ich überrascht, dass wir noch vor dem Mittag bereits gut die Hälfte der Strecke bewältigt hatten. Die Hitze begann allerdings allmählich, das Vorwärtskommen zu erschweren. Ich saß auf der Rückseite eines von zwei Ochsen gezogenen Wagens und musste nur selten, wenn der Weg zu schlecht wurde, für eine Weile absteigen. Als ich dann aber sah, wie die Söldner unter dem Gewicht der Waffen und Rüstungen mehr und mehr zu schwitzen begannen, beschloss ich abzusteigen, um mit meinen Leuten zu Fuß weiterzugehen.

Nach einer kurzen Rast zu Mittag zogen wir weiter Richtung Süden. Es schien, als würden wir die Strecke nach Leukas tatsächlich an einem Tag schaffen. Vielleicht zwei Stunden vor Sonnenuntergang kam Polykarpos von der Spitze des Zugs zu mir und sagte, wir seien jetzt nur noch wenige Stadien von unserem Ziel entfernt und er würde jetzt, wie besprochen, mit seinen ortskundigen Männern die Gegend um das abgebrannte Dorf erkunden.

Ich ließ den Zug der Siedler und Söldner anhalten und ordnete auf einer Anhöhe eine weitere Rast an. Da wir uns auf eine längere Pause einstellten, spannten wir die Tiere aus. Die Soldaten legten ihre Waffen ab und lehnten sich sitzend an die Bäume. Unter den Kolonisten war eine gewisse Aufgeregtheit nicht zu übersehen, schließlich waren sie kurz vor dem Ziel ihrer zweiwöchigen Reise von Paros in ein neues Leben.

Wir hatten uns gut erholt und blickten erwartungsvoll dem Abend mit der Ankunft in Leukas entgegen, als ich plötzlich Polykarpos auf mich zu eilen sah, hinter ihm zwei seiner Männer.

„Thraker! Da treiben sich noch ein paar von denen herum. Es sind aber höchstens sechs oder sieben Mann. Sie suchen wohl noch nach Beute."

„Haben sie euch bemerkt?"

„Ich bin sicher, dass wir unentdeckt geblieben sind."

Zwei seiner Soldaten waren in der Nähe geblieben, um die Situation weiter zu beobachten.

„Wie wollen wir vorgehen? Lass uns die elende Bande umbringen – wir sind in der Überzahl. Vielleicht verschwindet dann der Rest der Gruppe von der Insel ...", setzte Polykarpos fort.

„Was schlägst du vor?"

„Damit uns keiner entkommt, könnte ich mit der Hälfte der Söldner das Dorf umgehen und deren Rückzug abschneiden. Ihr versucht zunächst, unbemerkt zu bleiben. Wenn wir hinter dem Feind sind, schicke ich dir einen Boten, dann greift ihr an."

Ich sah nichts, was dem entgegenstand, und gab meinen Männern, die längst auf unser Gespräch aufmerksam geworden waren und zu uns herüberblickten, ein Zeichen, woraufhin diese sich ihre Rüstungen anlegten. Auch die Siedler hatten bemerkt, dass möglicherweise eine bewaffnete Auseinandersetzung bevorstand. Manche hatten selbst Waffen, die sie nun von den Wagen nahmen, die anderen griffen nach Mistgabeln und allem, was ihnen sonst für einen Kampf geeignet schien. Entschlossenheit stand in ihren Gesichtern.

„Die Tageszeit ist schon fortgeschritten – lass uns schauen, dass wir die Angelegenheit schnell hinter uns bringen. Wir brauchen später noch etwas Zeit, wenn wir im Dorf sind", ergänzte Polykarpos.

„Gut. Macht schnell."

Nachdem Polykarpos mit der Hälfte meiner Männer im Wald verschwunden war, stellte ich unsere Abteilung für den geplanten Angriff zusammen. Vorab würde ich mit den beiden verbliebenen Männern des thasischen Führers gehen, dann kam der Rest der Söldner, und den Schluss bildeten die waffenfähigen Kolonisten.

Wir mussten nicht allzu lange warten; Polykarpos hatte sich offensichtlich beeilt, in eine geeignete Stellung zu kommen.

„Auf! Wir sind hinter den Thrakern", sagte der atemlose Bote, woraufhin ich meinen Männern ein Zeichen gab, die Anhöhe zu verlassen. Unsere zahlenmäßige Überlegenheit gab mir das Gefühl von Sicherheit, dennoch hatte ich ein gewisses Drücken in der Magengegend.

Ich verspürte keine Furcht vor meinem ersten Kampf, doch ich hatte mir das persönliche Erlebnis eines solchen Waffengangs anders vorgestellt. Meine Erwartung war eher von den Epen Homers geprägt gewesen – im Nachhinein schämte ich mich fast für meine Dummheit. Dort traten hehre Recken in schimmernden Rüstungen mit gepflegten Bärten mutig zum ehrenvollen Zweikampf gegeneinander an, frei von der Sorge, das Leben zu verlieren.

In der Wirklichkeit, in der ich mich nun befand, eilten wir stattdessen schwitzend vor Hitze und Aufregung den Berg hinab – und es ging nicht um die Ehre, sondern nur darum, dass meine Leute und ich den Tag möglichst unversehrt überstehen würden.

Es mögen vielleicht drei Stadien gewesen sein, dann wurde der Wald erkennbar lichter. Bald zeichneten sich die Ruinen der zerstörten Häuser ab. Weiter hinten wurden gerodete Flächen erkennbar, auf denen man das Getreide angebaut hatte. Wir waren nicht mehr bemüht, das Dorf unbemerkt zu erreichen, unsere Absicht war eindeutig und durfte nunmehr erkennbar sein.

Die Thraker waren noch vor Ort. Als ich die ersten bewaffneten Gestalten sah, waren sie bereits auf uns aufmerksam geworden und verständigten sich mit lauten Rufen. Ich zählte sieben Mann. Als sie unsere Übermacht erkannten, wandten sie sich um und versuchten, in entgegengesetzter Richtung zu entkommen. Manche warfen geraubte Gegenstände von sich. Wir setzten ihnen nach, wissend, dass Polykarpos mit seinen Leuten deren Flucht bald beenden würde.

Ich schleuderte meinen Speer auf einen der Fliehenden. Ich verfehlte mein Ziel deutlicher, als ich gedacht hätte. Im Laufen nahm ich ihn wieder auf, wodurch ich Zeit verlor. Vielleicht hätte ich dem Mann vor mir besser mit Schwert und Schild nachsetzen sollen.

Mittlerweile hatten die ersten Thraker bemerkt, dass ihr Fluchtweg abgeschnitten war. Sie waren auf den Teil meiner Söldner gestoßen, die das Dorf umgangen hatten. So wandten sich einige um, um den aussichtslosen Kampf mit uns aufzunehmen, andere blickten in Richtung von Polykarpos' Männern, ob es nicht vielleicht doch noch eine Möglichkeit gab, ihrem Schicksal zu entkommen.

Polykarpos war offensichtlich ein erfahrener Anführer. Er hatte bei der Umzingelung seine Schar nicht als geschlossene Gruppe dicht beieinander laufen lassen, sondern angesichts unserer Überlegenheit die Söldner großflächig verteilt, sodass keine Schlupflöcher entstanden, durch die einer der Gegner hätte entkommen können. Überall standen unsere Männer. Nach und nach umkreisten wir die Thraker vollständig.

Während ich noch darüber nachdachte, ob man vielleicht mit den Thrakern – bevor man sie niedermachte – erst einmal sprechen sollte, stürzte einer von ihnen plötzlich auf mich zu. Er schien in der Gruppe eine Führungsposition innezuhaben, denn seine Rüstung und Waffen waren von höherer Güte und reicher verziert als die der übrigen Männer. Er riss sein Schwert empor und ließ es blitzschnell auf mich niederfahren. Ich hatte gerade noch die Zeit, während ich einen Schritt zurücksprang, meinen Schild dem Hieb mehr schlecht als recht entgegenzuhalten. Da ich den Schild nicht gerade hatte halten können, war es schwierig, erneut festen Stand zu finden. Der Gegner war längst zu nahe, als dass es Sinn gehabt hätte, ihn mit dem Speer, den ich noch immer in der rechten Hand hielt, bekämpfen zu sollen. Also ließ ich diesen fallen und bemühte mich, an das Heft meines Schwertes zu kommen.

Während ich noch bemüht war, eine stabile Kampf-
position zu finden und nicht von dem ersten ungestümen
Angriff überrumpelt zu werden, sah ich, wie der Mann
plötzlich zusammenzuckte. Einer meiner Söldner – später
erst erkannte ich, dass es Linos gewesen war – hatte ihm
von der Seite einen Speer in den Oberkörper geschleudert.
Der Mann hielt kurz inne, was mir den Moment
verschaffte, den ich brauchte, mein Schwert zu ziehen,
vorzudringen und mit einem Stich in die Herzgegend des
verwundeten Kämpfers das Werk zu vollenden. Vergeblich
versuchte er noch, seinen Schild gegen meine Waffe zu
heben, sackte nach dem tödlichen Treffer jedoch rasch in
sich zusammen. Dem Fallenden stach ich das Schwert
unkontrolliert erneut in den Leib, nur um die Sicherheit zu
haben, dass er mir nicht noch in letzter Sekunde eine
Verletzung zufügen konnte.

Angesichts der begonnenen Kampfhandlungen hatten
meine Söldner, ohne einen weiteren Befehl abzuwarten,
begonnen, von allen Seiten über die verbliebenen Thraker
herzufallen. Sie spielten ihre zahlenmäßige Überlegenheit
gnadenlos aus und ließen dem Gegner kaum eine Möglichkeit, einem der Unseren auch nur mehr als einen
leichten Kratzer zuzufügen. Jeder einzelne Thraker wurde
von mehreren Männern eingekreist und angegriffen. Kurze
Zeit später lagen alle sieben tot am Boden.

ἑπτὰ γὰρ νεκρῶν πεσόντων, οὕς ἐμάρψαμεν ποσίν, χείλιοι

φονῆές εἴμεν.

61D

sieben Leichen liegen da, eingeholt von uns im Lauf – wir

sind aber tausend, die sie getötet haben.

Das Gemetzel war sicherlich keine Heldentat, keiner
von den ruhmreichen Kämpfen, von denen einer wie
Homer noch lange singen würde. Aber was scherte uns

das, wozu sollten wir unnötig unser Leben riskieren? Wir hatten überlebt. Außer einigen kleinen Verletzungen, die wenige leichtsinnige Söldner erhalten hatten, gingen wir unversehrt aus dem Waffengang hervor. Bereits im Abwenden sah ich noch einen Siedler, wie er mit einer Mistgabel auf einen wahrscheinlich schon toten Thraker einstach.

Diejenigen, die auf der Anhöhe zurückgeblieben waren, trafen nach und nach auf dem Platz zwischen dem Dorf und den Feldern, wo der Kampf stattgefunden hatte, ein. Ein wenig ungläubig beobachteten sie die Szenerie.

Da es in der Zwischenzeit begonnen hatte, dunkel zu werden, ordnete ich an, zunächst eine Möglichkeit zur Übernachtung zu suchen und dieses Quartier zu sichern. Siedler und Söldner begannen, das Zeltlager, das sie am Morgen in Thasos abgebrochen hatten, an einem geeigneten, etwas abseits gelegenen Ort wieder aufzubauen. Einige suchten in einem der weniger zerstörten Häuser eine Gelegenheit, die erste Nacht zu verbringen.

Dabei wurden zwei weitere Leichen entdeckt, die Peisistratos und seinen Männern bei ihrer nächtlichen Expedition am Abend unserer Ankunft auf der Insel entgangen sein mussten. Wir beschlossen, uns erst am nächsten Morgen um die notwendigen Bestattungen zu kümmern. Wichtiger war es, unser Lager so weit zu befestigen und mit Wachen durchgehend zu schützen, dass wir den nächsten Morgen erleben würden. Schließlich konnte der Rest der thrakischen Horde nicht allzu weit von uns entfernt sein. Und wir mussten davon ausgehen, dass sie auf Rache aus waren.

34

Ich hatte kaum Schlaf gefunden. Noch weit vor Sonnenaufgang war ich aufgewacht, trotz der bleiernen

Müdigkeit froh, den kommenden Tag erleben zu dürfen. Die Nacht war ruhig gewesen, außer Tierlauten hatten die angesichts der Vorkommnisse verstärkten Wachen nichts wahrnehmen können. Mit schweren Beinen ging ich hinüber zum Platz des Kampfes vom Vorabend. Alles war kaum verändert. Die sieben Thraker hatte man auf einen Haufen gelegt, in gewissem Abstand dazu lagen die zwei thasischen Toten, die meine Leute in den Ruinen entdeckt hatten. Einer unsinnigen Eingebung folgend, blickte ich mit plötzlich hellwachen Augen ins Gehölz, als würde ich einen überfallartigen Angriff der Thraker wahrnehmen. Momente später erkannte ich den Wahn und ging müden Schrittes zum Lagerplatz zurück, der allmählich zum Leben erwachte.

Als die Sonne aufging, versammelte ich alle Männer, die gestern mit uns nach Leukas gekommen waren, um die Aufgaben zu verteilen.

"Polykarpos, du bringst mit deinen Männern Wagen und Zugtiere zurück in die Stadt. Wenn du noch mehr Leute brauchst, gebe ich dir von meinen."

Polykarpos nickte und wandte sich seinen eigenen Soldaten zu.

"Die Siedler sollen die Reste der Häuser in Augenschein nehmen – vielleicht ist das eine oder andere trotz des Brandes noch nutzbar. Söldner: fällt weitere Bäume! Wir müssen den Ort mit einem Schutzwall umgeben, damit das Dorf nicht ein zweites Mal gebrandschatzt wird."

Als ich fertig war, drehte ich mich um und sah Linos hinter mir. Ich hatte ihm noch gar nicht gedankt – wahrscheinlich hatte er mein Leben gerettet. Ohne seinen Einsatz hätte ich den plötzlichen Angriff des Thrakers gestern kaum überlebt. Ich würde ihm den Helm des thrakischen Angreifers zukommen lassen. Daher wählte ich neben zwei anderen Söldnern Linos aus, um zu den toten Feinden hinüberzugehen, die in Richtung der Felder lagen.

Die noch tauglichen Waffen trugen wir zu einem Stapel zusammen. Den Helm überließ ich, wie vorgesehen, Linos. Neugierig betrachteten wir die Thraker und durchsuchten sie nach eventuellen weiteren Gegenständen von Wert. Einer der beiden anderen Söldner, Silenos, stand nach einiger Zeit auf und wandte sich zu mir.

"Archilochos, schau mal, was ich bei dem hier gefunden habe!"

"Zeig her!"

Er hatte bei einem der Toten einen Beutel mit eigenartigen Metallstücken gefunden. Ich öffnete die kleine lederne Tasche und fand gleichmäßig geformte, runde Bronze- und Elektronstücke, die fast alle den gleichen, einen mir unbekannten Stempel trugen. Ich hatte davon gehört: Während wir unsere Tauschgeschäfte mit unterschiedlich großen Bronzestücken – oft in Tierform – abwickelten, hatten die Lyder unter ihrem König Gyges die Größe dieser Stücke vereinheitlicht. Dies hatte den großen Vorteil, dass man den vereinbarten Preis nicht mehr abwiegen musste, sondern einfach abzählen konnte. Ich wusste nicht, was ich von dem neuen System halten sollte, ich sah es zum ersten Mal. Man müsste sich schon auf das gleiche Gewicht aller Münzen verlassen können; ein Betrug erschien mir recht einfach. Wie auch immer, die Thraker schienen weitreichende Verbindungen zu besitzen.

Nachdem wir die Leichen nach allem Verwertbaren durchsucht hatten, begannen wir, an den Feldern eine Grube auszuheben, in die wir nach und nach die sieben thrakischen Toten schleiften. Wir beabsichtigten nicht, ihnen eine würdige Beisetzung zukommen zu lassen. Immerhin pflegten auch die Thraker ihre gefallenen Feinde gerne in Feldern zu verscharren, wo sie gute Dienste als Dünger verrichteten und somit nicht gänzlich nutzlos waren. So geschah ihnen selbiges.

ἔλπομαι, πολλοὺς μὲν αὐτῶν Σείριος καταυανεῖ

63D

ich hoffe, dass viele von ihnen von der sengenden Sonne

verdörrt werden

Für die beiden thasischen Toten wollten wir einen Scheiterhaufen errichten, entschlossen uns dann jedoch, die zwei Leichen zu begraben. Das Abbrennen des Scheiterhaufens wäre weithin sichtbar gewesen und hätte vielleicht neue Gegner angelockt.

Am späten Nachmittag nahmen Agapetos und ich die Verteilung der anbaubaren Ländereien und der noch verwertbaren Häuser unter den Siedlern vor. Dabei erwies sich Agapetos als ein sehr auf Gerechtigkeit bedachter Mann; er achtete darauf, dass bei der Parzellierung niemand im Geringsten bevorzugt oder benachteiligt wurde. Seine Genauigkeit war fast schon übertrieben – dadurch zog sich der Vorgang bis in die frühen Abendstunden.

Mit dem Wiederaufbau der Siedlung, deren Sicherung durch einen hölzernen Schutzwall, der Vorbereitung der Felder zum erneuten Getreideanbau und der Suche nach Nahrung in der Umgebung, vor allem durch Jagd, vergingen die nächsten Tage.

τοῖον γὰρ αὐλῆν ἕρκος ἀμφιδέδρομεν

35D

denn ein derartiger Schutzwall umrahmte den Hof

Ich konnte in diesen Tagen auch schon beobachten, dass es durchaus zutreffend war, woran ich in Thasos gedacht hatte. Die wenigen Frauen, die das wieder entstehende Leukas als Heimat haben würden, hatten einen schwierigen Stand – zu viele Blicke folgten ihnen, übrigens auch von mir und meinen Söldnern.

Nach einer Woche waren die Arbeiten so weit fortgeschritten, dass ich mit meinen Männern darüber nachdenken konnte, in die Stadt Thasos zurückzukehren. Schließlich wollte ich mit meinen Leuten ja auch noch die möglicherweise lukrative Mission von Brentes und Glaukos auf das thrakische Festland durchführen, bevor wir nach Paros zurückkehrten. Während wir noch über den geeigneten Zeitpunkt sprachen, erreichte uns ein Bote, den Lycidas zu uns gesandt hatte. Nach Angaben seiner Späher war der Rest der thrakischen Horde, die die Insel bedroht hatte, zu ihrem Schiff im Westen zurückgekehrt und hatte zum nahegelegenen Festland übergesetzt. Unsere Anwesenheit in der Kolonie war also nicht mehr nötig.

Am Abend vor der Rückreise nach Thasos veranstalteten wir ein kleines Fest in Leukas, bei dem sich Agapetos im Namen der Siedler herzlich für unsere Bemühungen bedankte. Es fehlte der Feier allerdings der Wein. Ich beschloss, zurück in Thasos die erzwungene Enthaltsamkeit der letzten Tage gemeinsam mit meinem Freund Glaukos auszugleichen.

Auf der Anhöhe, auf der wir eine gute Woche zuvor angehalten hatten, drehte ich mich am nächsten Morgen kurz um und blickte zurück auf Leukas. Ein leises Gefühl des Stolzes und der Zufriedenheit überkam mich: Die Häuser standen wieder, die kleine Siedlung war von einem Wall umgeben, auf den Feldern arbeiteten Bauern. Das einsetzende Frühjahr mit der beginnenden Blüte verstärkte den idyllischen Eindruck der Szenerie.

Wir erreichten die Polis weit vor Anbruch der Dunkelheit. Die Söldner konnten ohne Eile ihr Lager im Hafen in der Nähe der "Klio" errichten oder ihre Sachen auf das Schiff bringen. Die verbliebenen Kolonisten, die uns nicht nach Leukas gefolgt waren, hatten sich in der Zwischenzeit in andere Siedlungen begeben oder hatten

Aufnahme bei ihren Verwandten gefunden. Der Auftrag, den uns der Rat von Paros gegeben hatte, war erfüllt. Nachdem ich die Wachmannschaft, die auf dem Schiff zurückgeblieben war, aufgesucht hatte, wandte ich mich wieder in Richtung der Akropolis, um in die vertraute Taverne zurückzukehren. Vielleicht gab es wieder ein Zicklein zum Abendessen.

Dann aber würde ich Glaukos besuchen.

35

Das Haus des Brentes, in dem Glaukos nun lebte, befand sich in dem Stadtviertel von Thasos, welches sich um das Herakleion herum gebildet hatte. Kurz dachte ich an den Erfolg meines Liedes über Herakles, das in wenigen Monaten bei den Olympischen Spielen vorgetragen werden würde. Der Gewinn dieses Wettbewerbs hatte sicherlich dazu beigetragen, dass Lykambes der Verlobung mit Neobule zugestimmt hatte. Dies hatte für mich größeren Wert als das Preisgeld, das ich für den Demeterhymnos erhalten hatte. Allerdings hatte Lykambes seinen Segen an die Bedingung geknüpft, dass ich hinreichend in der Lage war, seine Tochter zu ernähren. Nach Telesikles' Tod und Kylons Betrug war dies schwieriger geworden, als es zunächst den Anschein gehabt hatte. Nachdem nun die Aufgabe des Rats von Paros erfüllt war, konnte ich eventuell in Thasos meine materielle Situation verbessern. So schön die erfahrenen Ehrungen auch waren, musste ich doch realistischerweise erkennen, dass materielle Macht letztlich mehr wog. Vielleicht würde der Abend mir neue Erkenntnisse in dieser Hinsicht bringen; Brentes war ein wichtiger Mann.

Der Wirt hatte mir den Weg beschrieben, ich fand ohne Schwierigkeiten das Anwesen des Geschäftsmanns. Durch ein breites, zu der mittlerweile doch vorgerückten

Stunde überraschenderweise noch geöffnetes Tor betrat man einen geräumigen Platz, um den sich mehrere Wohn- und Wirtschaftsgebäude gruppierten. Das Hauptgebäude mit der Wohnung des Brentes war sicherlich eines der prächtigsten Häuser der Stadt.

Bald stieß ich auf einen ersten, kurz geschorenen Sklaven, der mich nach meinem Namen und dem späten Begehren fragte. Ich nannte meinen Namen und bat den Diener, mich zu Glaukos zu bringen.

Kurz darauf kam Glaukos gut gelaunt die Treppe herunter. In der Empfangshalle, zu der ich inzwischen geleitet worden war, begrüßten wir uns herzlich.

„Du kommst sehr gelegen", sagte Glaukos. „Ich sitze gerade in einem Gespräch mit meinem Onkel und seinen Söhnen. Komm mit mir hinauf!"

Er brachte mich in den ersten Stock des Gebäudes, in dem sich das Speisezimmer befand. Um einen zentralen Tisch standen mehrere Liegen, auf denen Brentes und seine beiden Söhne, Aristides und Erasmos, lagen.

Ein solch formelles Treffen war nicht das gewesen, was ich mir beim Abschiedsfest in Leukas und beim Verlassen der Taverne vorhin gewünscht hatte – ich wollte eigentlich mit Glaukos in trautem Zwiegespräch einen Skyphos möglichst wenig vermischten Weins genießen. Andererseits bot sich hier vielleicht die Gelegenheit zum Gespräch über die geplante Expedition aufs thrakische Festland.

Nachdem man mir einen Platz angeboten und sich erkundigt hatte, ob ich denn noch zu essen wünschte, bat man mich, von der Unternehmung der letzten Woche zu berichten. Zuvor brachte mir eine auffällig schöne Sklavin eine mit Wein gefüllte Kylix. Die Beschreibung des erfolgreichen Verlaufs des Wiederaufbaus von Leukas fand erfreuten Anklang.

„Wird es denn in den nächsten Jahren noch mehr Siedler geben, die von Paros auf eine der nördlichen Inseln kommen wollen? Platz gibt es hier genug – die Besiedlung allein dieser Insel ist nicht sehr weit fortgeschritten." Aristides war an der weiteren Entwicklung der Kolonisierung offenbar interessiert.

„Ich glaube nicht, dass bald noch weitere Siedler kommen werden. Es gibt auf Paros viele Kräfte, die dagegen sind. So ist der diesjährige Archont ein Gegner des Ausbaus von Kolonien", antwortete ich.

„Das ist schade – unsere Sicherheit vor den Thrakern würde durch mehr Siedler erhöht."

Nun ergriff Brentes selbst das Wort.

„Wichtiger als die Zunahme der Einwohnerzahl scheint mir der wirtschaftliche Aufschwung der Stadt zu sein. Zusätzliche Siedler bringen nicht viel zusätzlichen Schutz, sie brauchen ihn im Gegenteil selber."

„Ihr dürft nicht vergessen, dass es auch hier schon zu Aufständen der Landbevölkerung gegenüber den Adligen der Stadt gekommen ist", fuhr Glaukos' Onkel nach einer kurzen Pause fort. „Durch eine weiter prosperierende Geschäftstätigkeit der Stadt hätten wir dagegen die Möglichkeit, mehr Söldner anzuwerben und das eigene Heer zu erweitern. Dadurch entsteht in meinen Augen wahrer Schutz – weniger durch zusätzliche Kolonisten!"

Brentes hatte das Thema des Gesprächs vielleicht nicht zufällig in die eingeschlagene Richtung gelenkt. Ihm war bewusst, dass mit mir der Anführer einer Söldnertruppe zu Gast war. Für seine privaten Interessen konnte Brentes nicht auf die Unterstützung von Peisistratos, die des Rats und damit des Heeres, zählen. Meine Leute dagegen hatten ihre Aufgabe erledigt, waren damit vor ihrer Rückkehr nach Paros frei verfügbar und sicherlich einem zusätzlichen Verdienst gegenüber nicht abgeneigt. Glaukos hatte mich ja während eines Gesprächs in die diesbezüglichen Gedanken seines Onkels eingeweiht.

Brentes wurde rasch konkreter.

„Für den Aufschwung der Stadt wäre eine stärkere Ausbeutung der Erzfunde auf dem Festland nötig. Da ich hier verwandtschaftliche Beziehungen habe, verfüge ich über Kenntnisse, die Zugewanderte aus dem Süden nicht haben können. Die Ergiebigkeit der Goldminen von Grymis und Dima scheint weit höher als die der Minen in unserer Stadt."

„Ich vermute, das sind thrakische Dörfer?"

„So ist es. Es gibt dort darüber hinaus Kupfer und Silber – auch damit lässt sich guter Gewinn machen. Ich wäre sehr interessiert zu erfahren, inwieweit sich der Bergbau auf dem Festland ausbauen ließe."

Ich hörte ihm zu – allmählich kamen wir dem näher, wofür ich nach Thasos gekommen war. Brentes fuhr fort:

„Wir müssen ja in die Zukunft blicken. Eines Tages wird – hoffentlich! – das parisch-thasische Siedlungsgebiet hier stabilisiert sein. Dann wird die Kolonisation des Festlands unsere nächste Aufgabe sein. Ich wüsste gerne jetzt schon, welche Gegenden für den Bergbau besonders geeignet sind, um dann, wenn es so weit ist, gleich dort ansetzen zu können."

Erasmos stimmte diesen Gedanken beifällig zu, Aristides schien von diesen Überlegungen weniger begeistert. Ihm schwebte, wie schon vorhin angeklungen war, eher der allmähliche Ausbau thasischen Landes durch Erweiterung des Siedlungsgebiets vor – die Fortsetzung der Kolonisation, wie sie die zwei Generationen vor ihnen betrieben hatten.

Einerseits war ich beeindruckt von Brentes' vorausschauendem Geschäftssinn, andererseits dachte ich mir, dass er zwar von der zu steigernden wirtschaftlichen Kraft der Stadt Thasos sprach, letztlich aber doch seinen eigenen wachsenden Reichtum meinte. Doch auch ich war ja nicht aus idealistischen Gründen hier, sondern um meine eigene materielle Stärke zu verbessern. Wir hatten die gleichen Interessen.

Auf einen auffordernden Blick von Glaukos hin ergriff ich das Wort:

„Ich habe hier fünfzig gut bewaffnete und bewährte Männer. Unsere Aufgabe, die Siedler hierher zu bringen und ihnen die Landnahme zu ermöglichen, ist erledigt. Wir hätten noch vor unserer Rückkehr Zeit, eine solche Expedition auf das Festland zu begleiten. Allerdings sind fünfzig nicht viele – vielleicht sollte man noch einige Söldner von der Insel mitnehmen."

„Das wird nicht nötig sein", erwiderte Brentes. „Das Zentrum der militärischen Macht unserer Feinde liegt weiter im Landesinneren. Es wird keinen großen Widerstand geben, ich denke, deine fünfzig Mann dürften genügen."

„Nun gut, ihr kennt euch hier besser aus."

„Mir schwebt vor: Eine Gruppe von Fachleuten für Bergbau setzt, begleitet von den Söldnern, auf das Festland über, um die gewünschten Erkundigungen über bestehende oder zukünftige Minen einzuholen. Meine beiden Söhne werden die Führung übernehmen. Du und Glaukos, ihr kommt auch mit."

„Bevor ich zusage, muss ich natürlich mit meinen Männern sprechen", entgegnete ich Brentes. „Du wirst ihnen schon einen guten Lohn bieten müssen."

ἀμιστὶ γὰρ σε πάμπαν οὐ διάξομεν

47D

denn so ganz ohne Bezahlung bin ich nicht dein

Fährmann!

151

Das Angebot, welches mir Brentes machte, schien mir durchaus großzügig. Ich sagte, ich würde mit meinen Söldnern reden und ihnen dieses unterbreiten. Danach würde ich ihm Bescheid geben.

Brentes fügte noch an, die Notwendigkeit zur Gewaltanwendung sei natürlich nicht auszuschließen. Sollten wir hierbei zusätzliche Beute machen, sei diese unser, er erhebe keine weiteren Ansprüche.

„Das klingt doch sehr nach einem Überfall", meinte Aristides. „Wir müssen Sorge tragen, dass die Fahrt auf das Festland nicht in einen Raubzug ausartet, für den sich die Thraker später rächen werden."

Brentes brachte ihn mit einer wortlosen Handbewegung zum Schweigen.

So neigte sich das Gespräch allmählich dem Ende zu. Aristides schien mit der Unternehmung und der ihm zugedachten Aufgabe nicht glücklich zu sein und erhob sich als Erster, um zu Bett zu gehen. Kurz darauf verabschiedeten sich Brentes und Erasmos, sodass nur Glaukos und ich zurückblieben.

Nun ergab sich endlich die Gelegenheit zur Unterhaltung unter vier Augen, die ich eigentlich für den Abend erhofft hatte. Dennoch war ich froh, dass das Gespräch mit Brentes stattgefunden hatte und dass dessen Vorstellungen schnell klar geworden waren. Lange und zähe Verhandlungen, für deren Dauer ich meine Männer hinhalten musste, schienen nicht notwendig zu werden. Sie konnten selbst morgen entscheiden, ob sie das Angebot annehmen oder nach Paros zurücksegeln wollten.

Gerne ließ ich mir von der anmutigen Schönheit nachschenken. Einige Trinkschalen später kam Glaukos doch noch einmal auf die Unternehmung zu sprechen und fragte mich in Anspielung auf Aristides' Haltung, ob mir wohl dabei sei, unter einem Führer zu dienen, der von der Sache nicht überzeugt war. Ich antwortete ihm, solange er an unserer Seite kämpfte, sei er unser Mitstreiter, und seine über diese Zusammenarbeit hinausgehenden persönlichen Interessen und Ansichten seien für uns ohne Belang.

Γλαυκ´, ἐπίκουρος ἀνὴρ τόσσον φίλος, ἔστε μάχηται.

13D

Glaukos, ein Mann ist solange Freund, solange er

mitkämpft.

Ich berichtete Glaukos noch ausführlicher, als ich zuvor getan hatte, von dem Zug nach Leukas, auch von meinem wenig ruhmvollen Kampf mit dem Führer der Thraker. Über diesen Gesprächen war die Nacht schon längst hereingebrochen. Da der Rückweg dunkel war und sowohl Glaukos als auch ich vom schweren Wein bereits gezeichnet waren, ließ Glaukos für mich in einem der Gästezimmer ein Lager herrichten.

Wenn der Wirt meiner Taverne am nächsten Morgen feststellen würde, dass ich ausgeblieben war, würde er sich wahrscheinlich loben: Die Hetären, die er mir zuletzt empfohlen hatte, hätten mir wohl so gut gefallen, dass ich diesmal sogar über Nacht geblieben war. Meine letzten Gedanken des Tages galten tatsächlich einer Frau, allerdings nicht der Alten, die ich neulich besucht hatte: Ich träumte von der zauberhaften Sklavin, die mir den Wein gereicht hatte. Ich beneidete Brentes um deren Besitz.

ἡ δέ οἱ σάθη

ὅση τ´ ὄνου Πριηνέος

κήλωνος ἐπλήμυρεν ὀτρυγηφάγου.

102D

es entlud sich sein Glied,

das mächtig war wie das eines feisten prienischen Esels.

153

36

Die Sonne stand schon hoch am Himmel, als ich am nächsten Tag wieder zu mir kam. Im ersten Moment war mir nicht ganz klar, wo ich mich überhaupt befand, die Umgebung war mir völlig unbekannt. Nach kurzer Zeit fiel mir ein, dass ich auf Betreiben von Glaukos im Haus des Brentes übernachtet hatte. Ich fühlte mich unwohl und unrein und beschloss, zunächst zu der Taverne zu gehen, um mich dort gründlich vom Schmutz zu befreien. Danach wollte ich zum Lager bei der „Klio" gehen und mit meinen Männern über das Angebot von Brentes sprechen. Ich war mir ihrer Zustimmung gewiss.

Ein wenig war ich auch über mich selbst verärgert. Wieder einmal war ich aufgewacht, ohne genau zu wissen, wo ich mich befand. Auf Paros hatte ein solches Erwachen zuletzt dramatische Folgen gehabt, und ich hatte mir doch vorgenommen, solchen Situationen in Zukunft tunlichst auszuweichen. Wein würde ich in nächster Zeit nur vermischt mit viel Wasser zu mir nehmen.

Während ich noch über dies und meine weiteren Vorhaben für den spät beginnenden Tag sinnierte, erschien der kurz geschorene Sklave und teilte mir mit, Glaukos wünsche mich zu sprechen. Ich folgte ihm in das Speisezimmer, in dem wir den gestrigen Abend verbracht hatten, wo Glaukos bereits auf mich wartete.

„Wie war die Nacht? Ich habe nach dir geschickt, um dir mitzuteilen, dass eine thrakische Gesandtschaft beim Archonten vorstellig geworden ist. Sie kommen wohl in friedlicher Absicht."

„Was wollen die Bastarde?" Ohne nachzudenken, übernahm ich Polykarpos' Ausdrucksweise.

„Es gibt Forderungen, die Peisistratos am Nachmittag im Rat, unter anderem mit Brentes, besprechen will. Ich vermute, es wird um den Austausch von Gefangenen oder etwas Ähnliches gehen. Vielleicht wird auch ein Blutgeld verlangt."

Im ersten Moment nahm ich die Nachricht einfach zur Kenntnis, glaubte nicht, irgendwie in eine solche Angelegenheit verstrickt zu sein. Es würde sich wohl um thasisch-thrakische Streitereien handeln.

„Es könnte aber auch sein, dass sich die Forderungen der Gesandtschaft auf das Gemetzel, welches ihr in Leukas angerichtet habt, beziehen."

Ich war mir keiner Schuld bewusst, schließlich hatten die Thraker das thasische Dorf überfallen und niedergebrannt. Somit mussten sie damit rechnen, dass die Kolonisten oder deren Söldner sich rächen würden, sollten sie eines Thrakers habhaft werden können. Dennoch bat mich Glaukos, am Nachmittag in der Nähe des Amtssitzes des Archonten zu sein, man werde ja sehen, was die Thraker vorzubringen hatten.

Leicht beunruhigt verließ ich daraufhin das Anwesen von Brentes, um zu meiner Taverne zurückzukehren. Der Wirt begrüßte mich augenzwinkernd, ich ließ ihn jedoch einfach stehen und ging in meinen Raum, um mich zu reinigen – schließlich war ich seit meiner Rückkehr aus Leukas nicht mehr dazu gekommen. Anschließend putzte ich auch meine Waffen, meinen Helm und meine Rüstung, damit ich gegebenenfalls nicht zu heruntergekommen wirkte, sollte ich am Nachmittag tatsächlich öffentlich befragt werden.

Endlich frisch und bereit für den Tag verließ ich kurze Zeit später die Taverne und ging zum Hafen hinunter. Die Stadt gefiel mir immer besser. Hätte ich nicht zurück zu Neobule gewollt, hätte ich sicherlich mit dem Gedanken gespielt, auf Thasos zu bleiben. Bei Licht besehen war ich auf meiner Heimatinsel gescheitert – und diese Stadt hier würde mir vielleicht einen Neuanfang bieten können.

Das Gespräch mit der Mannschaft der „Klio" verlief

wie erwartet. Keiner der Anwesenden hatte aus Leidenschaft oder im Kampf für die Ehre oder eine edle Sache den Broterwerb des Söldners ergriffen. Alle waren von der Notwendigkeit des täglichen Auskommens gezwungen, sich mit ihren Kräften für einen geringen Lohn zu verdingen. Die Gründe für meine Anwesenheit waren ja dieselben, ich war einer von ihnen – wenn auch im Moment ihr Anführer.

Die Aussicht auf den großzügigen Lohn von Brentes, verbunden mit der Möglichkeit, zusätzlich auf thrakischem Festland Beute zu machen, rief bei allen Männern eine Hochstimmung hervor, der sie durch beifällige Rufe Ausdruck verliehen. Viele sahen die Fahrt hauptsächlich wohl als gewinnbringenden Raubzug, bei dem wir eher nebenher Informationen über die Minen sammeln würden.

Ich wies auf die möglichen Gefahren der Unternehmung hin, die uns in unbekanntes Gebiet führen würde. Man dürfe auch nicht erwarten, dass diese Expedition so leicht wie der Wiederaufbau von Leukas von der Hand gehen würde. Meine Einwände hatte ich eigentlich nur vorgebracht, da es als Leiter der Söldnertruppe meine Pflicht war. Wie die übrigen Männer war ich aber von der Aussicht auf Beute berauscht.

Im Anschluss an die Versammlung ging ich mit Linos und zwei weiteren Söldnern Richtung Akropolis, um zu hören, ob in der Zwischenzeit Genaueres über die Forderungen der Thraker bekannt geworden war. Wir erfuhren von Glaukos, auf den wir vor dem Amtssitz von Peisistratos trafen, dass die Thraker einen ihrer Anführer namens Oisydres vermissten.

Ein gutes Stück von uns entfernt sah ich im Schatten eines Gebäudes eine kleine Gruppe fremdartig gekleideter Männer stehen. Ich vermutete, dass diese die Gesandten der Thraker waren. Ich hatte am Morgen schon gehört, sie seien vom Stamm der Bisalter. Sie warteten offensichtlich auf Peisistratos, um ihr Anliegen vorzubringen.

156

πρὸς τοῖχον ἐκλίντησαν ἐν παλινσκίωι

sie standen an die Wand gelehnt

Unerwartet stieß einer der Gesandten seine Gefährten an und machte diese auf irgendetwas aufmerksam, das ich zunächst nicht erfassen konnte. Einer von ihnen wies in unsere Richtung, alle anderen blickten daraufhin zu uns, und es entstand aufgeregtes Reden unter den Thrakern. Mittlerweile hatte ich begriffen, dass sie über uns sprachen. Ich stand an vorderster Stelle, ihnen am nächsten, und war daher wahrscheinlich als Führer oder Sprecher meiner Gruppe erkennbar. Doch sie sahen nicht auf mich, sondern neben mich, auf Linos.

In diesem Moment kam Peisistratos aus einer Gasse heraus auf den Platz vor seinem Amtssitz. Er wurde von vielleicht zehn Soldaten und sechs Mitgliedern des Rats begleitet. Brentes war unter ihnen. Peisistratos erfasste sofort die Unruhe, die auf dem Platz entstanden war.

„Was geht hier vor sich?"

Die Frage galt dem Führer der Gesandtschaft, der mehrfach zu uns herüberdeutete und sichtlich erregt war. Schließlich gelang es dem Archonten, den Mann zu beruhigen. Er bat die Bisalter mit einer Handbewegung in seinen Amtssitz, bevor er mit sorgenvollem Gesichtsausdruck auf uns zuging. Mit leiser Stimme teilte er uns mit, die Gesandten seien gekommen, um Oisydres, sollte er in thasische Gefangenschaft geraten sein, freizubekommen. Nun hätten sie bei meinem Nebenmann dessen Helm erkannt. Er blickte zu Linos.

„Wer ist Oisydres?", fragte ich.

„Ein thrakischer Führer vom Stamm der Bisalter."

Schnell zog ich meine Schlussfolgerungen. Der erste

thrakische Tote bei Leukas war offensichtlich der gesuchte Mann gewesen. Seine Rüstung und seine Waffen waren von besserer Güte und kostspieliger verziert als die seiner Mitkämpfer. Den auffälligen Helm hatte ich Linos geschenkt, bevor wir die Opfer des Kampfes bei den Feldern verscharrt hatten. Mit dem Erkennen des Helms war den anwesenden Thrakern klar, dass Oisydres etwas zugestoßen sein musste.

In knappen Worten berichtete ich Peisistratos von dem kurzen Gefecht und seinem Ausgang. Seinen hochgezogenen Augenbrauen entnahm ich, dass er über meine Ausführungen nicht sehr erfreut war. Daraufhin bat er auch Linos und mich in seinen Amtssitz. Glaukos folgte uns ungefragt.

Der Raum im Amtssitz, in dem das anschließende Gespräch stattfand, war für die Zahl der Teilnehmer zu klein. Die stickige Luft erhöhte die Spannung der Anwesenden nur noch.

Als Erster ergriff ein Mann in den mittleren Jahren, der offenbar der Anführer der Gruppe war, das Wort.

„Ich bin Astes vom Volk der Bisalter. Woher hat dieser Mann den Helm, den er trägt?"

Dabei wandte er sich zu Linos und deutete mit ausgestrecktem Arm auf meinen Gefährten.

„Sollte sich Oisydres in eurer Hand befinden, sind wir bereit, ihn auszulösen. Ist er aber tot, werden wir ein Blutgeld fordern. Sollte dieses nicht geleistet werden", fuhr er aufgebracht fort, „werden die Bisalter, wenn nicht gar eine Vereinigung der thrakischen Völker vom Festland, an Thasos Rache nehmen. Es wird einen Feldzug geben. Zu Wasser und zu Lande."

Auf eine Geste von Peisistratos hin ergriff ich das Wort.

„Es waren thrakische Räuber, die das wehrlose Dorf

Leukas überfallen haben. Ein Teil von ihnen, darunter möglicherweise der von euch gesuchte Führer, wurde am Ort gestellt und kam in offenem Kampf ums Leben."

Die genauen Umstände führte ich nicht näher aus. Während meines Berichts war ich zunehmend in Zorn geraten und fuhr Astes heftig an.

τίς ἄρα δαίμων καὶ τέου χολούμενος

45D

welcher böse Geist erregt dich, und warum?

„Mit welchem Recht", setzte ich sehr laut fort, „nehmt ihr euch heraus, ein Blutgeld zu fordern? Die Verbrechen in Leukas wurden von Thrakern begangen!"

Astes, nicht minder in Fahrt gekommen, entgegnete:

„Die wahren Schuldigen sind die Parier selbst. Sie sind nach Thasos, auf thrakisches Gebiet, gekommen und haben der einheimischen Bevölkerung das Land genommen. Gegenschläge, wie sie Oisydres unternommen hat, sind mehr als gerechtfertigt! Das ist die richtige Antwort auf euer Eindringen. Griechenlands Abschaum versammelt sich hier allmählich!"

ὡς Πανελλήνων ὀϊζὺς ἐς Θάσον συνέδραμεν πλοῦτο

54D

dass auf Thasos der Abschaum aller Griechen sich

zusammenfand

Die Situation drohte, außer Kontrolle zu geraten. Peisistratos war sichtlich bemüht, Astes und vor allem mich zu beschwichtigen. Mit schlichtend erhobenen Händen trat er zwischen uns. Als ersten Ansatz des Einlenkens und der Suche nach einer friedlichen Lösung in diesem Streit fragte er Linos, ob er ihm den Helm überlassen könnte. Dessen Übergabe an die thrakische Gesandtschaft könnte als Zeichen guten Willens gedeutet werden. Linos blickte zu mir und reichte den Helm dem Archonten, der ihn an Astes weitergab. Die wohlmeinende Geste schien keine große Wirkung zu haben.

Auch mein Zorn verrauchte nicht so schnell, unverdienterweise standen plötzlich wir als Täter da.

και δη ᾽πίκουρος ὥστε Κὰρ κεκλήσομαι

40D

und man bezeichnet mich als Landsknecht, als wäre ich

ein ehrloser Karer

Um die erhitzte Lage weiter zu entschärfen, meinte Peisistratos, die Anwesenheit von Linos und mir sei weiter nicht nötig. Mein Bericht sei gegeben, über die Folgen zu entscheiden und die Verhandlungen mit den Bisaltern zu führen, sei nun Sache des Rates. Er schien mir weit mehr als ich willens, den Thrakern entgegenzukommen und zumindest teilweise bereit, auf deren Forderungen einzugehen.

„Ich glaube, der Archont hat recht. Du solltest jetzt besser gehen. Es ist alles gesagt."

Glaukos legte mit diesen Worten seine Hand an meinen Arm und schob mich sanft, aber bestimmt nach draußen, Linos folgte uns. Auf dem Platz brach ich erneut in Beschimpfungen Astes' aus und erregte mich über dessen Unverschämtheit. Glaukos versuchte, zunächst vergeblich, mich zu beruhigen.

Am folgenden Tag suchte ich Brentes auf, um ihm mitzuteilen, dass meine Leute seine Bedingungen für den Schutz seiner Minenfachleute wie erwartet angenommen hatten. Von ihm erfuhr ich, dass der Rat der Stadt auf Drängen des Peisistratos die Zahlung eines Blutgeldes für Oisydres beschlossen hatte. Der Archont fürchtete die Macht der Thraker und eine Belagerung der Stadt. Ich erinnerte mich an unser erstes Gespräch, in dem er vom Stein des Tantalos, der über der Stadt hinge, gesprochen hatte.

Etwas überrascht war ich, als Brentes mir mitteilte, dass Peisistratos in Übereinstimmung mit dem Rat wünschte, Linos und ich sollten als Beteiligte an der Tötung des Thrakerführers bei der Übergabe des vereinbarten Betrags an die Bisalter zugegen sein.

Vielleicht war Peisistratos mit seiner Vorsicht den Thrakern gegenüber im Recht – für mich war die Situation schwer zu beurteilen. Wie auch immer, es war schließlich nicht mein Gold, welches die Stadt bereit war, für eine angebliche Untat auszugeben.

37

Der Zeitverlust, den die Übergabe des Blutgeldes für mich bedeuten würde, war nicht erheblich. Thasier und Bisalter hatten einen Termin in zwei Tagen vereinbart viel früher hätte ich mit Erasmos, Aristides, Glaukos und den anderen ohnehin nicht in Richtung Festland aufbrechen können. Ich hoffte, durch die ganze Angelegenheit nicht mehr als einen halben Tag zu verlieren, und plante, vor dem Treffen mit den Bisaltern alle Vorbereitungen für unsere eigene Expedition so weit abgeschlossen zu haben, dass wir am folgenden Tag mit der „Klio" ablegen konnten.

So verbrachte ich nach dem Gespräch mit Brentes den Rest des Tages damit, auf dem Schiff nach dem Rechten zu sehen. Ich sprach mit den Seeleuten, kümmerte mich um die Beschaffung von

Lebensmittelvorräten, überprüfte den Bewaffnungsstand der Söldner und tat alles, was nötig war, um nach meiner Rückkehr unverzüglich auf das Festland übersetzen zu können.

Auf dem Weg zurück zu meiner Taverne, wo ich bis zu der Abreise übernachten würde, sah ich eine Gruppe Bewaffneter in Richtung des Apollotempels gehen. In den meisten Städten war es üblich, das Vermögen des Staates in der Cella des wichtigsten Tempels aufzubewahren. Wahrscheinlich hatten die Männer, die ich sah, den Auftrag, aus dem Staatsschatz der Polis die vereinbarte Menge Gold und Silber zu holen. Ich beobachtete die Soldaten, bis sie hinter einer Mauer, die den Tempel umgab, verschwunden waren.

Nachdem die Begleitung der Siedler nach Leukas – mit Ausnahme des zumindest für die Stadt Thasos folgenreichen Gefechts mit den sieben Thrakern – so gut verlaufen war, beschloss ich, morgen im Tempel des Apollo ein Dankopfer zu bringen, gleichzeitig seinen Schutz für die zweite Unternehmung zu erflehen.

Am Morgen der Übergabe holte mich Linos vor der Taverne ab. Gemeinsam gingen wir zum Sitz des Archonten, wo uns Peisistratos und Lycidas bereits erwarteten. Nach und nach trafen noch einige Ratsmitglieder ein, die unserem Abmarsch beiwohnen wollten. Eine Gruppe von sechs Bewaffneten, die unsere Abordnung beschützen sollte, stieß dazu. Ich erkannte den einen oder anderen Soldaten – ich hatte sie am Vortag am Tempel gesehen. Auch Timaios erschien noch, er führte abseits mit Lycidas ein längeres Gespräch. Timaios reichte dabei dem Sohn des Archonten ein Pergament, wahrscheinlich eine Zusammenstellung der zu übergebenden Gegenstände.

Der Archont nahm mich und Linos beiseite.

„Wenn ihr von dem Treffen mit den Thrakern zurück seid, könntet ihr noch bei mir vorbeischauen, um mir zu berichten, wie euer Vorhaben auf dem Festland aussieht? Ich wüsste gern Genaueres über Brentes' Pläne. Ich hoffe, dass es dadurch nicht zu weiteren Konflikten mit den Thrakern kommt. Vielleicht speisen wir dann noch gemeinsam."

„Das können wir gerne tun – ich werde dir später Näheres erzählen", erwiderte ich.

Im Anschluss an dieses kurze Gespräch wandte sich Peisistratos wieder der wartenden Gruppe zu und führte unter den Augen der Ratsmitglieder seinen Sohn zu einem Wagen, auf dem sich eine große, metallbeschlagene Truhe befand. In dieser wurde offenbar das ausgehandelte Blutgeld aufbewahrt. Ich wusste nicht, wie viel und welches Edelmetall als Sühne für den Mord an Oisydres vereinbart worden war. Peisistratos öffnete die Truhe unter den Augen der Ratsmitglieder, damit diese sich vom ordnungsgemäßen Inhalt überzeugen konnten. Nachdem sie wieder verschlossen war, wurde ein in der Nähe stehender Esel angespannt, um den Wagen zu ziehen. Lycidas selbst bestieg den Fahrersitz und ergriff die Peitsche. Auf sein Zungenschnalzen hin setzte sich der Karren in Bewegung. Die sechs Soldaten, Linos und ich folgten dem Wagen, während die Ratsmitglieder, Timaios und der Archont zurückblieben.

Wir verließen die Stadt im Westen. Nach einem kurzen Wegstück wandten wir uns nordwärts, um zu der Stelle am Ufer der Insel zu gelangen, die mit der bisaltischen Abordnung besprochen worden war.

Nach einer Kurve sahen wir das Meer und die bereits eingetroffenen Bisalter, deren Boot an einer Anlegestelle vertäut war. Auch sie waren mit einer etwa acht- bis zehnköpfigen Gruppe bewaffneter Männer erschienen. Unter ihnen befanden sich zwei mir von dem Treffen bei Peisistratos bekannte Soldaten, auch Astes war anwesend.

Als er meiner gewahr wurde, zuckte er kurz und richtete sich zu voller Größe auf. Kurz schoss der Zorn in mir wieder hoch, und beinahe hätte ich ihm entgegengeschleudert, einer wie Oisydres sei es nicht wert gewesen, dass für ihn ein Blutgeld gezahlt würde. Nach einem Moment hatte ich mich jedoch wieder gefangen und schwieg.

οὐ γὰρ ἐσθλὰ κατθανοῖσι κερτομέειν ἐπ' ἀνδράσιν.

65D

denn es ist nicht edel, schlecht von Toten zu reden und sie

zu schmähen.

Lycidas begrüßte den Führer der Bisalter, der grußlos, knapp und unfreundlich antwortete.

„Habt ihr den vereinbarten Betrag an Gold und Silber bei euch?" Seinen Umhang hielt Astes fest um seinen Körper zusammengezogen.

„Natürlich. Ihr könnt euch von der Vollständigkeit der Summe überzeugen", entgegnete Lycidas, während er vom Wagen stieg. Er lief um das Gefährt herum und öffnete die Truhe. Astes trat einige Schritte vor und blickte hinein. Befriedigt sah er zu Lycidas und wies zwei seiner Männer an, die Truhe vom Wagen zu nehmen.

Während diese seiner Anweisung folgten und die Truhe Richtung Boot zum Ufer hinabtrugen, traten Lycidas und Astes einige Schritte beiseite und unterhielten sich eine Weile. Ich konnte nicht verstehen, worüber sie sprachen, war aber auch nicht darum bemüht, denn es interessierte mich nicht.

Als die zwei Bisalter die entleerte Truhe zurückbrachten und wieder auf den Eselskarren luden, wandten sich Lycidas und Astes wieder unserer Gruppe zu. Die Verabschiedung der beiden Abordnungen erfolgte in einer sehr kühlen, feindseligen Atmosphäre. Astes würdigte Linos und mich keines Blickes.

Lycidas stieg wieder auf den Wagen, und wir begannen, uns zurück in Richtung der Polis zu bewegen. Mit einem Blick zurück sah ich noch, wie die Bisalter die Vertäuung des Bootes lösten und zum Festland zurückkehrten.

38

Zurück in der Stadt Thasos gingen Linos und ich, nachdem wir uns von Lycidas und seinen Soldaten verabschiedet hatten, erneut zum Amtssitz des Archonten. Wir wollten ihm, wie versprochen, Einzelheiten über die geplante Fahrt zum Festland berichten.

Peisistratos hatte bereits Vorbereitungen für das gemeinsame Mahl treffen lassen, und so nahmen wir unmittelbar nach unserer Ankunft auf den Liegen des Speisezimmers, zu dem wir geführt wurden, Platz.

Ich beruhigte den Archonten, dass er nicht befürchten müsse, dass es zu Schwierigkeiten mit den Thrakern kommen würde.

„Wir sind nicht auf einen Kampf mit den Einheimischen aus. Brentes sagte mir auch, dass wir – wenn überhaupt – auf wenig Widerstand treffen würden, da das thrakische Heer ein gutes Stück von den Minen entfernt ist, die ihn interessieren."

„Das mag sein. Dennoch bin ich nach den Vorgängen der letzten Zeit nicht sicher, ob der Zeitpunkt für eine solche Erkundung geeignet ist." Der Archont nahm einen Schluck aus seiner Kylix.

„Das mag sein, aber Brentes wollte wohl die momentane Anwesenheit einer Söldnertruppe nutzen. Wir können nicht wochenlang herumsitzen und abwarten, bis sich die Lage verbessert – wer weiß, wann das der Fall sein wird. Irgendwann müssen wir ja auch nach Paros zurückfahren."

Linos entschuldigte sich und erkundigte sich nach dem Abtritt. Peisistratos wies mit einer Hand auf einen Vorhang, hinter dem mein Gefährte umgehend verschwand. In seiner Abwesenheit fuhr der Archont fort, seine Bedenken über das Vorhaben von Glaukos' Onkel zu äußern.

„Da Brentes allerdings die Hilfe der Stadt in keiner Weise in Anspruch nimmt, kann ich nichts dagegen unternehmen", stellte Peisistratos fest.

Ich hatte erwartet, als Linos wieder hinter dem Vorhang erschien, auf seinem Gesicht einen eher erleichterten Ausdruck zu sehen. Stattdessen deutete er mit erkennbar besorgter Miene auf den Raum hinter dem Vorhang.

Ich verstand seine Gesten und entschuldigte mich nun meinerseits, während Linos wieder Platz nahm. Der Archont setzte unterdessen seine ausschweifenden Gedanken über Brentes und seine Geschäfte fort.

Ich lobte den Wein, bat dann nochmals um Verzeihung, stand auf und schob den Vorhang zur Seite. Ich musste meine Augen erst an die plötzliche Dunkelheit gewöhnen, und auch dann konnte ich zunächst nicht sehen, was Linos mir zeigen wollte. Ich erkannte von einem meiner früheren Besuche den Gang, der zum Arbeitsraum von Timaios führte.

Doch dann sah ich die mit Metall beschlagene Truhe, deren Inhalt wir am Morgen den Bisaltern und Astes übergeben hatten. Hätte Linos mir nicht Zeichen gegeben, wäre ich darüber nicht weiter verwundert gewesen – irgendwo musste die Truhe, die aus dem Amtssitz des Peisistratos gekommen war, ja aufbewahrt werden. So aber bückte ich mich und, nachdem ich mich umgesehen hatte, ob ich beobachtet wurde, öffnete ich den Deckel so leise wie möglich.

Ich hatte natürlich mit einer leeren Truhe gerechnet – umso überraschter war ich, als ich sie knapp zur Hälfte mit Gold- und Silberstücken gefüllt fand. Erstaunt schloss ich den Deckel wieder. Aus Timaios' Zimmer kamen Geräusche, und auch dürfte mein längeres Fehlen vom Archonten mittlerweile bemerkt worden sein. So kehrte ich, ohne Linos dabei anzusehen, durch den Vorhang in das Speisezimmer zurück.

Nur noch halb hörte ich den weiteren Ausführungen von Peisistratos zu – Linos' Entdeckung hatte mich ebenfalls beunruhigt. So nahm ich die erste sich bietende Gelegenheit wahr, das Gespräch mit dem Archonten zu beenden. Mit einem Blick auf Linos meinte ich, wir müssten noch einiges für die anstehende Abreise vorbereiten.

Sobald wir das Gebäude verlassen hatten und außer Sicht waren, fragte mich Linos:

„Hast du die Truhe gesehen? Hast du bemerkt, dass sich darin immer noch ein Vermögen befindet?"

„Ja, das habe ich. Wie bist du überhaupt auf die Idee gekommen, hineinzuschauen? So ungewöhnlich ist es ja nicht, dass die Kiste in dem Gang steht."

„Ich konnte im ersten Moment im Dunkeln nichts sehen und bin über die Truhe gestolpert", antwortete Linos. „Obwohl ich versehentlich ziemlich kräftig dagegengetreten habe, hat sie sich fast nicht bewegt – da bin ich doch neugierig geworden, warum sie noch so schwer ist, und habe hineingesehen."

Eine Weile schwiegen wir, während wir in Richtung Hafen gingen. An der Abzweigung zu meiner Taverne hielten wir an.

„Merkwürdig ist die Sache schon", meinte ich. „Es geht uns allerdings auch nichts an, wer wem wie viel Gold

167

gegeben hat. Vielleicht hat ja das Ganze seine Richtigkeit."

Mit diesen Worten beendete ich das Gespräch und beschloss, die Angelegenheit auf sich beruhen zu lassen. Es hatte uns nicht zu kümmern, wo sich Teile des Staatsschatzes von Thasos befanden. Linos schien mir noch mit seinen Gedanken bei seiner Entdeckung zu sein, verabschiedete sich dann nach kurzem Zögern jedoch und ging hinunter zur „Klio". Ich wandte mich meiner Taverne zu.

39

Thasos und das thrakische Festland lagen so nahe beieinander, dass man vom Ufer der einen Seite Schiffsmanöver auf der anderen verfolgen konnte. Daher hatten die Söhne des Brentes beschlossen, nicht auf dem kürzesten Weg nordwärts zum Festland überzusetzen. Sie wollten mögliche Beobachter und eventuelle thrakische Spione über ihr wahres Ziel so lange wie möglich im Unklaren lassen.

Deswegen planten sie, zunächst den Hafen der Stadt Richtung Süden zu verlassen, als ginge es für die „Klio" zurück nach Paros. Am Ende der Insel würde man nach Westen und dann erst nach Norden abdrehen, um an einer entlegenen Stelle zu ankern. Ein Schiff von der Größe der „Klio" konnte nicht gänzlich unbemerkt auf das Festland zuhalten und dort anlegen, aber die beiden wollten versuchen, so gut es eben ging, die Thraker nicht vom ersten Moment an das Ziel des Schiffs erkennen zu lassen.

Am Morgen der Abfahrt rechnete ich mit meinem Wirt ab, verließ die Taverne und begab mich mit meinen Waffen und den wenigen Sachen, die ich sonst noch benötigte, hinunter zum Hafen. Die Vorbereitungen für die Abreise waren bereits fortgeschritten – die Männer, die nicht auf dem Schiff übernachtet hatten, hatten bereits ihre

Zelte auf dem Platz vor der „Klio" abgebaut und diese mit ihrem übrigen Gepäck unter Deck verstaut.

Um meinen Männern zu zeigen, dass ich zumindest für die Fahrt nach Thrakien nicht ihr Führer, sondern ein einfacher Söldner wie sie selbst war, schaffte ich mein Bündel an einen bescheidenen Platz im hinteren Teil des Schiffs.

Erasmos und Aristides kamen kurz nach meiner Ankunft mit drei Männern aus einem der Gebäude am Hafen. Bei diesen musste es sich um die Fachleute für den Abbau von Edelmetallen handeln, die Brentes verpflichtet hatte. Als Letzter erschien Glaukos in der Begleitung seines Onkels. Nachdem dieser sich von seinen Söhnen, seinem Neffen und den Minenkundigen verabschiedet hatte, winkte er uns Söldnern zu und verließ das Schiff.

Nur wenige Menschen säumten das Ufer, als wir kurze Zeit später den Anker lichteten, die Ruder ergriffen und den Hafen Richtung Süden verließen. Es war ein milder Frühlingstag, und ein angenehmer Wind unterstützte unsere Fahrt, sodass wir sehr bald auf die Ruder verzichten konnten.

Obwohl wir früh abgelegt hatten und zügig vorankamen, dauerte es erheblich länger, als ich gedacht hatte, die Insel zu umrunden. So neigte sich der Tag bereits dem Ende zu, als wir endlich den nordwestlichen Ausläufer von Thasos erreichten. Erasmos ließ das Schiff bei Einbruch der Dämmerung in der Nähe der Küste an einem verborgenen Platz ankern, wo wir über Nacht blieben.

Am nächsten Morgen holten wir noch vor Tagesanbruch den Anker ein, um das letzte Stück zum Festland im Schutz der nachlassenden Dunkelheit zurückzulegen. Wir wählten einen abgelegenen Landeplatz westlich des kleinen, vorspringenden Kaps, welches die lang gezogene, offene Bucht gegenüber der Insel abschloss, um möglichst unbemerkt an Land gehen zu können.

Der Sand knirschte leise, als wir die „Klio" auf den Strand auflaufen ließen. Bemüht, nur wenige Geräusche zu erzeugen, nahmen wir unsere Waffen und stiegen über die Reling. Erasmos gab mit gesenkter Stimme Befehle.

„Achtung, seht hinüber – da ist ein Fischerboot!"

Auf den leisen Ausruf Glaukos' hin drehten alle Männer, die ihn hören konnten, gleichzeitig ihren Kopf zum Meer. Tatsächlich erschien hinter dem Kap, vor dem gleißenden Licht der aufgehenden Sonne, ein kleines Boot, in dem zwei Männer mit Netzen hantierten. Die beiden nahmen uns im selben Moment wahr, woraufhin sie sofort nach ihren Rudern griffen und sich von uns entfernten.

„Los, ein paar von uns müssen zurück aufs Schiff und sie unschädlich machen!"

Diesem Befehl von Aristides widersprach sein Bruder sofort.

„Die werden wir nicht mehr erreichen – das ist auch egal, früher oder später werden wir ohnehin bemerkt."

So kümmerten wir uns nicht weiter um die flüchtenden Fischer, sondern zogen die „Klio" vollständig an Land. Angeführt von den beiden Söhnen Brentes' setzten wir uns in Bewegung, um in das Landesinnere zu gelangen. Da wir jederzeit mit unserer Entdeckung und einem Angriff rechnen mussten, trugen wir den ganzen Weg über unsere Rüstung und Waffen.

Gegen Mittag kamen die zwei Späher, die unserem Zug vorausgeschickt worden waren, zurück und meldeten, dass sich vor uns ein Dorf befände.

„Ich vermute, dass es sich um Grymis handelt. Man hat mir die Lage des Dorfes ungefähr beschrieben", sagte Erasmos. „Dann wollen wir mal sehen, wie es hier um den

Bergbau steht."

Kurze Zeit später, nachdem wir eine bewaldete Anhöhe überwunden hatten, konnten wir die ersten Häuser der kleinen Ortschaft sehen. Sie bestand nur aus wenigen Gebäuden, am Fuß des uns gegenüberliegenden Hügels konnte man einen von Holzpfosten gestützten Eingang, vermutlich zu einem Stollen, erkennen. Menschen waren nirgends zu sehen – vielleicht waren wir schon länger entdeckt worden, und die Einwohner waren in die nahen Wälder geflohen.

Vorsichtig rückten wir in das Dorf vor, die Männer teilten sich auf und begannen, die Häuser zu durchsuchen. Ich selbst betrat mit zwei weiteren Söldnern ein bescheiden wirkendes Haus. Überrascht stellten wir fest, dass es sich um die Werkstatt eines Goldschmieds handeln musste – wir fanden sowohl Armbänder, Ringe und sonstigen fertig gestellten Schmuck, als auch unbearbeitetes Edelmetall, Gold und Silber vor. Mit einer solch reichen Beute hatten wir nicht gerechnet. Die Bewohner des Dorfes mussten ihre Häuser Hals über Kopf verlassen haben, sonst hätten sie diese Kostbarkeiten nicht zurückgelassen. Das ganze Haus hinterließ den Eindruck eines überhasteten Aufbruchs.

Da vereinbart war, dass die gesamte Beute unter allen Söldnern gleichmäßig geteilt werden würde, legten wir unsere überraschend wertvollen Funde in eine herumstehende Kiste, um diese auf den zentralen Platz zu tragen.

Als wir das Haus verließen, sahen wir, dass eine andere Gruppe von Söldnern einen Mann gefangen hatte. Zwei Männer trieben den hinkenden Alten mit ihren Waffen vor sich her, andere trugen ebenfalls Beutestücke mit sich.

Aristides und Erasmos standen in der Mitte des kleinen Dorfes. Erasmos begann, den verschüchterten

Alten zu befragen.

„Wie ist dein Name? Wo sind die Bewohner dieses Ortes? Wurdet ihr vor uns gewarnt?"

Nur stockend begann der Mann, die vielen Fragen zu beantworten.

„Mein Name ist Kimon. Ich lebe hier als Minenarbeiter seit zwanzig Jahren. Das Dorf gehört zum Stammesgebiet der Saïer. Jäger haben euch vorhin zufällig beobachtet, sind herbeigeeilt und haben die Einwohner gewarnt."

„Wie viele Leute wohnen hier? Wo sind sie hin?"

„Wir sind nicht viele hier am Ort – etwa dreißig. Dazu etliche Kinder. Wir leben vom Bergbau, der Gewinnung und Verarbeitung von Edelmetallen. Keiner hat mit einem Überfall gerechnet. Ich weiß nicht, wohin die Leute sind. Wahrscheinlich irgendwo in die Wälder ..."

„Du kannst wohl nicht mehr schnell laufen und musstest deshalb zurückbleiben?"

Kimon nickte zitternd.

„Baut ihr dort drüben das erzhaltige Gestein ab?" Erasmos deutete mit der Hand auf den Stollen. Der Alte schwieg, aber eine Antwort auf die Frage war eigentlich auch nicht nötig. Erasmos wandte sich an die Fachleute, die Brentes geschickt hatte. Zwei von ihnen hatten der Befragung Kimons gelauscht, während der dritte den Inhalt unserer Kiste und die übrige, zusammengetragene Beute Stück für Stück in die Hand genommen und begutachtet hatte.

„Ihr wisst, was ihr zu tun habt."

Im Schutz von etwa zehn Söldnern setzten sich die drei Minenkundigen in Richtung des Stollens in Bewegung. Erasmos gab, sich bereits abwendend, einem der Männer, die Kimon entdeckt hatten, ein Zeichen,

172

woraufhin dieser den Kopf des Alten nach hinten riss und ihm mit einem raschen Schnitt die Kehle durchtrennte. Wie eine fallengelassene Puppe sackte der alte Mann in sich zusammen.

Mittlerweile waren alle Häuser durchsucht worden – als einer der Letzten kehrte Glaukos auf den Platz zurück. Auch er hatte mit seiner Gruppe üppige Beute gemacht, die er zu den anderen Funden auf den anwachsenden Haufen legte. Mit dem Ergebnis dieses Tages konnten wir mehr als zufrieden sein. Wenn es uns gelänge, noch einmal ein so reiches Dorf zu plündern, hätte ich mit meinem Anteil den Verlust durch Kylons Verrat wahrscheinlich mehr als wettgemacht.

Nach einiger Zeit sah ich, wie die Fachleute von Brentes aus dem Stollen zurückkamen. Aristides erschrak zunächst, als er bemerkte, dass den dreien nur zwei Söldner folgten.

„Wo ist die Truppe geblieben, die euch in den Stollen begleitet hat? Ist etwas passiert?"

„Nein, du musst dir keine Sorgen machen. Wir trafen nur auf zwei Männer und einige Frauen, die sich dort versteckt hielten. Die Söldner haben die Männer rasch niedergemacht, und einige wollten sich mit den Frauen noch ein wenig vergnügen."

Aristides wandte sich angeekelt ab. Offensichtlich war er über das Treiben und die Disziplinlosigkeit der von ihm befehligten Männer verärgert. Einige Söldner blickten dagegen sehnsuchtsvoll und – wie mir schien – fast ein wenig neidisch zu dem hölzernen Eingang der Mine, aber keiner machte angesichts von Aristides' Reaktion Anstalten, ebenfalls noch in den Stollen zu gehen. „Lass doch unseren Männern ihren Spaß", meinte Erasmos. „Wir sollten lieber schauen, ob wir irgendwelche Tiere und Wagen finden – irgendwie müssen wir die erlangte Beute ja transportieren." Er wandte sich an zwei Söldner, die in seiner Nähe standen: „Schaut euch mal um,

173

ob ihr etwas Brauchbares entdecken könnt."

Aristides fragte die Minenkundigen: „Habt ihr gefunden, was ihr gesucht habt? Könnt ihr meinem Vater Konkretes berichten?"

„O ja", antwortete der älteste von ihnen. „Dein Vater wird mit unseren Ergebnissen sehr zufrieden sein. Die Mine scheint recht ergiebig." Er deutete mit der Hand auf den mittlerweile eindrucksvoll angewachsenen Stapel der erbeuteten Stücke. „Du siehst ja, dass hier einiges zu holen ist. Neben der Menge ist auch die Qualität des hiesigen Erzes höher als bei uns in Thasos."

Die beiden Männer, die Erasmos ausgeschickt hatte, kamen mit einem Esel und einem kleinen Karren zurück.

„Sieh her, Erasmos, was wir gefunden haben. Die Leute hier sind offensichtlich ganz schnell verschwunden – sie haben sogar ihre Tiere zurückgelassen. Wir haben auch einige Rinder und Schweine gesehen – wir könnten geradezu ein Festmahl abhalten."

„Es ist schon zu spät, um weiterzuziehen", meinte Erasmos. „Lasst uns hier übernachten und morgen erst zum nächsten Dorf marschieren."

Nachdem Aristides die Wachen eingeteilt hatte, begannen die Männer, sich auf die Nacht einzurichten. Manche suchten sich in einem der wenigen Häuser des Ortes ein Quartier, andere bauten ihre mitgeführten kleinen Zelte auf. Danach wurden einige der aufgefundenen Schweine geschlachtet und mehrere Feuer entzündet, um das Fleisch der Tiere zu braten.

Am Feuer berichteten einige der Söldner, die im Stollen gewesen waren, von ihren dortigen Erlebnissen. Es waren drei Frauen, die man bei den beiden Männern angetroffen hatte – zwei davon waren noch nicht zu alt, um vergewaltigt zu werden. Danach hatte man sich auch ihrer entledigt.

ξείνια δυσμενέσιν λυγρὰ χαριζόμενοι

4D

schmerzhafte Gastgeschenke geben wir unseren Feinden

von Herzen gerne!

Wir machten uns keine Sorgen, dass man unsere Gegenwart durch Feuer und Rauch entdecken würde. Schließlich belebten wir ein Dorf, in dem am Abend ohnedies gekocht werden würde – aus der Ferne würde der Ort wie an jedem anderen Tag wirken. Auch verließen wir uns auf Brentes' Angabe, dass die Masse des thrakischen Heeres sich weiter im Inneren des Festlandes befinden würde.

Einige Gefährten hatten einen Kellerraum gefunden, in dem sich mehrere Amphoren voll Wein befanden. Diese wurden herangeschafft, und es ergab sich ein kleines Fest, mit dem am Morgen in dieser Form keiner gerechnet haben konnte.

„Wir können mit dem Tag sehr zufrieden sein", meinte Glaukos, neben dem ich einen Platz gefunden hatte. „Da bleibt für jeden von uns ordentlich etwas übrig", ergänzte er und deutete mit der Hand, in der er eine Keule hielt, auf den beträchtlichen Stapel bearbeiteten und reinen Edelmetalls. Dieser war im Lauf des Tages noch weiter angewachsen – im Gold und Silber unserer Beute spiegelten sich die Feuer unseres Lagers.

Ich entgegnete: „Ich hoffe nur, dass das Glück, welches wir heute hatten, uns auch morgen im nächsten Dorf erhalten bleibt. Das Schicksal ist unstet."

„Da bin ich guter Dinge – der Feind scheint weit."

Glaukos konnte nicht ahnen, wie sehr er sich geirrt haben sollte.

175

40

Waffenlärm und Schreie weckten mich am nächsten Morgen. Obwohl ich dem Wein am Vorabend nur wenig zugesprochen hatte, dauerte es einen Moment, bis ich begriff, was um mich herum geschah. Im Licht der anbrechenden Dämmerung sah ich beim Blick durch das Fenster des Hauses, in dem ich mit vier anderen Söldnern übernachtet hatte, kämpfende Männer. Bewaffnete eilten aus den Häusern, um an dem Gefecht teilzunehmen.

Unsere Wachen mussten entweder eingeschlafen sein, oder aber sie waren, was mir wahrscheinlicher schien, geräuschlos getötet worden, bevor sie Alarm geben konnten.

„Los, packt eure Waffen, wir müssen raus und kämpfen", schrie ich meine verschlafenen Zimmergenossen an. Diese begriffen die Lage schnell und stürmten mit Schild und Schwert noch vor mir aus dem Haus. Es blieb keine Zeit, sich die vollständige Rüstung anzulegen. Auch ich griff nach meinen Waffen und stürzte hinter den Männern nach draußen.

Ich versuchte, mir ein Bild von der Lage zu machen. Die Annahme von Brentes, wir müssten in der Nähe der Dörfer Grymis und Dima nicht mit einer größeren Militärmacht der Thraker rechnen, erwies sich als Irrtum. Der Gegner war uns, soweit ich dies in der Hektik erkennen konnte, um ein Mehrfaches überlegen.

Auf dem Platz, an dem wir gestern unsere Beute gesammelt hatten, sah ich, wie Erasmos und Aristides sich mehrerer Angreifer gleichzeitig erwehren mussten. Einige unserer Leute versuchten, die Söhne des Brentes aus ihrer Notlage zu befreien und sich zu den beiden durchzukämpfen.

Ich sah den Speer erst im allerletzten Moment von der linken Seite auf mich zufliegen. In einem Reflex riss ich meinen Schild hoch. Mit einem lauten Scheppern wurde das Wurfgeschoss nach oben abgelenkt. Ich wankte nur kurz unter der Wucht des Aufpralls. Entschlossen griff ich mein Schwert, stürzte mit größter Geschwindigkeit auf den Gegner, der den Speer geschleudert hatte, zu. Ich hieb den schildlosen Krieger, der vergeblich versuchte, sein eigenes Schwert noch rechtzeitig zu ziehen, mit vier oder fünf Hieben nieder.

Danach wandte ich mich um und stach einem anderen Feind, der hinter mir mit Linos kämpfte, das Schwert in den Rücken. Linos blickte mich kurz an, und wir wandten uns neuen Gegnern zu.

„Wo kommen die alle plötzlich her?" Zu meiner Rechten tauchte Glaukos auf. Sein Schwert war bereits blutrot gefärbt, der Schild wies eine Reihe tiefer Scharten auf.

„Das wird schwierig – es sind einfach zu viele!"

Linos trennte einem der Gegner den rechten Arm ab, der Mann stürzte schreiend zu Boden. Gemeinsam mit Glaukos versuchten wir, dem Beispiel anderer folgend, uns zu unseren bedrängten Anführern durchzuschlagen. Jeder von uns musste mehrere Feinde unschädlich machen, bis wir Erasmos und Aristides erreicht hatten.

„Wir müssen schauen, dass wir hier wegkommen!" Erasmos hörte nicht auf, mit einem Gegner zu fechten, während er atemlos diese Worte ausstieß.

„Wie soll das gehen?" Aristides blickte um sich. „Wir sind umzingelt! Auf allen Seiten sind die Thraker!"

„Lasst uns versuchen, auf einer Seite eine Lücke zu finden und dort auszubrechen!"

Dies schien auch mir die einzige Möglichkeit, dem Blutbad, welches sich abzeichnete, zu entkommen. Die zahlenmäßige Überlegenheit der Thraker – vermutlich waren es die Kämpfer vom Volk der Saïer – war zu groß.

Auf jeden Kämpfer von uns kamen mehrere Gegner, und es war im Morgenlicht erkennbar, dass wir bereits große Verluste erlitten hatten. Viele der Söldner, die mit mir von Paros aufgebrochen waren, lagen tot oder schwer verletzt auf dem Boden. Unter den Toten erkannte ich Kleitos, mit dem ich vor Wochen die Siedler ausgewählt hatte.

Erasmos meinte, eine kleine Lücke in der Umklammerung durch die Thraker zu erkennen.

„Hier! Wir brechen durch und sehen zu, dass wir unser Schiff erreichen!"

Einen Moment dachte ich an die reiche Beute, die wir am gestrigen Tag gemacht hatten. Das Gold und Silber würden wir zurücklassen müssen – wir konnten froh sein, wenn wir mit dem Leben davonkamen.

„Wenn wir nicht schnell die Gelegenheit nutzen, wird es zu spät sein! Los jetzt!" Erasmos deutete in die Richtung, in der wir versuchen sollten, der tödlichen Umfassung durch die Thraker zu entkommen.

Tatsächlich waren die Reihen der Saïer an der Stelle, auf die unser Anführer hingewiesen hatte, nicht so dicht gestaffelt wie sonst um uns herum.

„Wir müssen um unser Leben rennen. Lauft!"

Einen Thraker, der mir im Weg stand, schob ich mit dem Schild beiseite, einem anderen stieß ich das Schwert in den Unterkörper. Über den fallenden Mann hinweg sprang ich in die freigewordene Lücke und lief, so schnell ich konnte. Aus den Augenwinkeln heraus sah ich, dass die anderen, die um Erasmos und Aristides herum gekämpft hatten, sich ebenfalls umwandten und zu laufen begannen.

πόδεσ δὴ κεῖθι τιμιώτατοι

132Bgk

da sind die Beine wirklich am meisten wert

Wie beim Gefecht bei Leukas dachte ich an Homer. Wie anders als in seinen Epen war doch die Wahrheit des Kampfes. Angst und Schrecken herrschten, nicht Edelmut und Tapferkeit. Die Situation war dieselbe wie vor wenigen Wochen in Leukas, nur waren wir diesmal die Unterlegenen.

Hinter mir hörte ich plötzlich den Schrei einer vertrauten Stimme. Noch bevor ich mich umdrehte, wusste ich, dass es mein Freund Glaukos war, dem etwas geschehen war. Im Laufen wandte ich mich um und sah, dass Glaukos über eine Wurzel gestolpert war. Sofort hatten sich zwei oder drei Saïer auf den für eine Sekunde Wehrlosen gestürzt. Ihre Schwerter bereits im Lauf in der Hand, stachen sie auf meinen Gefährten ein. Ihre Gesichter waren wutverzerrt.

πολλὸς δ᾽ ἀφρὸς ἦν περὶ στόμα

139Bgk

viel Schaum war um den Mund

Ich hielt inne und wollte ihm – auch wenn dies offenbar schon keinerlei Sinn mehr hatte – zu Hilfe eilen, doch Erasmos riss mich zurück.

„Du musst ihn lassen! Es ist zu spät! Sieh zu, dass du dich selbst noch retten kannst!"

Er hatte recht. Glaukos musste Momente nach seinem Sturz bereits tot gewesen sein. Ich wandte mich um und rannte weiter, so rasch es mir möglich war.

Der Moment des Zögerns hatte die Verfolger wieder näher an mich herangebracht. Um schneller laufen zu können, warf ich meinen kostbaren Schild in einen Busch. Lieber wollte ich ohne das Geschenk von Telesikles leben, als hier sterben zu müssen.

ἀσπίδι μὲν Σαΐων τισ ἀγάλλεται, ἣν παρὰ θάμνωι

ἔντος ἀμώμητον κάλλιπον οὐκ ἐθέλων,

αὐτὸς μ᾽ ἐξεσάωσα. τι μοι μέλει ἀσπὶς ἐκείνη;

ἐρρέτω· ἐξαῦτις κτήσομαι οὐ κακίω.

6D

soll doch ein Saïer mit dem Schild protzen, den ich bei

einem Gebüsch zurücklassen musste,

eine vortreffliche Wehr – ich tat es nicht freiwillig.

Ich selber konnte mich retten. Was schert mich der Schild?

Fahr' er dahin! Ich werde mir einen neuen kaufen, der

nicht schlechter ist.

Wir rannten um unser Leben, eine Schar Saïer folgte uns. Nach einiger Zeit waren sie des Laufens müde – im Unterschied zu uns waren sie voll gerüstet und daher langsamer. Sie hielten an, schwenkten ihre Waffen und riefen uns Verwünschungen hinterher. Manche verspotteten uns auch, wir würden laufen wie kleine Hasen auf der Flucht. Der eine oder andere Speer flog noch unkontrolliert an uns vorbei, aber wir waren einstweilen entkommen.

Es war ein zufälliger, aber glücklicher Umstand, dass die Lücke in den Reihen der Saïer sich gerade in der Richtung befunden hatte, aus der wir am Vortag gekommen waren. So erklommen wir wieder die bewaldete Anhöhe und gingen mit noch immer eiligen Schritten hinunter zum Meer, wo wir unser Schiff besteigen wollten.

Nun fand ich die Zeit, mich umzusehen. Außer Aristides und Erasmos waren noch fünf Söldner bei uns, unter ihnen Linos. Zwei von ihnen, Silenos und Arsenios, kannte ich von früher, von den beiden anderen wusste ich nur die Namen: Manolis und Phileas. Zum Glück war keiner der Überlebenden ernsthaft verletzt – wir hätten ihn zurücklassen müssen. Der Rest unserer Männer war mit Sicherheit von den Thrakern niedergemacht worden. Auch Brentes' Minenfachleute dürften den Tag nicht überlebt haben.

Meine Gedanken kehrten zu Glaukos zurück. Der Anblick des von thrakischen Schwertern niedergemetzelten Freundes ging mir nicht aus dem Sinn. Nun war es nicht einmal möglich, ihm eine ehrenvolle Bestattung zukommen zu lassen. Ich vermutete, dass die siegreichen Saïer mit ihren toten Gegnern nicht besser umgehen würden, als wir es mit den toten Thrakern in Leukas gemacht hatten.

Als wir in der Nähe der „Klio" kamen, sahen wir Rauch über den Bäumen aufsteigen. Wir blickten uns besorgt an und beschleunigten unsere Schritte wieder. Der Verdacht, der uns beschlichen hatte, wurde beim Erreichen des Strandes zur traurigen Gewissheit. Die Gegner hatten die Klio in Brand gesetzt. Die zwei Söldner, die zur Bewachung zurückgeblieben waren, lagen tot neben dem qualmenden Wrack.

„Was sollen wir jetzt tun?" Aristides blickte auf seinen vom Laufen und von der Aufregung völlig verschwitzten Bruder.

„Das Einzige, was wir in unserer Situation tun können, ist, uns möglichst unbemerkt am Ufer entlang fortzubewegen. Irgendwann werden wir entweder entdeckt und getötet, oder wir finden einen alten Kahn oder irgendetwas, mit dem wir zurück nach Thasos kommen."

Die Aussicht auf Erfolg war gering, aber Erasmos schätzte die Lage wohl richtig ein. So gingen wir am Strand entlang nordwärts in Richtung des Kaps, das wir gestern rechts von uns liegen gelassen hatten. Um nicht gesehen zu werden, liefen wir nicht am Strand selbst, sondern durch den nahegelegenen, parallel zur Küste verlaufenden Wald. Da es hier keine Wege gab, war das

Fortkommen äußerst beschwerlich – aber besser, nur langsam voranzukommen, als entdeckt zu werden.

Der Nachmittag war schon fortgeschritten, als wir das Kap erreichten. Eine Weile zogen wir an einem langen Felsen vorbei, der den Wald vom Strand trennte. Als der Felsen endete, hatten wir plötzlich wieder Sicht auf das Meer und die weite Bucht, die an das Kap anschloss.

Da waren wieder die Fischer, die wir gestern schon gesehen hatten – ihr Boot lag nahe am Ufer. Sie waren über ihre Netze gebückt und hatten uns noch nicht bemerkt. Wir zögerten keinen Moment. Mit gezogenen Schwertern stürzten wir uns brüllend in das Meer. Glücklicherweise ging der Strand nicht zu rasch in tieferes Gewässer über, sondern die See war lange recht flach.

Die Fischer waren jetzt natürlich auf uns aufmerksam geworden und versuchten hektisch, uns zu entkommen. Sie ließen ihre Netze fallen und griffen zu den Rudern. Doch sie waren zu langsam, während die verzweifelte Situation uns zusätzliche Kräfte verlieh. Die ersten Männer, die das Boot erreichten, hielten es mit den Händen fest, die nächsten – Linos und ich – erklommen das Deck. Die Fischer konnten sich kaum wehren, außer den kleinen Messern zum Zerteilen des Fangs waren sie unbewaffnet. Sie starben einen schnellen Tod, ihre Leichen warfen wir über Bord. Anschließend halfen wir denen von uns, die nicht so schnell durch das Wasser gekommen waren, auf den Kahn.

Das kleine Schiffchen war nicht für acht Männer gebaut und sank unter unserem Gewicht verdächtig tief ins Meer ein. Es war auch kaum genügend Platz für alle, aber nach einigen Versuchen gelang es uns, uns so auf dem Deck zu verteilen, dass das Schiff einigermaßen stabil im Wasser lag. Linos und Phileas griffen nach den zwei vorhandenen Rudern, während Aristides mit zwei anderen Männern das Segel ordnete und hochzog. Brentes' Sohn erwies sich als geschickter Seemann, offensichtlich besaß er genügend Erfahrung, um uns in dem kleinen Kahn sicher ans gegenüberliegende Ufer bringen zu können.

ἴστη κατ᾽ ἠκὴν κύματός τε κἀνέμου

43D

durch Wind und Wellen halte du das Boot

Zunächst hielten wir, froh, dem Blutbad entkommen zu sein, einfach geradewegs auf die Insel zu. Erst nach einiger Zeit gelang es Erasmos, einen klaren Gedanken zu fassen, und er befahl seinem Bruder, gleich ostwärts auf die Polis zuzuhalten. Die Sonne war hinter uns schon fast versunken, als wir das Ufer erreichten. Als wir den nördlichsten Punkt von Thasos hinter uns gelassen hatten, zeichnete sich dunkel am Horizont das Zentrum der Stadt, der Tempel des pythischen Apollo, ab.

41

Nachdem wir das kleine Fischerboot im Hafen festgemacht hatten, wandte sich Erasmos an mich und die fünf anderen überlebenden Söldner.

„Es ist schon spät – und da ihr ja im Moment alles verloren habt: Kommt doch einfach mit ins Haus meines Vaters. Ihr könnt bei uns übernachten – es gibt genügend Platz."

Ich nickte ihm zu, bevor ich in die Gesichter der Männer blickte und deren dankbare Zustimmung erkannte. Was hätten sie sonst tun sollen? Aristides und Erasmos gingen voraus, Linos, ich und die restlichen Männer folgten ihnen. Da es mittlerweile schon dunkel geworden war, blieb dieser Zug der Geschlagenen weitgehend von den Bewohnern der Stadt unbeachtet. In den nächsten Tagen würde unser Abenteuer jedoch sicherlich für genügend Gesprächsstoff auf der Insel sorgen.

Als wir das Haus von Brentes erreichten, lag es bereits in nächtlicher Ruhe. Dies änderte sich rasch, als die Dienerschaft begriff, dass die Söhne ihres Herrn zurück waren. Schnell wurde die Empfangshalle, in der mich letzte Woche noch Glaukos begrüßt hatte, beleuchtet. Der kurz geschorene Sklave, der mich bei meinem ersten Besuch nach meinen Wünschen gefragt hatte, eilte davon, um Brentes zu holen.

„Kümmert euch um die Männer hier. Sie sind unsere Gäste." Aristides gab den Dienern noch weitere Befehle. „Gebt jedem ein Zimmer! Schaut, dass ihr auch neue Kleider für sie bereitlegt!"

Mittlerweile war Brentes oben an der Treppe, die von der Empfangshalle in den ersten Stock führte, angekommen und versuchte, die Situation zu erfassen.

„Was ist hier los? Wer sind diese Männer?" Dann bemerkte er beunruhigt das Fehlen von Glaukos. „Wo ist euer Vetter, wo ist Glaukos? Erasmos, Aristides, kommt doch hoch und berichtet mir, was vorgefallen ist. Archilochos, du kannst gerne dazukommen!"

Erasmos zeigte den Söldnern noch, in welchem Raum sie später ein Abendessen und Wein bekommen würden, dann gingen wir drei hinauf zu Brentes.

„Nehmt Platz!" Einem Diener rief er zu, er solle Wein bringen. „Berichtet." Das letzte Wort sprach er leise, ohne Nachdruck. Wahrscheinlich ahnte er schon, welche Botschaft ihm seine Söhne überbringen würden.

„Glaukos ist tot. Wie alle anderen auch. Wir sind die einzigen Überlebenden." Erasmos legte nach diesen ersten Sätzen eine Pause ein. Brentes war bestürzt; eine Träne schien ihm im Auge zu stehen.

„Was ist geschehen?" Brentes hatte sich wieder gefangen.

Aristides ergriff nun das Wort und erzählte vom

Verlauf der Unternehmung. Er beschönigte nichts und gab eine wahrheitsgemäße Schilderung der Vorgänge auf dem Festland. Nachdem er geendet hatte, herrschte eine Weile Schweigen im Raum.

„Ich trage wahrscheinlich einen Teil der Verantwortung für diese Katastrophe", meinte Brentes. „Meine Information, dass das thrakische Heer sich weitab von Grymis und Dima befindet, war offensichtlich falsch." Er blickte mich an. „Ich hätte deinem Rat folgen sollen und mehr Leute zum Schutz meiner Minenkundigen mitgeben müssen."

Ein Diener erschien und fragte, ob wir noch speisen wollten. Alle außer Brentes bejahten dies – hatten wir doch den ganzen Tag nichts gegessen. Die späte Mahlzeit wurde von zwei jungen Sklavinnen herangebracht, darunter war wieder die Schönheit, die ich bei meinem letzten Besuch so bewundert hatte. Mir fiel auf, dass sie und Erasmos mitunter Blicke wechselten. Sie schien durch die dramatischen Umstände seiner Rückkehr in gewisser Aufregung zu sein, versuchte jedoch gleichzeitig, diese zu verbergen.

Nachdem wir fertig waren, sagte Brentes: „Wir müssen Peisistratos Bericht erstatten. Lasst uns morgen zum Archonten gehen."

Es wurde nur noch wenig gesprochen; jeder hing schweigend seinen Gedanken nach. Niedergeschlagen gingen wir kurze Zeit später zu Bett. Ich ließ die Ereignisse des Tages vor meinem inneren Auge noch einmal vorüberziehen. Dabei dachte ich insbesondere an den Tod meines Freundes Glaukos und beschloss, eine Elegie über seinen Tod zu verfassen.

Τὸν κεροπλάστην ἄειδε Γλαῦκον

59D

Singe vom lockigen Glaukos!

185

42

Am nächsten Morgen wurde uns ein kräftigendes Frühstück gereicht. Ich saß zusammen mit Linos und den anderen in einem Raum im Erdgeschoss des Hauses. Brentes war nicht zu sehen; Erasmos hatte ich kurz in einem Gang getroffen.

„Du kommst doch mit zu Peisistratos?"

Ich nickte. Die Familie des Brentes war verantwortlich für die Überfahrt auf das Festland, allerdings waren dort fast alle Männer ums Leben gekommen, die mir auf Paros anvertraut worden waren. So war auch ich in die Angelegenheit verwickelt, obwohl ich hier nur als einfacher Söldner unterwegs gewesen war.

Beim Frühstück unterhielt ich mich mit Linos und den anderen Überlebenden über ihre Pläne.

„Mir gefällt es in Thasos besser als auf Paros. Ich werde wahrscheinlich hier bleiben und mir eine Arbeit suchen", meinte Phileas. „Vielleicht frage ich Brentes selbst, ob er eine Verwendung für mich hat."

Die anderen dagegen wollten zurück auf unsere Heimatinsel. Da wir nun allerdings kein Schiff mehr hatten, mussten wir eine andere Möglichkeit auftun.

„Ich kann ja einmal mit dem Archonten sprechen. Vielleicht kann dieser uns behilflich sein", bot ich an.

Aristides gesellte sich zu uns.

„Wie auch immer das Ergebnis auf dem Festland war – ihr habt natürlich alle Anspruch auf die Summe, die euch mein Vater zugesagt hat. Kommt nachher zu mir in den ersten Stock, dort werden wir abrechnen."

Als wir mit dem Frühstück fertig waren, kamen wir seiner Aufforderung nach. Jeder erhielt den ausgemachten Betrag, sogar deutlich mehr als vereinbart war. Einen Teil unseres Lohns erhielten wir in den gestempelten, runden Bronzestücken, die ich in Leukas bei dem getöteten Thraker gesehen hatte.

Das empfangene Entgelt wog bei Weitem nicht das auf, was wir gestern verloren hatten, aber wenigstens war jeder von uns jetzt wieder handlungsfähig. Linos sagte, er würde mit den verbliebenen Männern in der Taverne ein Quartier suchen, in der ich nach unserer Ankunft auf Thasos untergekommen war. Mit Glaukos.

Am späten Vormittag stieg ich mit Brentes und seinen Söhnen hinauf zum Haus des Archonten. Das Gerücht über das Scheitern unserer Unternehmung hatte sich offenbar wie ein Lauffeuer verbreitet. Als Timaios mit uns in das Zimmer von Peisistratos ging, war ihm anzusehen, dass er von unserem Misserfolg bereits wusste. Auch Peisistratos empfing uns mit düsterer Miene.

Nach einer förmlichen Begrüßung berichteten Erasmus und Aristides, wie am Vorabend, schnörkellos von den Ereignissen auf dem Stammesgebiet der Saïer.

„Ich hatte ja von Anfang an kein gutes Gefühl bei dieser Sache. Ihr hättet in der augenblicklichen Situation nicht auf das Festland übersetzen dürfen."

„Ich musste den Moment der Anwesenheit von Söldnern nutzen", entgegnete Brentes. „Daher hatte ich keine Wahl hinsichtlich des Zeitpunktes. Es war mein Unternehmen, ich habe keine Hilfe der Polis in Anspruch genommen."

So wurden eine Weile die Argumente, die für oder gegen unsere Expedition gesprochen hatten, ausgetauscht. Zu spät, dachte ich bei mir. Was geschehen war, konnte nicht rückgängig gemacht werden. Es war ein sinnloser Streit.

„Das Schlimme ist ja, dass es wieder zu Kämpfen gekommen ist, bei denen viele, auch Thraker, zu Tode gekommen sind. Wir haben, wie ihr ja alle wisst, eben erst ein hohes Blutgeld an die Bisalter gezahlt. Wir könnten nicht ein weiteres Mal eine solche Summe aufbringen."

„Das kann doch nicht sein. In der Truhe befand sich nach der Übergabe immer noch ein Vermögen", entfuhr es mir. Ich hatte deren Inhalt ja mit eigenen Augen im Gang vor dem Zimmer von Timaios gesehen.

„Das ist Unsinn", sagte Peisistratos. „Du warst doch bei der Übergabe des Inhalts der Truhe selbst dabei."

Ich beschloss, nicht weiter auf meinem Standpunkt zu beharren. Ich hatte meine eigenen Probleme und war schon früher zu der Erkenntnis gelangt, dass mir der Verbleib des Staatsschatzes von Thasos egal sein konnte. So schwieg ich wider besseres Wissen. Timaios, der weiter hinten im Zimmer der Unterhaltung folgte, wirkte unruhig.

Peisistratos ging nicht weiter auf meinen Einwurf ein. Er sprach über die nach seiner Meinung drohenden Rachefeldzüge der Thraker. Sie würden wieder, wie zuletzt, mit kleineren Gruppen irgendwo auf der Insel landen und Siedlungen der parisch-thasischen Bauern und Handwerker überfallen.

Noch während er sich über diese neue Gefahr ausließ, wurde ein Bote gemeldet. Mit einer ungeduldigen Handbewegung bat der Archont, dieser möge eingelassen werden. Der Bote stürzte herein.

„Herr, es hat wieder einen Angriff auf eines unserer Dörfer gegeben. Diesmal hat es Artemisia getroffen. Es scheint, dass es keine Überlebenden gibt."

„Da haben wir es ja schon! Kaum dass ihr zurück seid, werden wir wieder von thrakischen Horden überfallen, und unsere Dörfer werden niedergebrannt!" Der Archont war aufgebracht.

„Bei allem Respekt", erlaubte ich mir einzuwerfen, „das ist jetzt nicht unsere Schuld. Der Kampf bei Grymis war erst gestern am Mittag. Da kann kein Zusammenhang bestehen."

„Archilochos hat recht. Der zeitliche Abstand ist viel zu gering." Erasmos griff meinen Gedanken auf. „Im Übrigen hat von uns niemand darüber gesprochen, wo Artemisia liegt. Wozu auch? Und wann hätte derjenige die Gelegenheit dazu gehabt? Es ist doch offensichtlich, dass die Thraker schon vorher Kenntnis über die Lage der Ortschaft gehabt haben müssen."

Peisistratos blickte vor sich hin. Unsere Argumente waren stichhaltig. So viel Ärger der neuerliche Vorfall bereitete, es konnte doch keine Verbindung zu dem gestrigen Kampf auf dem Festland geben.

„Woher wissen die Thraker dann, wo sich unsere neu gegründeten Dörfer befinden? Gibt es etwa Verrat auf unserer Insel?"

„Vielleicht sind herumstreunende Thraker einfach zufällig auf das Dorf gestoßen." Ich versuchte, den Archonten zu beruhigen

„In jedem Fall: Wir haben das Gesindel wieder auf Thasos", stellte Peisistratos fest. „Ich werde mich wohl wieder mit einem Teil unseres Heeres auf den Weg machen müssen, um sie zu vertreiben."

„Das könnten auch Lycidas oder ich übernehmen", warf von hinten Timaios ein.

„Wir wissen ja wieder nicht einmal, mit wie vielen Gegnern wir zu rechnen haben."

Durch die Meldung der jüngsten Ereignisse geriet unser gestriges Debakel fast schon in den Hintergrund.

Nun meldete sich auch Brentes zu Wort: „Wir sollten den Rat einberufen. Dieser soll entscheiden, wie wir mit der neuen Situation umgehen sollen."

„Das ist vernünftig", sagte der Archont. „Nur dort

werden wir einen Beschluss über unser weiteres Vorgehen fassen können, der von allen getragen wird."

Damit war die Besprechung im Amtssitz faktisch beendet. Eigentlich hatte ich ja Peisistratos noch fragen wollen, ob er eine Möglichkeit wusste, wie ich und die anderen überlebenden Söldner nach Paros zurückkommen konnten. Ich traute mich jedoch nicht, in der durch das Eintreffen des Boten entstandenen neuen Lage den Archonten mit einem solchen, vergleichsweise geringen Problem zu behelligen. Er hatte jetzt größere Sorgen. Also wandte ich mich dem Ausgang zu.

Die Lösung dieser Frage zeichnete sich unerwarteterweise ab, als mich im Herausgehen Brentes beiseitenahm.

„Ich bedaure zutiefst den Verlust von Glaukos – ich weiß, dass er dir nahestand. Leider können wir kein ihm angemessenes Begräbnis ausrichten. Meine Söhne wollen ihm ein Denkmal auf der Agora setzen lassen, auf dem sein Mut und seine Verdienste gewürdigt werden."

„Ich danke dir für deine Worte und dein Vorhaben. Ein ausgezeichneter Gedanke."

„Was sind deine Pläne? Bleibst du auf der Insel?"

„Ich will zurück nach Paros – so schnell es geht. Es ist mir allerdings noch unklar, wie ich das bewerkstelligen soll. Wir haben ja kein Schiff mehr. Vielleicht finden ich und der kümmerliche Rest meiner Leute ein Frachtschiff, das uns mitnimmt."

„Da wird sich etwas finden. Ich kümmere mich persönlich darum. Wo kann ich dich erreichen?"

„Ich werde wieder in die Taverne ziehen, in der ich in den letzten Wochen immer wieder übernachtet habe."

„Du hörst sicherlich bald von mir."

Als ich aufblickte, sah ich, dass Timaios unserem

190

Gespräch gefolgt war. Ich wandte mich um, verabschiedete mich von den beiden und ging zu meiner Taverne, wo ich Linos und die anderen sehen würde.

43

In der Taverne begrüßte mich der Wirt auf fast schon freundschaftliche Weise. Im Schankraum traf ich auf Linos und die anderen vier. Ich setzte mich zu ihnen und berichtete von dem kurzen Gespräch mit Brentes.

„Er wird sich um eine Gelegenheit für unsere Heimreise nach Paros kümmern."

„Dann bleibt uns hier einstweilen nur übrig, abzuwarten …", meinte Manolis. Nach einiger Zeit fuhr er fort: „Nach den Entbehrungen und Anstrengungen der letzten Tage würde ich mich gerne wieder einmal einer Hetäre beiwohnen. Weiß einer von euch, wo man in Thasos fündig werden kann?"

Ich erinnerte mich nur zu gut an den Abend, an dem der Wirt ein Zicklein geschlachtet hatte, und welchen weiteren Verlauf der Abend genommen hatte.

„Ich kann sagen, wo du findest, was du möchtest", antwortete ich daher. „In dem Haus, das ich dir nennen werde, arbeiten mindestens zwei Hetären – ich war selbst dort. Wenn ich dir einen Rat geben darf: Sei bemüht, dass du die junge bekommst. Die ältere, die man dir wahrscheinlich zuerst anzudienen versuchen wird, ist zwar sehr erfahren, aber schon etwas verbraucht."

Ich beschrieb Manolis den Weg. Einer seiner Kameraden, Arsenios, zeigte ebenfalls Interesse, und die beiden verließen kurz darauf den Schankraum. Zwei Männer waren – zumindest gleichzeitig – zu viel für die junge Hetäre, aber das sollte nicht meine Sorge sein. Sie würden sich schon einigen.

Ich wandte mich an Linos.

„Was hast du heute noch vor?"

„Ich weiß nicht. Ich bin müde von den Ereignissen und habe schlecht geschlafen. Das Blutbad in diesem Dorf hat mich noch im Traum verfolgt. Ich werde sehen, dass ich bald mein Lager aufsuche."

„Das werde ich ähnlich halten."

Wir saßen noch eine Weile nachdenklich beim reichlich verdünnten Wein, dann erhob ich mich und wollte in mein Zimmer gehen. Die anderen Männer saßen noch am Tisch, waren aber ebenfalls schon im Aufbruch. Linos sagte:

„Warte einen Moment auf mich, wir haben ja zwei Zimmer nebeneinander. Ich komme sofort."

Nachdem wir uns im Flur verabschiedet hatten, betrat ich mein Zimmer. Ich gab mir nicht einmal mehr die Mühe, mich aller Kleider zu entledigen. Mein Schwert, das letzte Überbleibsel meiner Waffen, hatte ich am Mittag schon auf einen Stuhl in der Nähe des Betts gelegt. Das Obergewand, das mir im Haus von Brentes zur Verfügung gestellt worden war, legte ich nun darüber.

Danach sank ich auf mein Lager nieder. An viel mehr kann ich mich nicht mehr erinnern – die Dämmerung hatte schon eingesetzt, und ich fiel schnell in tiefen Schlaf.

Leise Geräusche holten mich ungewisse Zeit später zurück in den Halbschlaf. Zunächst dachte ich, leicht verärgert, Linos wäre aus irgendeinem Grund nochmals herübergekommen. Als ich aber am großen Wuchs der in meinem Zimmer herumschleichenden Gestalt erkannte, dass es sich nicht um meinen Gefährten handeln konnte, wurden meine Sinne schlagartig hellwach. Ich war in diesem Moment klug genug, nicht ruckartig hochzufahren, sondern stellte mich weiter schlafend. Mit der rechten Hand tastete ich jedoch – als würde ich mich im Traum bewegen – unter der Decke nach meinem Schwert. Der Eindringling konnte nicht wissen, dass sich unter dem Gewand eine Waffe befand. Durch die nur leicht geöffneten Augenlider konnte ich im schwachen Licht des Fensters erkennen, dass der Unbekannte sich meinem Bett näherte. Erschreckt nahm ich wahr, dass er ein Messer, bereit zum Zustoßen, in der Hand hielt.

Ich musste rasch handeln. Blitzschnell riss ich mein Schwert unter dem Obergewand hervor. Ich fürchtete, mich in ihm zu verheddern, doch zum Glück konnte ich die Waffe problemlos hervorziehen. Ich stach blindlings in Richtung meines Angreifers, der einen Schmerzenslaut von sich gab. Ich war froh, dass ich den Vorteil der Überraschung hatte nutzen können und mein Gegner verletzt war – dadurch hatte ich etwas Zeit gewonnen. Ich sprang auf, holte mit dem Schwert aus und hieb dem Eindringling die Schneide mit Wucht in die Seite, bevor ich noch zwei- oder dreimal zustach. Mein Gegner stöhnte kurz auf, bevor er auf den Boden sank.

Von unten hörte ich Verwünschungen des Wirtes, der offenbar durch die Geräusche wach geworden war. Ich wusste, dass sich im Zimmer ein Öllämpchen befand – ich hatte es am Mittag auf einem Tisch stehen sehen. Noch während ich nach dem Licht tastete, stürzte Linos, eine Waffe in der Hand, in mein Zimmer.

„Was geht hier vor sich?"

In diesem Moment gelang es mir, Licht zu machen. Ich sah zunächst auf Linos, dann bückte ich mich und hielt die Lampe vor das Gesicht des Angreifers, den ich niedergestreckt hatte. Ich erschrak, als ich ihn erkannte.

„Lycidas!"

Linos war nun vollständig eingetreten und hatte die Tür hinter sich geschlossen. Mit ungläubigem Blick betrachtete auch er den Sohn des Archonten, der tot am Boden lag. Einer meiner blindlings ausgeführten Stiche hatte sein Herz getroffen.

„Ich verstehe nicht", murmelte mein Gefährte.

„Mir geht es nicht besser", entgegnete ich und setzte mich auf das Bett. Ich schlug die Hände über dem Kopf zusammen und begann fieberhaft nachzudenken.

Welchen Grund konnte es für diesen Anschlag geben? Wer wusste überhaupt, wo ich zu finden war? Vor allem: Warum Lycidas? Wir überlegten beide eine ganze Weile, wie es zu dem, was geschehen war, kommen konnte.

„Ich sage dir: Es hat etwas mit dem Teil des Blutgeldes zu tun, der nicht übergeben wurde", eröffnete mir Linos nach einiger Zeit seinen ersten Verdacht. Ich hatte seiner Entdeckung weniger Bedeutung beigemessen als er, aber möglicherweise hatte er recht.

„Das kann sein. Ich habe noch gar keinen Ansatz, in welcher Richtung ich auch nur zu denken anfangen könnte."

Nach und nach gelang es mir besser, meine Gedanken etwas zu ordnen.

„Seit wir auf der Insel sind, hatten wir mit nicht sehr vielen Leuten Kontakt", begann ich. „Das waren Peisistratos, Brentes, seine Söhne, wer noch?"

„Timaios."

„Das ist vielleicht eine Idee."

Je länger ich darüber nachdachte, umso mehr rückte Timaios ins Zentrum meiner Überlegungen. Er hatte gehört, wie ich vorhin zu Brentes gesagt hatte, ich würde jetzt in meine zuletzt immer wieder aufgesuchte Taverne gehen. Davon hatte sonst kaum jemand Kenntnis – und Timaios wusste natürlich, von welchem Gasthaus ich sprach, denn er war es ja gewesen, der uns dieses vor Wochen zum Übernachten empfohlen hatte.

Ich erinnerte mich, dass Timaios plötzlich unruhig geworden war, als ich dem Archonten erzählt hatte, ein guter Teil des Blutgeldes sei noch da.

„Bevor wir das Blutgeld übergeben haben, standen Timaios und Lycidas beieinander", sinnierte Linos.

„Dabei hat Timaios dem Sohn von Peisistratos ein Schriftstück übergeben", fiel mir noch ein. „Ich dachte, es wäre eine Zusammenstellung der Bestandteile des Blutgeldes, es könnte aber auch eine Liste mit der Lage der neu besiedelten thasisch-parischen Orte gewesen sein!"

Allmählich erhärtete sich unser Verdacht.

„Und nachher führten Lycidas und Astes abseits ein Gespräch."

„Wenn dabei die Neubesiedlungen verraten worden wären, würde dies den jüngsten Überfall auf Artemisia erklären. Das könnte jetzt so weitergehen!"

„Und vergiss nicht: Die gefüllte Truhe stand schließlich im Gang vor Timaios' Raum!"

So konnte es gewesen sein. Timaios und Lycidas hatten gemeinsame Sache gemacht. Timaios wusste über alle thasischen Siedlungen und militärischen Bewegungen Bescheid. Lycidas hatte diese Kenntnisse an Astes verraten, und die beiden waren mit einem Teil des Blutgeldes für Oisydres bezahlt worden. Da ich den Rest des Staatsschatzes gesehen hatte, musste ich aus dem Weg geräumt werden.

„Das sind alles Indizien, aber wir brauchen Beweise. Peisistratos wird uns sicher keinen Glauben schenken." Damit hatte Linos wahrscheinlich recht.

„Was machen wir nun?"

„Ich denke, wir sollten zunächst die Leiche beseitigen und den Morgen abwarten. Danach könnten wir zu Brentes gehen und ihm von unserem Verdacht berichten. Ich glaube, ihm können wir vertrauen."

Linos' Plan schien mir vernünftig. Vielleicht setzten wir auf den falschen Mann, aber wir mussten es wagen.

Gemeinsam zogen wir den Sohn des Archonten in die entlegenste Ecke des Raums und verbargen den großen Körper unter einer Decke, die wir vom Bett nahmen. Anschließend gruppierten wir Gegenstände aus dem Zimmer so, dass zumindest auf den ersten Blick nicht sofort erkennbar war, was hier geschehen war.

Linos verließ den Raum leise. Ich legte mich auf das Lager, fand aber keinen Schlaf mehr. Ständig überlegte ich, ob wir auf der richtigen Spur waren, und wägte unsere Argumente gegen Timaios ab. Vielleicht war unser Verdacht auch nur ein einziger Irrtum.

ἄνδρας ὡς ἀμφίτριβας

134Bgk

sehr hinterhältige Männer

44

Ich hatte die Augen zwar geschlossen, war aber noch immer ohne Schlaf, als Linos morgens das Zimmer betrat.

„Es wird Ärger geben. Der Archont wird nicht erfreut sein, dass du seinen Sohn getötet hast."

„Was sollte ich denn tun? Mich abstechen lassen? Immerhin war er es, der mit einem Messer in der Hand in mein Schlafzimmer kam."

„Lass uns das Brentes erklären. Er wird uns raten, was wir tun sollen – wenn er nicht selber in den Anschlag auf dich verwickelt ist."

Missmutig und übermüdet stiegen wir den Weg von

der Taverne hinauf zu Brentes' Haus. Im Gehen verspürte ich eine gewisse Verärgerung, dass Brentes seine Informationen über das thrakische Heer nicht genügend geprüft hatte. Er hatte sich zwar einsichtig gezeigt und mit dem Verlust seines Neffen auch einen hohen Preis dafür bezahlt, aber an dem Blutbad von Grymis war er mitschuldig.

...ὧδε πῆμ´ ἔθηχ´ ἑταίροσις´.

127Lss

...so brachte er Leid zu den Gefährten.

Im Haus des Brentes angekommen, wurden wir sogleich erkannt und ohne weitere Rücksprache in den ersten Stock gebeten. Dort sollten wir auf den Hausherren warten.

„Was führt euch zu mir? Ich hatte noch keine Gelegenheit, mich um eure Rückkehr zu kümmern, aber ich habe euch nicht vergessen", begrüßte uns Brentes.

„Das dachte ich mir. Der Grund, warum wir hier sind, ist leider weit schwerwiegender", antwortete ich. Danach berichtete ich ihm von den Vorfällen der Nacht und von dem Verdacht, den Linos und ich hatten.

μετέρχομαί σε σύμβολον ποιεύμενος

46D

um deinen Rat zu erfragen, bin ich zu dir gekommen

Brentes setzte sich auf einen Stuhl. Zunächst war er sprachlos.

„Diese Geschichte ist kaum zu glauben. Ich muss allerdings zugeben, dass eure Argumentation etwas für sich hat. Es könnte so gewesen sein", begann er nach einiger Zeit. „Fest steht, dass Lycidas nicht mit edlen Motiven in der Nacht zu dir gekommen sein kann – an seinem Tod

197

trifft dich somit keine Schuld, Archilochos."

Er dachte eine Weile nach.

„Genauso steht fest, dass wir Peisistratos benachrichtigen müssen. Ich überlege nur noch, ob es besser ist, alleine zu ihm zu gehen oder mit euch."

Wieder verfiel er eine Weile in nachdenkliches Schweigen.

„Ich meine, es ist besser, ich gehe alleine. Ich kenne unseren Archonten gut, und es wäre bestimmt nicht günstig, dass in dem Moment, in dem er vom Tod seines Sohnes erfährt, derjenige, der ihn getötet hat, im Raum weilt. Es könnte zu einer überstürzten Reaktion gegen dich kommen – so sehr du auch im Recht sein magst."

Nach einer Weile ergänzte er: „Ich glaube nicht, dass Peisistratos selber hinter der Sache steckt. Timaios habe ich selber nie ganz getraut. Ich gehe jetzt zum Archonten, ihr bleibt am besten hier, ich berichte euch bei meiner Rückkehr."

Ich sagte noch, ich sei durchaus bereit, mich Peisistratos selber zu stellen, doch Brentes winkte ab. Er bat uns ins Speisezimmer und meinte, er hoffe, bald zurück zu sein. Einem Diener trug er noch auf, sich um unser leibliches Wohl zu kümmern. Dann verließ er den Raum.

Linos und ich nahmen im Speisezimmer Platz. Kaum liegend, fiel ich, übermüdet wie ich war, in einen unruhigen Schlaf. Das Klappern von Schalen und Tellern weckte mich kurze Zeit später. Als ich die Augen öffnete, sah ich die anmutige Sklavin, die Speisen für uns zubereitete. Diesmal fragte ich sie nach ihrem Namen.

„Creusa, Herr", antwortete sie und schlug die Augen nieder.

Nachdem wir uns ausgiebig gestärkt hatten, fühlte ich mich etwas besser. Geräusche vor der Türe kündigten die Rückkehr des Hausherrn an. Nun war ich wieder hellwach.

Einmal mehr befand ich mich in einer gefährlichen Situation, ohne dass ich mir irgendeine Schuld hatte zukommen lassen. Womöglich würde mich Peisistratos des Mordes an Lycidas anklagen lassen. Als Brentes eintrat, standen wir auf.

„Ich hatte Glück", eröffnete Brentes sein Rede, „ich konnte den Archonten in seinem Amtssitz antreffen. Ich habe ihm von den Ereignissen des gestrigen Abends und dem Tod seines Sohnes berichtet."

Brentes schwieg eine Weile, bevor er fortfuhr.

„Der Tod von Lycidas hat ihn natürlich getroffen. Die geschilderten Umstände haben jedoch seinen ersten Zorn nach einiger Zeit abgekühlt. Er hat wohl eingesehen, dass sein Sohn an Unrecht und Verbrechen beteiligt gewesen sein muss. Sonst wäre er nicht mit einem Messer in der Hand nachts in dein Zimmer geschlichen. Um es kurz zu machen: Peisistratos hat eine Zusammenkunft aller Beteiligten für den Nachmittag anberaumt. Es werden die wichtigsten Mitglieder des Rates der Stadt anwesend sein. Er will eine Gegenüberstellung von dir, Archilochos, und Timaios. Du kannst die Argumente und Indizien, die du mir vorgetragen hast, dort wiederholen. Dann soll Timaios seine Sicht der Dinge abgeben. Der Archont hat bereits nach ihm geschickt. Vielleicht fällt euch noch etwas ein, bislang habt ihr ja nur einen – wenn auch begründeten – Verdacht."

Mit einer Geste lud er uns ein, wieder Platz zu nehmen.

„Wenn ihr wollt, könnt ihr hier warten. Wir gehen später zu dritt zum Amtssitz. Eigentlich könnten wir Erasmos und Aristides noch fragen, ob sie mitkommen."

Nach einer kurzen Pause ergänzte er: „Übrigens hat Peisistratos angeordnet, dass die Leiche seines Sohnes aus eurer Taverne geholt wird."

45

Der Mittag schien zunächst kein Ende zu nehmen. Zwar war ich mir keiner Schuld bewusst, doch würde ich später dem Mann begegnen, dessen Sohn ich gestern getötet hatte. Wie würde Peisistratos mir gegenüber auftreten? Ich überlegte, wie ich mich verhalten sollte. Am Besten war es wahrscheinlich, räumlichen Abstand zu ihm zu wahren und so sachlich wie möglich zu sprechen. Unsere Argumente und Beobachtungen würden für sich sprechen, auch wenn wir keinen stichhaltigen Beweis für unseren Verdacht hatten. Timaios würde Einiges zu erklären haben. Wenn er sich allerdings unwissend stellte, würde es schwierig für uns werden.

Endlich kam Brentes mit seinen beiden Söhnen aus dem ersten Stock. Erasmos und Aristides überschütteten mich mit Fragen nach dem nächtlichen Überfall, bis Brentes sie unwirsch beschied, sie würden im Amtssitz ohnedies gleich alle Einzelheiten erfahren. Zu fünft – Linos kam mit uns – gingen wir vorbei am Apollotempel zum Sitz des Peisistratos.

Als Erster von uns betrat Brentes den Sitzungssaal, in dem bereits mehrere Ratsmitglieder versammelt waren. Linos und ich ließen auch dessen Söhnen noch den Vortritt. In der Halle angekommen, in der wir uns schon einmal, gegenüber der Gesandtschaft der Bisalter, zu verantworten hatten, sah ich auf der anderen Seite des Raumes Timaios. Er stand mit dem Rücken zu einem Vorhang, der auf einen weiteren Gang hinausführte und wirkte ungehalten und verärgert. Er zog die Stirn in Falten, als er uns sah.

Peisistratos ergriff das Wort. „Ihr bringt der Insel nur Unglück", begann er seine Rede mit Blick auf Linos und mich, „erst tötet ihr Oisydres, dann verursacht ihr ein Gemetzel auf dem Festland und gestern hat mein Sohn durch dich, Archilochos, sein Leben verloren."

„Herr, ich bedaure deinen Verlust – aber was sollte ich tun? Lycidas schlich nachts mit gezücktem Messer in mein Schlafgemach. Ich kann froh sein, dass ich der Überlebende bin!" Peisistratos schwieg.

Brentes schaltete sich in das Gespräch ein. „Peisistratos, wir alle fühlen mit dir. Seinen Sohn zu verlieren, gehört zum Schlimmsten, was die Götter uns antun können. Aber Archilochos trifft an dessen Tod keine Schuld."

„Ich sehe wohl, dass meinen Sohn seinen Tod letztlich selbst verschuldet hat." Peisistratos sprach leise.

Brentes fuhr fort: „Ich bin erfreut, dass du dieses einsiehst. Wir müssen hier aber klären, ob es Verrat an unseren neuen Siedlungen gegeben hat. Archilochos, berichte von deinem Verdacht. Erzähle uns Alles."

So aufgefordert, schilderte ich die Ereignisse der Nacht. Der Archont hörte mir mit gesenktem Kopf zu. Nachdem ich den Überfall auf mich dargestellt hatte, fasste ich das anschließende Gespräch mit Linos zusammen und trug alle Verdachtsmomente gegen Timaios, die wir in diesem herausgearbeitet hatten, vor. Die Ratsmitglieder lauschten aufmerksam. Gelegentlich bewegte sich der Verdächtigte, als wolle er etwas sagen, doch der Archont beschied ihn mit einer raschen Handbewegung, zu schweigen.

Nachdem ich geendet hatte, wandte er sich Timaios zu und forderte ihn auf, zu den Vorwürfen Stellung zu beziehen. Dieser trat daraufhin einen Schritt vor und begann seine Verteidigungsrede.

„Dies sind doch nur haltlose Beschuldigungen hergelaufener Söldner. Natürlich habe ich bei der Übergabe mit Lycidas gesprochen und ihm ein Blatt mit dem Inhalt der Truhe übergeben. Das musste ich als Verantwortlicher ja tun."

Nun wandte er sich an mich: „Du behauptest, dass sich nach der Übergabe in der Truhe noch – wie sagtest du? – ein Vermögen befunden hätte? Das ist eine unverschämte Lüge, für die man dich hoffentlich zur Rechenschaft ziehen wird! Natürlich war die Truhe leer."

Ich war mit meinem Vortrag zuvor zufrieden gewesen und von den Ratsmitgliedern hatte ich durchaus den Eindruck gehabt, dass man geneigt war, meinen Verdächtigungen Glauben zu schenken. Timaios machte in seiner Lage allerdings das einzig Richtige: Er stellte sich unwissend. Er hatte erkannt, dass wir keinen Beweis hatten, und bagatellisierte unsere sämtlichen vorgetragenen Beobachtungen und Indizien. Die Stimmung im Raum schien sich allmählich gegen mich umzukehren.

Peisistratos wandte sich zu mir: „Du hast einen gravierenden Verdacht ausgesprochen, Archilochos. Nun musst du uns auch einen konkreten Beweis vorlegen."

Ich schwieg verlegen, denn ich hatte schon alles gesagt, was ich gegen Timaios vorzubringen hatte. Ich wusste, dass er log – die Truhe, von der er behauptet hatte, sie sei leer gewesen, war noch zur Hälfte gefüllt. Das wussten Linos und ich, aber wie sollten wir die Ratsmitglieder davon überzeugen?

„Ihr Herren, ich bin zwar nur ein einfacher Söldner, aber wenn ihr gestattet, ich glaube, ich kann zur Aufklärung hier beitragen."

Zu meiner Überraschung hatte Linos das Wort ergriffen. Der Archont sah ihn nicht minder überrascht an und gab Linos das Wort.

„Nachdem wir die Stadt verlassen hatten und zum Ort der Übergabe gefahren sind, hatte ich die Gelegenheit, das bewusste Schriftstück zu sehen."

„Wie willst du denn das bewerkstelligt haben?" Timaios fuhr Linos zornig an. Gleichzeitig schien mir sein bisher gezeigtes Selbstbewusstsein einen kleinen Riss bekommen zu haben.

„Lycidas saß auf dem Fahrersitz des Wagens. Als er sich einmal vorbeugte, um auf die Pferde einzuwirken, verlor er das Pergament. Ich sah es an, bevor ich es zurückgab. Ich versichere euch, es handelte sich um eine Karte der Insel und ihrer Siedlungen. Ich habe es kurz danach an Lycidas zurückgegeben. Er hat nicht bemerkt, dass ich es eingesehen hatte, und sich sogar noch bedankt – auch wenn er mich etwas merkwürdig dabei angesehen hat."

Einige Ratsmitglieder waren aufgesprungen. Der Archont wandte sich Timaios zu, um dessen Entgegnung auf den nun ausgesprochenen Vorwurf des Verrats zu hören.

Doch Timaios war verschwunden. Als er bemerkte, dass mein Gefährte einen tatsächlichen Beweis für seine Schuld vorbrachte, war er blitzschnell durch den Vorhang auf den Flur geschlüpft und versuchte nun offenbar, zu entfliehen. Peisistratos stürzte zu dem Vorhang, riss ihn zur Seite und sah auf den Flur hinaus.

„Er ist entkommen. Zunächst. Wir werden ihn sicher bald aufgreifen und dann seiner gerechten Strafe zuführen. Ich glaube, an seiner Schuld besteht kein Zweifel mehr."

Die Ratsmitglieder pflichteten ihm bei. Im Raum herrschte große Aufregung, einzig Brentes schwieg. Er fragte sich vermutlich, wie auch ich, warum Linos uns von diesem Beweis nicht früher in Kenntnis gesetzt hatte.

Die Wahrheit war spätestens durch Timaios' Flucht

ans Licht gekommen. Es war offenbar genau so, wie ich vermutet hatte. Timaios und Lycidas hatten die neu gegründeten Siedlungen verraten.

Um das entstandene Durcheinander noch zu steigern, kam in diesem Moment ein Bote durch den Eingang, durch den ich mit meinen Leuten kurz zuvor eingetreten war. Er bat nicht erst um die Erlaubnis, sprechen zu dürfen, sondern rief seine Nachricht in den Saal, in dem die Ratsmitglieder schlagartig erstarrten: „Leukas ist von den Thrakern überfallen worden!"

46

Die Ratsmitglieder wurden von Peisistratos gebeten, im Raum zu bleiben. Man würde Beschlüsse fassen müssen, wie auf den erneuten thrakischen Übergriff zu antworten war. In dem Tumult schob mich Linos durch den Flur hinaus auf die Straße. Ich sah eine Gruppe Soldaten durch eine Gasse stürmen, vermutlich hatten sie den Auftrag, den Verräter zu ergreifen.

Sobald niemand uns mehr hören konnte, fragte ich Linos, warum er seinen Beweis so lange zurückgehalten habe.

„Es gab keinen Beweis. Die Geschichte war frei erfunden. Timaios musste aus seiner Reserve gelockt werden. Ich habe ihn beobachtet und geahnt, dass er die Nerven verlieren würde. Und du siehst: Es hat funktioniert."

Ich starrte meinen Freund ungläubig an. „Das hast du dir alles nur ausgedacht? Was wäre gewesen, wenn Timaios nicht geflohen wäre und weiter den Unwissenden gespielt hätte?"

„Dann wäre es schwierig geworden ...", grinste Linos.

Ich musste laut auflachen. Diese List, mehr noch die

Kaltschnäuzigkeit bei deren Durchführung, hatte ich ihm nicht zugetraut.

„Der Wein heute Abend geht auf mich!"

Als wir zu unserer Taverne kamen, trafen wir auf den Wirt, der über die Ereignisse der Nacht und den Besuch von Soldaten, die den Leichnam von Lycidas abholten, verstimmt war. Nach einigen klärenden Sätzen beruhigte sich unser Herbergsvater wieder und geleitete uns in den Schankraum, wo Silenos und Manolis saßen. Sie hatten natürlich von dem nächtlichen Angriff gehört und wollten alle Einzelheiten wissen. Wieder einmal erzählte ich von dem Anschlag auf mich und berichtete von den jüngsten Ereignissen im Sitzungssaal des Rats. Natürlich erwähnte ich Linos' List, worauf Silenos diesem anerkennend auf die Schulter klopfte.

„Übrigens habe ich oben im Rat auch erfahren, dass Leukas schon wieder überfallen wurde. Genaueres weiß ich nicht – ich kann euch nicht mehr sagen."

Meine Gefährten waren betroffen – die Erfüllung unserer Aufgabe in Thasos, der Wiederaufbau von Leukas, war offenbar sinnlos gewesen. Die von uns begleiteten Siedler waren vermutlich alle entweder getötet oder in die Sklaverei verschleppt worden. Ich dachte an Agapetos, ich hatte ihn gemocht. Aber die Siedler hatten gewusst, welches Risiko sie eingingen, als sie Paros verließen. Wir hatten getan, was nötig gewesen war.

„Ich kann nicht recht verstehen, warum Phileas hier bleiben möchte. Auf die Insel und die Polis kommen sicher schwere Zeiten zu." Manolis nahm einen Schluck von dem Wein, der vor ihm stand.

Θάσον, δὲ τὴν τρισοιζύρην πόλιν

129Bgk

Thasos, die dreifach zu bejammernde Stadt

„Es ist wie vor einigen Wochen: Peisistratos wird wieder mit seinen Soldaten in tage- und nächtelangen Streifzügen versuchen, die Thraker zu stellen und von der Insel zu jagen. Diesmal wird es allerdings schwieriger werden – ich fürchte, es sind mehr Feinde als zuletzt, und sie wissen durch den Verrat, an welcher Stelle die Thasier verwundbar sind", sagte Linos.

„Meinst du, man fragt uns, ob wir mitkämpfen wollen?" Silenos blickte zu mir.

„Ich weiß es nicht – wenn man mich hinreichend bezahlt, werde ich wieder zu den Waffen greifen. Warum auch nicht, dies ist jetzt mein Beruf. Allerdings vermute ich, dass Peisistratos uns kein Angebot unterbreiten wird. In seinen Augen ist mit uns das Unglück auf die Insel gekommen. Damit hat er ja auch nicht ganz Unrecht ...“

„Was machen wir dann? Es bleibt uns wohl nur, abzuwarten, bis wir eine Gelegenheit zur Rückkehr nach Paros finden."

„So ist es. Wie gesagt, Brentes wird sich darum kümmern."

Danach wurde, angeregt vom Wein, über andere Themen gesprochen. Manolis berichtete von dem gestrigen Besuch bei den Hetären. Er hatte – im Unterschied zu mir – das Glück gehabt, dass ihm auf sein hartnäckiges Drängen hin das jüngere Mädchen von dem vierschrötigen Veteranen zur Verfügung gestellt worden war. Manolis' Augen leuchteten, als er von seinem Erlebnis berichtete, welches seine ermatteten Lebensgeister wieder geweckt hatte.

„Ihr wart doch zu zweit", warf ich ein. „Was hat Arsenios gemacht?"

„Er wollte anderweitig fündig werden, nachdem er die Alte gesehen hat."

Ich lachte kurz auf und nahm einen weiteren Schluck

vom Wein. Während die anderen sich immer angeregter über Frauen und Hetären unterhielten, kam mir plötzlich in den Sinn, dass ich vor kurzer Zeit noch mit Glaukos hier in diesem Raum beim Wein gesessen hatte. So viel war in den letzten Wochen geschehen. Ich verspürte das Bedürfnis, alleine zu sein, und verabschiedete mich bald von meinen Gefährten.

In meinem Zimmer lag ich noch eine Weile mit geöffneten Augen auf meinem Lager. Meine Gedanken kreisten um die Ereignisse der letzten drei Tage. Schließlich blieben sie bei Lycidas und Timaios hängen. Sie hatten sich aus Habgier zu einem Verbrechen verführen lassen, aber die Götter hatten sie zu Fall gebracht.

τοῖς θεοῖς τ´ εἴθεῖ´ ἅπαντα· πολλάκις μὲν ἐκ κακῶν

ἄνδρας ὀρθοῦσιν μελαίνι κειμένους ἐπὶ χθονί,

πολλάκις δ´ ἀνατρέπουσι καὶ μάλ´ εὖ βεβηκότας

ὑπτίους κλίνουσ´· ἔπειτα πολλὰ γίνεται κακά

καὶ βίου χρήμηι πλανᾶται καὶ νόου παρήορος

58D

überlass den Göttern alles. Oft richten sie aus

dem Übel

die Menschen wieder auf, die auf der schwarzen Erde

lagen;

oft stürzen sie den zu Boden, der zuvor stolz geschritten,

dass er auf den Rücken fällt: dann geschieht viel

Schlimmes;

ohne Nahrung irrt er umher und ist in seinem Verstand

verwirrt.

47

Phileas hatte Brentes um Arbeit gefragt, und dieser hatte ihn zu sich auf sein Anwesen holen lassen. Wir übrigen warteten auf eine Nachricht von Glaukos' Onkel, wann und wie wir zurück nach Paros fahren könnten.

Peisistratos war mit einer beträchtlichen Streitmacht aufgebrochen, um die Thraker zu vertreiben. Ich war nicht verärgert, dass man uns nicht gefragt hatte, ob wir mitziehen wollten – es wurde allmählich Zeit, die Insel zu verlassen. Neobule würde nicht ewig auf mich warten. Ich musste mich der Situation auf Paros stellen, auch wenn es mir nicht gelungen war, auf Thasos den erhofften Gewinn zu erzielen.

πολλά δ΄ ἐυπλοκάμου πολιῆς ἁλὸς ἐν πελάγεσσι

θεσσάμενοι γλυκεὸν νόστον

12D

inständig bittend um glückliche Heimkehr; weit draußen

im

grauen, wellenreichen Meer

So war ich erfreut, als eines Nachmittags ein Bote von Brentes kam, der mir die Nachricht überbrachte, ich solle wegen der Fahrt nach Paros später zu ihm kommen. Ich gab meinen Gefährten Bescheid und machte mich auf den Weg.

„Ich habe endlich eine Möglichkeit gefunden, wie ihr zurück auf eure Insel kommen könnt", sagte Brentes, nachdem wir uns begrüßt hatten. „In ungefähr zwei Tagen wird ein Schiff erwartet, welches parischen Marmor geladen hat. Er soll für den begonnenen Tempel der Athene Verwendung finden. Ich weiß nicht, ob eine Fracht für den Rückweg vorgesehen ist, aber für dich und deine drei Begleiter wird sicher noch Platz sein. Ich bedaure, dass du nicht auf Thasos bleiben willst."

„Ich danke dir für deine Bemühungen. Vielleicht weißt du von Glaukos oder du hast es auf anderem Weg erfahren: Ich bin auf Paros verlobt und möchte so bald wie möglich zurück."

„Ich habe davon gehört – das ist natürlich ein gewichtiger Grund. Auch dein Vater war damals, als ich mit ihm nach Thasos kam, auf eurer Insel verlobt und wollte daher zurück."

Nach einer kurzen Pause fuhr er fort: „Vielleicht interessiert dich noch, dass das Denkmal für Glaukos bereits Gestalt angenommen hat. Der Steinmetz ist im Schuppen auf der anderen Seite und arbeitet eben daran." Brentes deutete in die Richtung, in die ich gehen sollte. „Du kannst nachher noch einmal bei mir vorbeischauen, wenn du magst. Vielleicht bleibst du noch zum Abendessen."

Ich ging über den Platz in das Nebengebäude, aus dem der Lärm von Hammer und Meißel zu hören war. Als ich die Türe öffnete, blickte der Steinmetz mir aus einer staubigen Wolke entgegen.

„Lass dich in deiner Arbeit nicht stören", sagte ich und betrachtete den Steinblock aus fein leuchtendem Marmor, der in der Mitte des Raumes stand. Der Text war gut zu lesen – ein Teil war mit Farbe geschrieben, der größte Teil war jedoch bereits in den Stein gemeißelt.

ΓΛΑΥΚΩ ΕΙΜΙ ΜΝΗΜΑ ΤΩ ΛΕΠΤΙΝΕΟ·

ΕΘΕΣΑΝ ΔΕ ΜΕ ΟΙ ΒΡΕΝΤΕΟ ΠΑΙΔΕΣ

ICH BIN DAS DENKMAL FÜR GLAUKOS, DES

LEPTINES SOHN.

ERRICHTET HABEN MICH DIE SÖHNE DES BRENTES

Nachdenklich betrachtete ich die Inschrift und dachte

an den Moment zurück, als Glaukos von den Saïern regelrecht abgeschlachtet wurde.

„Das Denkmal wird auf der Agora errichtet werden", sagte der Steinmetz. „Ein herrlicher Marmorblock …" Fast liebevoll blickte er auf den von ihm bearbeiteten Steinklotz.

Auf dem Weg zurück zu Brentes begegnete ich auf einem Flur Creusa, die mit errötetem Kopf hinter einem Vorhang hervorkam und eben ihr Gewand schloss. Direkt hinter ihr kam Erasmos aus dem Raum. Er begrüßte mich, während auch er sein Obergewand ordnete. Es bedurfte keiner großen Vorstellungskraft, um zu ahnen, was eben in dem Zimmer vorgefallen war – zumal ich Creusa am Abend unserer Rückkehr vom Festland beobachtet hatte. Ich konnte es Erasmos nicht verdenken – mit seinen Möglichkeiten gesegnet, hätte ich dasselbe getan.

Brentes' Sohn hatte offenbar nicht erwartet, von jemandem auf dem Gang gesehen zu werden. Er überspielte die Situation und geleitete mich freundlich hinüber in das Speisezimmer, wo Brentes uns bereits erwartete. Ich drückte mein Gefallen an dem Denkmal für meinen Freund Glaukos aus.

„Ich hatte vorhin ganz vergessen, dir mitzuteilen, dass Timaios sich selbst gerichtet hat", sagte Brentes. „Als die Soldaten ihn aufgefunden hatten, hat er sich in sein Schwert gestürzt. Der Rat ist dir und deinem Gefährten für die Aufklärung seines Verbrechens, unter dem wir jetzt leiden, sehr dankbar. Der Verrat von Timaios und Lycidas hat jetzt schon viele Menschenleben gekostet. Zu viele." Er hielt einen Moment inne. „Was ich dich noch fragen wollte: Warum hat dein Gefährte so lange mit seinem Beweis gezögert, und vor allem, warum hat er – zumindest mir – vorher nichts davon erzählt?"

Als ich ihm von Linos' List erzählte, lachte er kurz auf und meinte: „Das hatte ich mir fast gedacht."

Inzwischen war Aristides zu uns gestoßen, und wir speisten gemeinsam. Creusa, die sich – auch Erasmos gegenüber – nichts anmerken ließ, reichte uns den köstlichen ismarischen Wein.

Nach dem Essen plauderten wir noch eine Weile über meine Pläne auf Paros, bevor ich mich von Brentes und seinen Söhnen, diesmal wohl endgültig, verabschiedete und zurück zu meiner Taverne ging. Silenos traf ich noch im Schankraum an und verkündete ihm zu seiner Freude unsere baldige Abfahrt.

Am nächsten Tag gingen wir zu viert hinunter zum Hafen, um uns um unsere Passage nach Paros zu kümmern. Das Frachtschiff lag schon – einen Tag früher als erwartet – am Ufer, schwitzende Arbeiter verluden die marmornen Blöcke.

„Sieh nur da drüben!" Silenos deutete mit ausgestrecktem Arm auf den Bug des Schiffes. „Pelagios!" Silenos war mit diesem auf der „Phoibe" hergekommen.

Dieser hatte uns ebenfalls erkannt, winkte uns zu und verließ das Schiff, um zu uns zu kommen. Auf der „Phoibe" wurde er nach seiner Rückkehr nach Paros nicht mehr gebraucht; Leptines hatte diese schon anderweitig vermittelt. So hatte sich Pelagios eine neue Arbeit gesucht – eine seiner ersten Aufgaben war der Transport von Marmor aus Paros.

„Schaut her! Das ist meine ‚Thalia' – nicht so schnell und schnittig wie die ‚Phoibe', aber geduldig", stellte er uns sein Schiff vor. „Und – wie ist es euch ergangen?"

Wir vier blickten uns an. Schließlich ergriff ich das Wort und erzählte in wenigen Sätzen vom katastrophalen Ausgang unserer Unternehmung.

„Und jetzt sind wir hier, um zu fragen, ob du uns auf dem Rückweg mitnehmen kannst und wie viel du dafür willst."

„Was für ein unglücklicher Verlauf – ich bin froh, wenigstens euch hier lebend anzutreffen. Natürlich kommt ihr mit mir. Frei – die Fracht ist geliefert, meine Rückfahrt ist bereits bezahlt. Ihr seid leichter als der Marmor, den ich hergebracht habe!" Er lachte kurz auf.

„Vielen Dank! Wir warten schon einige Tage auf ein Schiff. Dürfen wir dich dann wenigstens später zum Essen und auf einige Skyphoi Wein einladen?"

Pelagios sagte erfreut zu. Wir verabredeten uns für den Abend in unserer Taverne. Dem Wirt würde ich ein paar von den neuen runden Bronzestücken zukommen lassen, damit er uns ein Festmahl zubereitete.

Vor dem Abendessen packte ich meine wenigen Sachen zusammen. Außer meinem Schwert war kaum noch etwas von meiner eigenen Ausrüstung vorhanden, doch Brentes hatte mich und die anderen Männer großzügig ausstatten lassen.

Bald drang der Geruch von gegrilltem Fleisch in mein Zimmer. Auf dem Gang traf ich Linos, mit dem ich hinunter in den Schankraum ging, wo Pelagios und Arsenios schon auf uns warteten. Manolis gesellte sich kurz darauf zu uns, später noch Phileas, den wir zu unserem Abschiedsessen eingeladen hatten.

„Es ist unser letzter Abend in der Polis. Wirt, komm doch her und setz dich zu uns. Sei unser Gast in deinem Haus!"

Der Wirt ließ sich nicht lange bitten und setzte sich zu uns. Er erzählte uns Neuigkeiten aus der Polis und von der Insel. Thasos war seit dem jüngsten Eindringen von Thrakern in Aufruhr. Offenbar waren an mehreren Stellen starke, bewaffnete Truppen an Land gegangen. Die Thraker bereiteten wohl auch einen größeren Angriff mit Schiffen auf den Hafen der Stadt vor. Der Wirt hoffte, dass es den Thasiern nicht erginge wie den Bewohnern von Magnesia, wo vor einiger Zeit zahllose Menschen bei einem großen Überfall der Kimmerier ihr Leben verloren hatten.

„Mich kümmern nicht die Magneten – ich wünsche dir und allen deinen Mitbewohnern hier auf der Insel, dass ihr diese Angriffswelle heil übersteht", sagte ich zu dem Wirt, und die anderen erhoben zur Unterstützung meines Trinkspruchs ihre Skyphoi.

κλαίω τὰ Θασίων, οὐ τὰ Μαγνήτων κακά.

19D

ich beklage das Elend der Thasier, nicht das der

Einwohner von Magnesia.

Der letzte Abend auf Thasos wurde lang. Der Wirt war zwar heute unser Gast, später stieg er aber in den Keller hinab und brachte auf seine Kosten vom besten Wein des Hauses. Einzig Pelagios war etwas zurückhaltend bei dem Gelage – schließlich musste er noch im Dunkeln zurück zum Hafen finden. Der Wirt bot ihm ein Zimmer an, doch Pelagios lehnte dankend ab.

Die Nacht war kurz, da ein früher Zeitpunkt für die Abreise festgelegt war. Als wir die Taverne verließen, begegneten wir noch unserem Herbergsvater, der vom Markt kam. Er berichtete uns, dass er gehört hatte, dass Peisistratos bei Kämpfen im Inneren der Insel umgekommen war.

Wir verabschiedeten uns vom Wirt und gingen ein letztes Mal hinunter zum Hafen, wo Pelagios und seine kleine Mannschaft uns schon erwarteten. Wir bestiegen die „Thalia" und verließen die Insel, die uns so wenig Glück gebracht hatte.

Unter Deck fand ich dann einen Moment der Ruhe, in dem ich über die vergangenen Wochen nachdachte. Ich verglich meinen Erfolg auf Thasos mit dem von Telesikles und Tellis. Die Siedler zu schützen, war mir letztlich nicht vergönnt gewesen, und auf dem Festland waren fast alle mir anvertrauten Söldner ums Leben gekommen. Das Ausmaß meines Scheiterns war nicht vorhersehbar gewesen, als ich von Paros aufgebrochen war.

Ζεὺς ἐν θεοῖσι μάντις ἀψευδέστατος

καὶ τέλος αὐτὸς ἔχει

84D

Zeus ist von den Göttern der wahrhaftigste Seher –

und es geschieht, was er will.

NEOBULE

48

Die Fahrt von Thasos zu unserer heimatlichen Insel verlief zum Glück ohne dramatische Zwischenfälle. Pelagios hatte für den Rückweg eine etwas andere Strecke als auf dem Hinweg gewählt. Günstige Winde ließen uns schon am nächsten Nachmittag im Osten die Insel Lemnos erkennen.

τρίαιναν ἐσθλὸς καὶ κυβερνητὴς σοφός

44D

ein gutes Schiff und ein kluger Steuermann

Die „Thalia" war, wie Pelagios uns beschrieben hatte, nicht von der Eleganz der „Klio" oder der „Phoibe" – obwohl unbeladen, glitt das dickbauchige Schiff eher schwerfällig durch das Wasser. Ich saß mit den anderen Überlebenden an Deck und sprach mit ihnen über deren Pläne für die unmittelbare Zukunft. Arsenios hatte früher als Zimmermann auf Paros gearbeitet; er würde zu seiner ehemaligen Beschäftigung zurückkehren. Ähnlich wie Glaukos war auch er aus reiner Abenteuerlust nach Thasos getrieben worden. Die anderen, auch Linos, würden sich weiter als Söldner verdingen.

Mein erster Weg würde mich zu Kylon führen. Vielleicht war er in der Zwischenzeit zu dem Schluss gekommen, dass es nicht richtig sein konnte, die Wünsche von Telesikles zu ignorieren. Mit dem Anteil, der mir zustand, könnte ich Lykambes' Tochter die materielle Sicherheit bieten, die dieser als ihr Vater wünschte. Wahrscheinlicher war jedoch, dass Kylon weiterhin auf dem geltenden Recht, das ihn zum Alleinerben machte, beharrte. Dann würde auch ich mich bei den Berufssoldaten, die Paros seit den Übergriffen der Naxier unterhielt, verpflichten. Es sei denn, ich bekäme eine

Arbeit auf dem Anwesen von Lykambes selbst – doch dies erschien mir höchst fraglich, denn darüber war nie gesprochen worden.

Ab Skyros entsprach unser Weg dem, auf dem wir gekommen waren. Am fünften Tag passierten wir Andros, und Tenos kam in Sicht. Ich erinnerte mich nur ungern an die Hinfahrt und das Kap Gyrai.

„Ich mache mir Sorgen wegen des Kaps auf Tenos", sagte ich zu Pelagios. „Wir hätten im Sturm damals fast unser Schiff verloren."

„Sei nicht beunruhigt, das Wetter ist heute viel ruhiger als vor zwei Monaten. Mittlerweile ist es Sommer, ich denke nicht, dass ein Gewitter aufziehen wird. Auch nehmen wir heute sicherheitshalber einen Kurs, der nicht so nahe an die Klippen führt. Viele Felsen sind fast unsichtbar."

ἀμυδρὴν χοιράδ' ἐξαλεύμενος

128Bgk

eine schwer erkennbare Klippe vermeidend

So umschifften wir das Kap mit respektvollem Abstand. Linos und ich gedachten kurz Zenons, als wir die mutmaßliche Stelle passierten, an der er über Bord gegangen war.

Mein Herz schlug höher, als wir Delos umrundet hatten und meine Heimatinsel Paros am Horizont auftauchte. Was würde mich dort erwarten?

Es war am späten Nachmittag, als wir in den Hafen der Stadt einliefen. Anders als bei unserer Abfahrt nahm kaum jemand von unserem Schiff Notiz. Routiniert kommandierte Pelagios das Landemanöver, nach nur kurzer Zeit lag die „Thalia" vertäut am Kai.

An Land blickte ich mich um, sah aber nirgends eine

Person, die ich gekannt hätte. Es konnte auch niemand von meiner Rückkehr an diesem Tag wissen. So machte ich mich, nachdem ich mich von Pelagios und den anderen verabschiedet hatte, zu Fuß auf den Weg zu Kylon.

Am Landgut, nach langem Marsch in der einbrechenden Dunkelheit angekommen, begrüßten mich die Sklaven und sonstigen Bediensteten erfreut. Keiner hatte gewusst, ob und wann ich zurückkommen würde. Ich ließ mich bei Kylon melden, der mich in seinem Arbeitszimmer empfing. Auf dem Weg dorthin nahm ich wahr, dass sich in den wenigen Monaten seit meiner Abreise viel im Haus meines Vaters verändert hatte. Kylon hatte dem Anwesen in kurzer Zeit seinen eigenen Stempel aufgedrückt.

„Ich hatte nicht mit dir gerechnet", begrüßte mich mein Halbbruder kühl, ohne sich von seinem Sitzplatz zu erheben. „Du hast dich ja nicht einmal von mir verabschiedet, als du gegangen bist."

Nach einem wortlosen Moment stand er doch auf und ging zur Tür, um einen Sklaven anzuweisen, uns Wein zu bringen.

„Wie ist es dir auf Thasos ergangen? Hier ist auch so einiges vorgefallen, ich erzähle dir nachher davon. Aber fang du an! Berichte von deinen Erlebnissen!"

Ich wartete noch, bis der Sklave mit dem Wein zurück war, dann schilderte ich knapp die Erlebnisse der vergangenen Wochen. Die Ereignisse von Grymis erregten offensichtlich sein Missfallen; auf seiner Stirn erschienen tiefe Falten.

„Weiß Leptines schon, dass sein Sohn tot ist?" Zunächst war ich über die Frage nach Glaukos' Vater überrascht, dann fiel mir jedoch ein, dass Kylon nach dem Tod von Telesikles dessen Sitz im Rat eingenommen hatte und von daher jetzt Leptines näher stand als früher.

„Ich wüsste nicht, wie Kenntnis davon bereits nach Paros gedrungen sein könnte", antwortete ich.

„Du wirst dem Rat Rechenschaft über das Geschehene ablegen müssen. Wenn du Pech hast, macht man dich für den Verlust des Schiffs verantwortlich. Ihr seid – wenn ich das mal so ausdrücken darf – zu eurem eigenen Vergnügen und nicht im Auftrag des Rats von Paros auf das Festland gefahren. Vielleicht wird man auch diesen Brentes dafür haftbar machen wollen."

Er hielt kurz inne und dachte nach. „Morgen ist am Mittag eine Ratssitzung. Am besten, du gehst dorthin und berichtest von dem gescheiterten Unternehmen. Das gehört zu dem dir erteilten Auftrag noch dazu."

„Das geschehene Unglück wird Wasser auf die Mühlen von Leophilos sein – er war ja immer dagegen gewesen, Kolonisten nach Thasos zu schicken."

„Ach, du weißt es gar nicht – natürlich, wie könntest du auch. Leophilos wurde bei einem Aufstand seiner Sklaven von diesen erschlagen. Unser Vater hatte im Herbst schon gewarnt, dass es zu Übergriffen kommen würde. Die Sklaven sind geflüchtet – und übrigens bislang nicht gefunden worden."

„Wer ist denn Leophilos ins Amt des Archonten gefolgt?"

„Ein gewisser Amphitimos wurde vom Rat kurzfristig als Nachfolger bestimmt. Ich weiß nicht, ob du ihn kennst. Es musste schnell gehen, denn wir haben wieder einmal mit den Naxiern zu tun. Unser Osten wurde schon mehrfach angegriffen. In der gebotenen Eile hat man diesmal auf das unsinnige neue Verfahren, den Archonten von den freien Männern wählen zu lassen, verzichtet. Wie in früherer Zeit wurde dieser vom Rat, von den adeligen Landbesitzern, bestimmt."

„Wer ist dieser Amphitimos? Der Name sagt mir

nichts ..."

„So ein kleiner Dicker mit Beinen, als hätte er seine ganze Kindheit auf einem Pferd verbracht", grinste Kylon. „Aber er ist in Ordnung – ihm gehört ein Landgut auf Antiparos. Vor allem hat er viel militärische Erfahrung – deswegen wurde er ohne Wahl vom Rat ernannt."

Eine Weile schwiegen wir, dann nahm ich meinen Mut zusammen und fragte Kylon, ob er auf seiner Haltung in der Erbschaftsfrage bleibe oder ob er jetzt bereit sei, mir einen Teil des Besitzes zu überlassen, wie es der Wunsch unseres Vaters gewesen war.

Kylon blickte mich entgeistert an. „Wie kommst du darauf, dass ich jetzt vom geltenden Recht Abstand nehme, wenn ich es vor zwei oder drei Monaten nicht getan habe? Meine Ansicht, dass mir alles zusteht, ist unverändert. Wofür haben wir Gesetze?"

Mit dieser Antwort hatte ich rechnen müssen, aber ich musste es zumindest versucht haben.

„Dann habe ich wohl hier nichts mehr verloren", sagte ich und stand auf, um zu gehen – wohin auch immer. Vielleicht zu Lykambes?

„Warte einen Moment", hielt mich mein Halbbruder auf. „Du weißt doch nicht einmal, wo du hingehen sollst, du hast ja keine Wohnung mehr. Deine alten Gemächer werden längst anderweitig genutzt – es konnte ja keiner wissen, ob du zurückkehren würdest. Ich kann dir aber ein Angebot machen: Am Eingang zu meinem Anwesen ist eine Hütte frei geworden – ein älterer Bediensteter ist vorletzte Woche verstorben. Dort könntest du einstweilen wohnen – über die Kosten können wir ein anderes Mal sprechen, da werden wir uns schon einigen können."

„Vielen Dank – das nützt mir in der Tat, da ich im Moment keine Bleibe habe. Ich werde mir allerdings eine neue Wohnung suchen – spätestens wenn ich verheiratet bin."

Kylon schwieg zu dieser Bemerkung – dann beschrieb er mir, um welches Gebäude es sich handelte. „Es ist die Hütte neben der von Itys. Du kannst es dir ja mal ansehen."

Ich verließ Kylons Haus und ging zu der Hütte. Es war mir klar, welche er meinte. Auf dem Weg dorthin sah ich kurz bei Itys vorbei, der schon von meiner Rückkehr erfahren hatte, und begrüßte ihn als meinen neuen – einstweiligen – Nachbarn.

Die Hütte war bescheiden, nicht zu vergleichen mit den Räumen, die ich zu Telesikles' Lebzeiten bewohnt hatte. Aber es war ein Anfang.

49

Am nächsten Mittag ging ich hinüber zum Hauptgebäude, um Kylon abzuholen. Dort erfuhr ich, dass er schon früher aufgebrochen war. Er hatte hinterlassen, wir würden uns im Rat sehen.

Also begab ich mich alleine in die Polis hinein. Zu Fuß war der Weg, wie ich schon am Vortag bemerkt hatte, recht lang. Früher war ich es gewohnt gewesen, mit dem Wagen zu fahren – wieder einmal bemerkte ich, wie viel sich seit dem Tod meines Vaters verändert hatte.

Als ich mich der Agora näherte, sah ich etliche Mitglieder des Rats, die sich auf dem Platz vor dem Ratsgebäude aufhielten und miteinander sprachen. Unter ihnen war Leptines, bei ihm standen Aisimides und Neilos. Glaukos' Vater trug, wie einige andere auch, Trauerkleidung. Als er mich erkannte, ging er auf mich zu und begrüßte mich.

„Ich habe schon gehört, welch schrecklichen Ausgang euer Unternehmen genommen hat. Es hat sich nach der

Ankunft eures Schiffs gestern wie ein Lauffeuer herumgesprochen. Du musst mir alles berichten!"

„Gestatte mir zunächst, dir mein Beileid für den Verlust deines Sohnes zu bekunden. Er war der Beste von uns."

Ich erwähnte noch, dass Brentes ihm auf der Agora von Thasos ein Denkmal errichten ließ und dass ich es bereits, zumindest im Entstehen, gesehen hatte.

Nachdem ich noch einige weitere Ratsmitglieder begrüßt hatte, betraten wir den Saal. Kylon war schon im Raum, Lykambes dagegen war nirgends zu sehen. Ich hatte gehofft, ihn bei der Sitzung anzutreffen, um anschließend mit ihm in sein Stadthaus zu gehen, wo ich wieder mit Neobule vereint sein würde.

Leptines geleitete mich zu einem Mann an der Stirnseite des Raums, den er mir als Amphitimos, den neuen Archonten, vorstellte. Kylon hatte nicht übertrieben, was sein Aussehen betraf.

Er begrüßte mich freundlich. „Du bist also Archilochos, der Führer der Söldner. Wir sind auf deinen Bericht sehr gespannt."

Als alle Ratsmitglieder versammelt waren, erzählte ich von dem letzlich gescheiterten Versuch, Leukas erneut zu besiedeln, und dem katastrophalen Aufenthalt auf dem thrakischen Festland. Ich beschrieb auch die aktuell gefährliche Lage auf der Insel und erwähnte zuletzt den Tod des dortigen Archonten.

Nachdem ich geendet hatte, herrschte eine Weile Schweigen im Raum. Die meisten hatten, wie Leptines, schon vom tragischen Ende der Siedler und Söldner gehört.

„Wir können Archilochos den Verlust unserer Männer nicht ankreiden", ergriff Glaukos' Vater dann das Wort. „Er kann nichts dafür, dass die Thraker das unter seiner

Leitung wieder aufgebaute Dorf überfallen haben. Und was das Gemetzel bei Grymis anbelangt: Jeder wusste, worauf er sich einließ, als er meinem Bruder zugesagt hat. Die Söldner haben ihr Leben eingesetzt und es verloren. Sollte jemand Vorwürfe wegen des verlorenen Schiffs vorbringen: Ich werde das mit meinem Bruder Brentes regeln – dem Rat von Paros soll kein Schaden entstehen."

Dankbar blickte ich Leptines für seine Rede an, dennoch fühlte ich mich wie so oft in letzter Zeit wie ein Angeklagter – egal, ob schuldig oder nicht.

„Ich sehe das ähnlich wie Glaukos' Vater. Viele von uns haben Angehörige verloren, aber wir können nicht die Überlebenden dafür verantwortlich machen, dass sie dem Tod entkommen sind." Auch Aisimides ergriff für mich Partei. Amphitimos nickte zustimmend.

Ein Mann, den ich flüchtig kannte, erhob sich nun. Es war Erxies, ich hatte ihn kurz vor meiner Abreise nach Thasos bei Glaukos auf dem Kasernengelände gesehen – er schien neben Kleitos einer seiner Stellvertreter gewesen zu sein. Möglicherweise würde er nun dessen Posten in unserem Heer übernehmen.

„Ja. Wir sollten jetzt nach vorne blicken, nicht zurück. Auf Naxos, nicht auf Thasos! Wir haben genügend Scherereien mit den Naxiern auf unserer Insel. Karer und Ionier bedrohen uns schon länger, und es kommt immer häufiger zu Scharmützeln."

Die Debatte schien sich von mir und meiner möglichen Verantwortung abzuwenden. Mir wurde keine Schuld an dem gescheiterten Unternehmen gegeben. So nahm ich auf einem Stuhl Platz, froh, dass die Befragung durch den Rat so glimpflich ausgegangen war.

Erxies berichtete im weiteren Verlauf der Debatte, gelegentlich von Amphitimos ergänzt, über den Stand der Gefechte im Osten der Insel. Mir schienen die Kriege kein Ende zu nehmen – es war hier genauso wie auf Thasos.

Jeder kämpfte gegen jeden.

ἐτήτυμον γὰρ ξυνὸς ανθρώποις Ἄρης.

38D

denn gemeinsam ist tatsächlich allen Menschen der Krieg.

Der Rat fasste den Beschluss, das stehende Heer zu verstärken, und Erxies wurde – unter dem Oberbefehl des Archonten – zu dessen Führer bestimmt. Wie ich erfuhr, hatte er diese Aufgabe schon in den letzten Monaten der Abwesenheit von Glaukos und Kleitos ausgefüllt.

Da ich nun dem Verlauf der Diskussion nicht mehr so genau folgen musste, fand ich die Zeit, mich umzusehen. Ich suchte nach meinem Schwiegervater, doch er schien der Ratssitzung ferngeblieben zu sein. So beschloss ich, später ohne ihn zum Stadthaus seiner Familie zu gehen.

Als die Sitzung vorüber war, sprach mich Erxies auf dem Gang an.

„Du scheinst ja ein tapferer Krieger geworden zu sein. Heute Morgen kamen ein paar Gefährten von dir in die Kaserne, um sich für die nächsten Kämpfe zu verdingen. Sie haben von dir berichtet."

Der Gedanke an meinen wenig heldenhaften Kampf gegen Oisydres durchzuckte mich kurz. Wahrscheinlich aber hatten Linos und die anderen von Grymis gesprochen. Dort hatten tatsächlich etliche Thraker ihr Leben durch mein Schwert verloren. Ich hatte sogar Gefallen daran gefunden.

„Wenn du dich uns anschließen möchtest, wir würden uns freuen. Du weißt ja, wo du uns findest."

Ich dankte ihm für das Angebot, bat mir jedoch noch etwas Bedenkzeit aus. Einen Grund dafür nannte ich ihm nicht. Den Grund würde ich jetzt endlich aufsuchen. Neobule.

50

Es war ein frühsommerlich heißer Tag geworden. Die Wärme stand in den Gassen, durch die ich meinen Weg zum Stadthaus des Lykambes nahm. Als ich den Hintereingang passierte, dachte ich an den letzten Abend vor meiner Abreise. Hinter diesem kleinen Tor hatte Neobule auf mich gewartet. Wusste sie, dass ich zurück war?

Diesmal ließ ich den Hintereingang beiseite und ging zum Haupteingang an der Frontseite des prächtigen Gebäudes. Auf mein Klopfen geschah nichts. Ich wartete eine Weile, dann klopfte ich erneut. Schließlich öffnete ein mir unbekannter Bediensteter die Tür.

„Was willst du?"

„Ich weiß nicht, ob du mich kennst. Ich bin Archilochos, der Verlobte von Neobule. Ist Lykambes im Haus?"

„Nein", antwortete mein Gegenüber.

„Kannst du dich nicht genauer ausdrücken? Ist keiner von den beiden da? Oder wenigstens jemand sonst aus der Familie? Amphimedo, Hermione oder Ismene?"

„Ich kann dir nicht mehr sagen. Wahrscheinlich sind sie alle trotz der Naxier auf dem Landgut im Osten. Es sind nur einige wenige Sklaven und Diener in der Polis."

„Kannst du mir sagen, wann Neobule oder Lykambes zurückkommen werden? Ich werde erwartet."

„Mein Herr pflegt mir nicht mitzuteilen, wann er vom Stadthaus zum Landgut wechselt und umgekehrt. Wenn du erwartet wirst, wird er sich schon bemühen, dir mitzuteilen, wo er sich aufhält."

Viel weniger hätte ich nicht erfahren können. Der Bedienstete schien auch nicht willens, mir irgendwelche weiteren Informationen zu geben.

„Wenn du jemanden aus der Familie siehst, richte dem- oder derjenigen aus, dass ich hier gewesen bin. Ich bin auf dem Landgut des Kylon erreichbar."

Dass ich nur eine kleine Hütte am Rand bewohnte, musste der arrogante Knecht nicht wissen. Grußlos wurde die Tür vor mir verschlossen. Den Empfang im Haus meiner Braut hatte ich anders erwartet, dachte ich zornig.

Wieder stiegen Zweifel in mir auf. Hatte Lykambes nur unter dem Eindruck meiner damaligen Erfolge als Dichter sein Jawort zur Hochzeit mit Neobule gegeben? Ich musste die Wahrheit wissen. Ich würde Kylon um einen Wagen bitten, um in den Osten der Insel zu fahren. Meine Füße waren des Laufens schon müde – und das Landgut von Lykambes war auf diese Weise kaum erreichbar.

Ich wandte mich um und ging zurück zur Agora. Noch war ich unschlüssig, was ich tun sollte, als ich hinter mir eine vertraute Stimme hörte.

„Archilochos – du bist es tatsächlich! Ich habe gehört, dass ihr zurück seid."

Als ich herumfuhr, stand mein Schwager Perikles hinter mir. Wir umarmten uns.

„Magst du mit mir zu unserem Haus kommen? Eunike würde sich sicherlich sehr freuen. Du könntest zum Abendessen bleiben."

Ich willigte gerne ein.

„Es gibt eine Neuigkeit, wie du gleich sehen wirst. Wir haben einen Sohn, Charilaos. Er ist sechs Wochen alt. Ein drolliges Kerlchen."

Ich zögerte kurz, dann begann ich zu rechnen. Die Hochzeit von Eunike und Perikles war etwa neun Monate her – und da war das Kind schon anderthalb Monate alt?

„Ich weiß, was du jetzt denkst", lachte Perikles. „Weißt du, Eunike und ich waren schon – gestatte mir den Ausdruck – tätig, bevor wir von dir und Kylon durch euren Gesang nach der Hochzeitsnacht dazu aufgefordert wurden. Allen anderen haben wir erzählt, das Kind wäre deshalb so klein, weil es etwas zu früh zur Welt kam. Wer weiß, was sie sich gedacht haben ... Dir kann ich ja die Wahrheit sagen. Ich war gerne Gast auf eurem Landgut. Du verstehst schon, was ich meine?"

Natürlich verstand ich genau, wovon er sprach. Diesen Mut hatte ich Eunike nicht zugetraut. Ich hatte immer an ihre Enthaltsamkeit vor der Ehe geglaubt. Insgeheim bewunderte ich meine Schwester, dass sie es geschafft hatte, behütet von Telesikles und umgeben von Dienerinnen, alleine mit Perikles sein zu können.

Auf dem Weg erzählte ich meinem Schwager von meinem missglückten Versuch, Neobule aufzusuchen. Ich fragte ihn, ob er in letzter Zeit von der Familie des Lykambes gehört habe und ob er wisse, wo sie sich aufhielten.

„Das kann ich dir nicht sagen. Ich habe Lykambes gestern am Hafen gesehen. Er war dort mit Archenaktides."

Die Erwähnung dieses Namens versetzte mir einen Stich. Einmal mehr überkam mich für einen Moment eine unerklärliche Eifersucht. Dann versuchte ich, mich mit dem Gedanken zu beruhigen, dass Archenaktides ja vermutlich der Freier Hermiones war.

„Ich will in den nächsten Tagen in den Osten der Insel fahren. Auf dem Landgut werde ich meine Verlobte wohl antreffen."

„Das ist eine gute Idee. Vielleicht gibt es ja jetzt, da man weiß, dass du zurück bist, schon einen Termin für eure Hochzeit", machte mir Perikles Mut. „Sei aber vorsichtig, es ziehen Naxier herum!"

Mittlerweile hatten wir das Haus von Perikles und Eunike erreicht. Meine Schwester schien beglückt, mich wiederzusehen, mahnte mich aber sofort, leise zu sein.

„Du musst dich ruhig verhalten. Charilaos ist im oberen Stockwerk und schläft. Willst du ihn sehen?"

Ohne meine Antwort abzuwarten, schob sie mich aufgeregt die Treppe hinauf. In einer Kammer neben dem Schlafzimmer lag das Kind in einer hölzernen Wiege.

Ich blickte hinein auf das friedlich schlummernde Wesen. Der unbewusste Zustand des Tiefschlafs war vielleicht der glücklichste Moment in seinem Leben – diesen Umstand konnte das Kind noch nicht ahnen. Es würde diese bittere Erkenntnis erst viel später, zu spät, begreifen können. Diesen Gedanken sprach ich jedoch nicht aus, sondern gab vor, nach angeblichen Ähnlichkeiten mit den Eltern zu suchen.

Beim Abendessen dankte ich Perikles nochmals für den edlen naxischen Tropfen, den er uns auf das Schiff mitgegeben hatte. Ich berichtete von dem Sturm, nach dem wir dem Wein zugesprochen hatten. Als mir einfiel, dass mein Schwager mich nach dem Prozess einen „alten Trunkenbold" genannt hatte, wechselte ich rasch das Thema und erzählte von den Ereignissen der folgenden Wochen, die wieder betroffenes Schweigen auslösten. Mit Glaukos hatte auch Perikles einen guten Freund verloren.

Auf meine Pläne für die berufliche Zukunft angesprochen, berichtete ich von der geplatzten Hoffnung, dass Kylon sich eines Besseren besonnen hätte. Es zeigte sich, dass Eunike von den Abmachungen zwischen Lykambes und Telesikles bezüglich meiner Hochzeit mit Neobule nichts wusste. Sie hatte auch keine Kenntnis davon, dass unser Vater Kylon mitgeteilt hatte, dass mir nach seinem Willen ein Teil des Besitzes zustehen sollte. Eunike war empört.

„Ich werde meinem Bruder noch einmal ins Gewissen

reden, vielleicht wird er ja vernünftig. Er kann sich doch nicht gegen den Wunsch seines Vaters stellen."

„Wenn Kylon nicht nachgibt, wird wenig zu machen sein", gab Perikles zu bedenken. „Wenn er sich weiter auf das Gesetz beruft ... Was hast du noch an Möglichkeiten?"

Ich berichtete davon, dass ich, wenn es sich als nötig erweisen sollte, wieder als Söldner arbeiten wollte.

„Du kannst jederzeit in meine Einheit kommen. Wir haben letztes Jahr ja schon einmal darüber gesprochen. Auf See gibt es immer zu tun, und mittlerweile bist du ein erfahrener Kämpfer."

„Vielen Dank – auch Erxies hat mir heute schon ein solches Angebot gemacht. Vielleicht wendet sich aber auch alles zum Guten."

„Das wünschen wir dir", sagte Eunike.

Als das Kind zu schreien begann, machte ich mich auf den Weg in meine kleine Hütte.

51

In der Nacht hatte ich kaum Schlaf gefunden. Früh am Tag ging ich aus meiner Hütte über den Hof zu Kylons Haus, um ihn um einen Wagen zu bitten. Mürrisch gewährte er mir meinen Wunsch. Auf dem Weg traf ich Itys, dem ich erzählte, dass ich auf dem Weg zu Lykambes war. Itys wäre gerne mitgekommen, um seine Schwester zu sehen, aber er musste seiner Arbeit auf dem Landgut nach-kommen.

Mit dem einfachen Eselskarren machte ich mich in der noch kühlen Morgenluft auf den Weg. Trotz des nur langsamen Fortkommens erreichte ich das Landgut von Lykambes noch vor Mittag.

Ich erinnerte mich an meine früheren Besuche hier –

die Bediensteten waren, kaum dass sie meinen Vater und mich gesehen hatten, aus den Gebäuden um den zentralen Hof gekommen, um uns behilflich zu sein. Wie anders war das heute – kein Mensch war sichtbar, niemand kümmerte sich um mich.

Erst als ich auf das Haus, in dem Lykambes wohnte, zuging, öffnete sich eine Tür, und ein Diener, den ich früher schon gesehen hatte, kam mir entgegen.

„Was wünschst du?"

„Ich war gestern im Stadthaus des Lykambes, um meine Braut zu sehen. Niemand war da, daher dachte ich, dass die Familie wohl auf dem Landsitz weilt. Kann ich Neobule sehen?"

„Es tut mir leid, sie ist nicht da. Auch Lykambes nicht. Von der ganzen Familie ist niemand hier. Sie sind alle in der Polis, ich weiß es genau – du bist vergebens hierhergekommen. Du musst sie gestern verpasst haben."

Ich blickte mich auf dem Platz um. Nirgends war ein Anzeichen zu erkennen, dass die Eigentümer anwesend waren. Keine Wagen standen zur Ausfahrt bereit, die Gebäude wirkten verwaist. Der Mann sprach wohl die Wahrheit.

„Weißt du, wann sie wieder hier herauskommen?"

„Nein. Ich glaube auch nicht, dass dies bald der Fall sein wird. Hier ziehen überall Naxier herum. Es sind gerade ebenso viele Leute zurückgeblieben, dass das Landgut betrieben und zur Not auch verteidigt werden kann."

Ein weiterer Aufenthalt schien mir sinnlos, hier konnte ich Neobule nicht finden. So bestieg ich wieder meinen Eselskarren und fuhr zurück in Richtung der Stadt. Wo war die Familie des Lykambes? Hatten sie die Insel verlassen? Das konnte nicht sein, Perikles hatte ihn vor zwei Tagen noch gesehen. Dann mussten sie in der Polis sein. Hatten sich Lykambes und Neobule gestern verleugnen lassen? Warum?

Mittlerweile war es Mittag geworden. Die morgendliche Frische war vergangen, und die Sonne entfaltete drückende Hitze. Völlig unerwartet schien sich der Tag jedoch zu verdunkeln. Ungläubig sah ich zur Sonne hinauf, doch sie stand gleißend wie zuvor am Himmel – die Zunahme der Dunkelheit setzte sich trotzdem stetig fort. Fahles Licht beleuchtete die Bäume und Büsche, die am Wegrand standen. Irritierte Vögel, die meinten, es würde schon Abend, begannen zu zwitschern. Ich hielt an und stieg von meinem Wagen. Ich wusste nicht, was hier geschah.

Allmählich begann sich auch die Sonne zu verdunkeln, schließlich war sie völlig verschwunden. An ihrer Stelle erschien am Himmel eine golden leuchtende Krone. Ich sank auf die Knie und sandte ein Gebet zu Zeus.

Nach einer Weile begann die Dunkelheit wieder dem fahlen Licht zu weichen, und der goldene Reif verschwand allmählich. Gleichzeitig kamen auch erste Sonnenstrahlen wieder vom Himmel, bis schließlich die strahlende Sonne erneut sengende Hitze verbreitete. Alles war genau wie zuvor, als ich Lykambes' Hof verlassen hatte.

Was wollten mir die Götter mit dieser Erscheinung mitteilen? Undenkbares war eben Wahrheit geworden. Das Verschwinden der Sonne war mit Sicherheit kein gutes Omen für meine Zukunft.

χρημάτων ἄελπτον οὐδέν ἐστιν οὐδ᾽ ἀπώμοτον

οὐδὲ θαυμάσιον, ἐπειδὴ Ζεὺς πατὴρ Ὀλυμπίων

ἐκ μεσημβρίης ἔθηκε νύκτ᾽ ἀποκρύψας φάος

ἡλίου λάμποντος. ὑγρὸν δ᾽ ἦλθ᾽ ἐπ᾽ ἀνθρώπους δέος.

ἐκ δὲ τοῦ καὶ πιστὰ πάντα κἀπίελπτα γίνεται

ἀνδράσιν. μηδεὶς ἔθ᾽ ὑμέων εἰσορῶν θαυμαζέτω
μηδ᾽ ἐὰν δελφῖσι θῆρες ἀνταμείψωνται νομόν
ἐνάλιον καὶ σφιν θαλάσσης ἠχέεντα κύματα
φίλτερ᾽ ἠπείρου γένηται, τοῖσι δ᾽ ὑλήειν ὄρος.

74D, 1–9

keine Sache ist mehr unvorstellbar oder gänzlich

unmöglich und wundersam,

seit Zeus, der Vater der Olympier,

die Mittagszeit zur Nacht machte und das helle

Sonnenlicht verbarg. Kalte Angst verspürten die

Menschen.

Seither ist nichts mehr verlässlich, und die Menschen

müssen mit allem rechnen.

Deswegen soll sich keiner wundern, wenn er sieht,

wie die Waldtiere ihren Lebensraum mit Delphinen

tauschen,

den ersteren das rauschende Meer lieber ist, während die

anderen den bewaldeten Hügel vorziehen.

Als ich, noch immer unter dem Eindruck der Erscheinung, die Polis erreichte, stellte ich fest, dass ich offenbar nicht als Einziger die Verfinsterung der Sonne beobachtet hatte – die Götter wollten nicht nur mich allein warnen. Verschreckt und wehklagend liefen die Menschen wirr durcheinander, teils in einen Tempel, um zu beten, teils nach Hause. Sonnenfinsternisse waren immer Vorzeichen für bevorstehende Katastrophen gewesen.

Ich glaubte mittlerweile zu wissen, was die Götter mir

sagen wollten. Dennoch musste ich mein Schicksal selbst erfahren. Noch am selben Abend schrieb ich einen Brief an Neobule, in dem ich sie meiner Liebe versicherte und fragte, warum sie sich mir verschloss. Einen Myrtenzweig würde ich wieder beilegen – sie würde mich verstehen. Ich musste noch einen Weg finden, auf dem mein Schreiben zu ihr gelangte – im Moment war sie für mich unerreichbar.

52

In den folgenden Tagen trug ich den Brief stets bei mir, fand jedoch noch keine Möglichkeit, ihn der verschwundenen Geliebten zukommen zu lassen. Neben der Suche nach Lykambes und Neobule musste ich mich nun verstärkt um meine berufliche Zukunft kümmern. Da ich wusste, dass Perikles an diesem Nachmittag mit seinem Schiff von einem Einsatz auf Ios zurückkommen würde, ging ich hinunter zum Hafen. Ich wollte mit ihm über sein Angebot, in seine Einheit einzutreten, sprechen.

Am Ufer standen Arbeiter. Ich fragte einen von ihnen, ob er mit den anderen auf das Boot wartete, auf dem Perikles das Kommando hatte.

„Das tun wir. Das Schiff hätte schon längst da sein müssen. Wir warten noch eine Weile. Es kommt ja von Süden, da sind die einlaufenden Boote erst spät sichtbar – anders als wenn sie von Westen kommen." Er deutete mit der Hand auf das offene Meer.

Da bis zum späten Nachmittag nichts geschah, verliefen sich die Hafenarbeiter allmählich, auch ich wandte mich zum Gehen. Wenn ich schon nicht mit Perikles sprechen konnte, dann würde ich zu seiner Frau Eunike gehen. Sie hatte ja mit Kylon in meiner Sache reden wollen, vielleicht war er seiner leiblichen Schwester gegenüber nicht so schroff ablehnend wie mir. Ich wollte hören, ob sie etwas hatte erreichen können.

Es begann schon zu dämmern, als ich das Haus der jungen Familie erreichte. Ich hörte meinen Neffen Charilaos schon von der Gasse aus schreien. Ich erinnerte mich an meine Gedanken, als ich ihn zum ersten Mal gesehen hatte. Schlaf war sicher der glücklichere Moment – für alle.

Ein Sklave geleitete mich in den Empfangsraum. Eunike kam, das noch immer quengelnde Kind auf dem Arm.

„Ich hatte mit deinem Besuch gerechnet. Du willst sicher von meinem Gespräch mit unserem Bruder hören. Es ist allerdings gerade kein günstiger Moment. Setz dich und warte etwas. Ich beeile mich."

Nach diesen Worten verschwand sie mit Charilaos in einen nebenan gelegenen Raum, dessen Eingang von einem dunklen Vorhang verhüllt war. Kurze Zeit später kam Eunike zurück. Nachdem sie Platz genommen hatte, berichtete ich zunächst von meiner Suche nach Neobule und äußerte die Vermutung, dass sie sich verleugnen ließ. Vermutlich war sie im Stadthaus ihres Vaters und wollte mich nicht sehen.

„Das kann ich mir nicht vorstellen. Ich kenne sie zwar nicht so gut, aber nach dem, was unser Vater mir sagte, liebt sie dich. Das ist sicher ein Missverständnis."

„Das hoffe ich natürlich auch", entgegnete ich und wechselte das Thema. „Konntest du bei Kylon etwas erreichen?"

„Ich wünschte, ich könnte dir bessere Nachrichten überbringen. Kylon beharrt auf dem Recht des erst-geborenen ehelichen Sohnes. Er gab mir gegenüber sogar offen zu, dass Telesikles ihm seinen Wunsch, auch dir einen Teil seines Besitzes zu überlassen, mitgeteilt hat. Das war wohl am Abend deiner Verlobung mit Neobule. Er ist stur wie ein Esel. Ich glaube fast, er hasst dich."

σὺ γὰρ δὴ παρὰ φίλων ἀπάγχεαι

67bD

denn gerade vom Freund wirst du erwürgt

So erlosch der letzte Funke Hoffnung, meinen Teil des Erbes unseres Vaters zu erhalten. Kylon würde nicht nachgeben, und vor dem Gesetz war ich aussichtslos. Ich würde die Folgen tragen – mal schwang das Schicksal in die eine Richtung, dann traf es wieder einen anderen.

Meine Schwester überredete mich, noch zum Essen zu bleiben.

„Perikles muss auch bald kommen, eigentlich hatte ich schon früher mit ihm gerechnet."

Wir speisten gemeinsam. Bei jedem Geräusch blickte sie zur Tür, ob nicht ihr Gemahl nach Hause gekommen wäre. Als ich mich erhob, um zurück zu meiner Hütte auf Kylons Besitz zu gehen, hielt sie mich auf und sagte: „Bleib doch noch eine Weile, gerne bis morgen. Dann kannst du mit Perikles sprechen. Vielleicht kann er etwas für dich tun. Ich weiß, er hätte dich gerne bei seinen Leuten!"

Als ich zögerte, fuhr sie fort: „Sonst musst du morgen nur noch einmal den langen Weg zu uns laufen. Bleib – du störst nicht."

So beschloss ich, den Abend bei Eunike zu verbringen, zumindest bis Perikles wieder da war. Meine Schwester ließ mir eines der Gästezimmer herrichten, und wir saßen noch eine Weile beisammen und tauschten Erinnerungen aus unserer gemeinsamen Kindheit auf Telesikles' Landgut aus.

Nachts wurde ich mehrfach vom Schreien meines Neffen geweckt. Mir kam der Gedanke, dass Neobule und ich sicher auch Kinder haben würden und sie sich in der Nacht um diese kümmern würde. Davor musste ich sie allerdings erst wiederfinden. Am Morgen würde ich auf dem Rückweg nochmals am Stadthaus des Lykambes nach ihr fragen.

Am nächsten Tag war Perikles noch immer nicht zurück. Beim Frühstück wirkte Eunike besorgter, als ich sie je erlebt hatte. Ich versuchte, sie zu beruhigen, dass ihr Gatte sicherlich schon gelandet sei und wahrscheinlich bald wieder bei ihr sein würde.

Da bis Mittag noch nichts geschehen war, brach ich auf, um einmal mehr zu Lykambes zu gehen. Als ich auf die Agora kam, sah ich dort eine große Menschentraube stehen. Die Leute redeten aufgeregt durcheinander, manche rauften sich wehklagend die Haare. Ich näherte mich der Gruppe und versuchte, in Erfahrung zu bringen, was der Anlass dieses Auflaufs war. Es dauerte nicht lange, bis ich erfuhr, dass das Schiff, auf dem Perikles das Kommando hatte, bei Ios gesunken war.

In diesem Moment vergaß ich Lykambes, drehte auf der Stelle um und ging zurück zum Haus meiner Schwester, um ihr die Nachricht zu überbringen.

53

Die Polis war in Aufruhr. Ich war nicht der Einzige, der sich auf den Weg machte, die Neuigkeiten vom Untergang des parischen Schiffs zu verbreiten. Viele eilten von der Agora in verschiedene Richtungen auf die schmalen Gassen zu. Die meisten hatten das Unterteil ihres Gewandes in der Hand gerafft, um schneller laufen zu können.

Der Sklave, der mir die Tür öffnete, musste meiner Miene schon entnommen haben, dass etwas Schlimmes geschehen war, denn er fragte nicht erst nach meinen Wünschen, sondern setzte sich augenblicklich in Bewegung, um nach der Herrin des Hauses zu suchen.

Eunike hatte ein bleiches Gesicht, als sie hinter einem Vorhang hervortrat.

„Archilochos, was machst du schon wieder hier? Ist etwas passiert? Perikles?"

Ich nahm sie in den Arm und teilte ihr mit leisen Worten mit, was ich oben auf der Agora gehört hatte.

„Als sich neulich die Sonne verdunkelte, habe ich das schon als ein schlechtes Omen genommen. Ich habe geahnt, dass ein Unglück geschehen würde. Die Götter ..." Sie war aschfahl geworden und blickte mich verzweifelt an. Sie lag noch immer in meinem Arm.

Plötzlich wandte sie sich an den Sklaven, der mir geöffnet hatte. „Lauf rasch zum Hafen! Bring alles in Erfahrung, was es zu erfahren gibt! Vor allem, ob es Überlebende gibt!" Der Sklave eilte davon.

Eigentlich hatte ich ja erneut Lykambes aufsuchen wollen, doch ich konnte meine Schwester in dieser Situation nicht allein lassen. Sie bat mich in den Garten, wo wir auf die Wiederkehr des ausgesandten Boten warteten. Ich versuchte immer wieder, ihr neue Hoffnung zuzusprechen, dass ihr Gemahl noch am Leben sei.

Wir mussten nicht allzu lange warten, bis der Sklave abgehetzt und verschwitzt wieder vor uns stand.

„Ich bringe schlechte Nachrichten. Man sagt am Hafen, dass es bei Ios ein schweres Unwetter gegeben hat. Das Schiff deines Gemahls ist im Sturm gesunken. Es gibt offenbar keine Überlebenden."

Eunike schluchzte auf. Tränen schossen in ihr liebliches Gesicht und verzerrten es für einen Moment.

„Einige Stunden später passierte ein anderes Boot die Stelle. Die Mannschaft hat gesucht, aber niemanden gefunden. Außer einigen Holzsplittern und gebrochenen Rudern scheint nicht viel übrig geblieben zu sein. Ich laufe gleich noch einmal los, ob ich noch mehr in Erfahrung bringen kann." Er stürzte zurück in die Eingangshalle des Hauses, um wieder zum Hafen zu eilen.

In den letzten Tagen hatte ich, insbesondere nach der Sonnenfinsternis, noch an das Schicksal und seine Wankelmütigkeit gedacht – nun hatte es meine Familie, besonders meine Schwester, getroffen. So verlor ich, nur kurze Zeit nach dem Tod meines Gefährten Glaukos, einen weiteren meiner wenigen Freunde auf Paros: Perikles. Die Götter verlangten mir starke Selbstbeherrschung ab, all das Leid zu ertragen, das in diesen Tagen über mir zusammenschlug.

Κήδεα μὲν στονόεντα, Περίκλεες, οὔτε τις ἀστῶν

μεμφόμενος θαλίηις τέρψεται οὐδὲ πόλις·

τοίους γὰρ κατὰ κῦμα πολυφλοίσβοιο θαλάσσης

ἔκλυσεν· οἰδαλέους δ᾽ ἀμφ᾽ ὀδύνηις᾽ ἔχομεν

πνεύμονας. ἀλλὰ θεοὶ γὰρ ἀνηκέστοισι κακοῖσιν,

ὦ φίλ᾽, ἐπὶ κρατερὴν τλημοσύνην ἔθεσαν

φάρμακον. ἄλλοτε τ᾽ ἄλλος ἔχει τάδε· νῦν μὲν ἐς ἡμέας

ἐθράπεθ᾽, αἱματόεν δ᾽ ἕλκος ἀναστένομεν,

ἐξαῦτις δ᾽ ἑτέρους επαμείψεται. ἀλλὰ τάχιστα

τλῆτε γυναικεῖον πένθος ἀπωσάμενοι.

7D

Auch wenn man sich an Festen erfreut, Perikles,

wird keiner der Bürger oder die Stadt unsere Trauer

missachten.

Denn so hervorragende Männer hat des tobenden Meeres

Woge

237

hinweggerissen – wir haben vor Schmerz angeschwollene

Lungen. Aber die Götter haben dem unheilbaren Leiden,

o Freund, die kraftvolle Beherrschtheit als Heilmittel

entgegengesetzt. Einmal ist der betroffen, dann ein

anderer. Eben sind wir geschlagen

und wir stöhnen ob der blutenden Wunde.

Ein anderes Mal trifft es andere. Aber schnellstens

stößt weibisches Klagen hinweg!

Im Haus machte sich Charilaos wieder schreiend bemerkbar. Eunike stand auf, wischte sich mit einem Ärmel die Tränen aus den Augen und ging mit gesenktem Haupt, aber gefasst über den Hof, um das Kind zu beruhigen. Sie war, obwohl nur eine Frau, zweifellos stark genug, ihr Schicksal zu meistern.

54

Amphitimos hatte zwei Tage später zu einer Trauerfeier auf der Agora aufgerufen. Viele hatten Angehörige durch das bei Ios gesunkene Schiff verloren – auch Manolis, mein Gefährte auf Thasos, war unter den Opfern. Seit der Wahl von Leophilos hatte ich den Platz nicht mehr so angefüllt mit Menschen gesehen wie an diesem Tag. Die meisten trugen Trauerkleidung, viele hatten ihre Haare geschoren. Eine Abteilung Soldaten, angeführt von Erxies, stand vor einem Podest, auf das der neu berufene Archont hinaufstieg.

Auch Eunike war, begleitet von Kylon und Theophilos, dem Vater von Perikles, erschienen. Sie war bleich, wirkte aber gefasst.

Θυμέ, θύμ᾽ αμηχάνοισι κήδεσιν κυκώμενε,

ἀνάδευ, δυσμενῶν δ᾽ ἀλέξευ προσβαλὼν ἐναντίον

στέρνον, ἐν δοκοῖσιν ἐχτρῶν πλησίον κατασταθείς

ἀσφαλέως· καὶ μήτε νικῶν ἀμφάδην ἀγάλλεο

μηδὲ νικηθεὶς ἐν οἴκωι καταπεσὼν ὀδύρεο,

ἀλλὰ χαρτοῖσίν τε χαῖρε καὶ κακοῖσιν ἀσχάλα

μὴ λίην· γίγνωσκε δ᾽ οἷος ῥυσμὸς ἀνθρώπουσ ἔχει.

67aD

Herz, o Herz, vom Sturm der ausweglosen Sorgen
zerwühlt,
auf, wirf deine Brust den Feinden entgegen!
Wehre dich, tritt nach vorne, wenn du den Gegner
erwartest,
halte stand! Bist du siegreich, rühme dich nicht zu laut,
unterliegst du, brich zu Hause nicht jammervoll in die
Knie,
über Frohes freue dich und im Elend verzweifle nicht zu
sehr.
Versuche zu erkennen, welcher Wogengang die Menschen
trägt.

Ich stand am Rande der Versammlung und beobachtete das Geschehen aus der Ferne. Gerne wäre ich Eunike beigestanden, aber Kylon trat auch in dieser Hinsicht als rechtmäßiger Nachfolger unseres Vaters auf. Ich hoffte nur, dass er ihr gegenüber die rechten Worte fand.

Amphitimos sprach von einem erhöhten Podest zu der Menge über den Mut und die Leistung der Männer, die

239

Perikles angeführt hatte. Sie hatten nicht nur erfolgreich Kämpfe gegen die Naxier und andere Stämme auf dem Meer bestritten, die Polis verdankte ihnen auch sichere Getreidetransporte in Zeiten der Not, vor allem während des letzten Sommers.

Ihm folgte als Redner ein Priester, der die Götter um ein sicheres Übersetzen der Ertrunkenen über den Fluss Styx ins Reich des Hades anflehte. Den Toten würde man, da die See sie verschlungen hatte, kein Grabmal setzen können. Die Hinterbliebenen hatten keine Möglichkeit, ihre Angehörigen zu bestatten; es gab keine Gelegenheit, sich von ihnen zu verabschieden. Der Priester bedauerte die Verwandten der Opfer: Sie würden keinen Ort haben, an dem sie ihrer Lieben gedenken konnten. Der Verlust wäre erträglicher, könnte man das Haupt des Verstorbenen mit einem weißen Tuch bedecken und seinen Körper mit Gebeten den Flammen des Gottes Hephaistos übergeben.

εἰ κείνου κεφαλὴν καὶ χαρίεντα μέλεα

Ἥφαιστος καθαροῖσιν ἐν εἵμασιν προσηγόρευσεν.

10,1.2D

wenn, umhüllt von schneeweißem Linnen, sein Haupt und

seine liebe Gestalt liegen würden,

umsorgt von Hephaistos.

Fackeln wurden entzündet. Aisimides begab sich als Ältester des Rats auf das Podium, um das Wort zu ergreifen. Auch er versuchte, die Hinterbliebenen zu trösten. Sie waren in den Diensten unserer Insel gestorben. Die Witwen würden nicht ihrem Schicksal überlassen werden, sondern von der Stadt zumindest eine gewisse Zeit unterstützt werden.

Ich war nicht nur zu der Versammlung gekommen, um meiner Trauer um Perikles Ausdruck zu verleihen, ich hatte natürlich auch die Hoffnung, Lykambes zu sehen. Als

Ratsherr musste er an der öffentlichen Veranstaltung teilnehmen. Ich hatte mich nicht getäuscht – ich konnte sehen, wie er in einer der hinteren Reihen der Ratsmitglieder stand und den Worten seines Amtskollegen lauschte.

Ich begann, mir einen Weg durch die Masse zu bahnen, und achtete nicht mehr auf die Worte von Aisimides. Auf diesen Moment hatte ich gewartet – nun würde Lykambes mir Rede und Antwort stehen müssen. Schließlich hatte er mich offiziell als seinen Schwiegersohn anerkannt.

„Du kommst hier nicht durch", fuhr mich ein misslauniger Soldat an, als ich versuchte, zu der abgesperrten Stelle, an der die Mitglieder des Rats standen, durchzudringen. „Scher dich weg und geh zurück ins Volk!"

Aber ich ließ mich nicht beirren und begann zu gestikulieren, um die Aufmerksamkeit Lykambes' zu erlangen. Dieser blickte zu dem noch immer sprechenden Aisimides, andere bemerkten jedoch die Bewegung am Rande der Menge. Schließlich griff einer der Ratsherren Lykambes an die Schulter und sprach auf ihn ein, während er zu mir deutete. Lykambes wandte sich um, sah mich und kam nach einem Moment sichtbaren Zögerns in meine Richtung.

Er begrüßte mich weit kühler, als er dies bei unseren letzten Begegnungen getan hatte. Selbst bei dem Treffen nach meiner letztlich selbst verschuldeten Verurteilung war er freundlich zu mir gewesen.

„Archilochos, mir ist schon verschiedentlich zu Ohren gekommen, dass du zurück bist. Selten hat sich das delphische Orakel so sehr geirrt – eurem Unternehmen scheint ja nicht gerade großer Erfolg beschieden gewesen zu sein."

„Ich grüße dich, Lykambes. Schon oft habe ich in den

letzten Tagen versucht, dich zu erreichen. Ich war sowohl in deinem Stadthaus als auch im Osten auf dem Gut. Wo ist Neobule? Wie geht es meiner Braut?"

Lykambes fasste mich am Arm und blickte mich an.

„Ich bedaure, dass ich nicht für dich verfügbar war. Du musst wissen, ich war mehrere Wochen unterwegs auf dem attischen Festland."

Warum log Lykambes? Perikles hatte ihn doch kurz vor seinem Tod noch am Hafen gesehen. Mit Archenaktides. Seither waren erst einige Tage vergangen.

„Ich muss dir einiges erklären. Viel ist geschehen, seit wir uns zuletzt gesehen haben. Vielleicht kommst du morgen am Mittag in mein Stadthaus, dann können wir reden."

„Das kann ich gern tun, doch wo ist Neobule? Habt ihr schon über einen Termin für die Hochzeit gesprochen?"

„Es ist hier nicht der Zeitpunkt, darüber zu reden. Du siehst, ich muss hier meine Pflichten bei der Trauerfeier für die Männer erfüllen, die mit deinem Schwager gestorben sind. Wie ich schon sagte: Komm morgen zu mir."

Mit diesen Worten wandte er sich ab und bewegte sich auf die übrigen Ratsmitglieder zu. Ich versuchte, ihn am Arm festzuhalten, doch der mürrische Soldat, der mich vorhin schon aufgehalten hatte, legte seinen Speer quer zwischen uns und machte mir damit deutlich, dass er nicht beabsichtigte, mich dem Ratsmitglied folgen zu lassen.

Ich sah Lykambes nach, der mich keines Blickes mehr würdigte, sondern ein Gespräch mit einem seiner Kollegen begann. Mir war klar, dass ich an diesem Tag nichts mehr erreichen konnte.

Das erste Zusammentreffen mit meinem Schwiegervater – wenn er es denn noch werden würde –

hatte ich mir anders vorgestellt. Aber immerhin hatte ich ihn wenigstens gesehen, und morgen würde ich erfahren, was die Zukunft meiner Braut und mir bringen würde.

Abends, zurück in meiner Hütte, begann ich erstmals seit längerer Zeit wieder einmal, Gedanken und Gefühle in Verse zu fassen. Die Arbeit ging mir nicht gut von der Hand, also beschloss ich, zunächst zu speisen, bevor ich mich erneut ans Werk machte. Zu dem Mahl nahm ich einen Skyphos des besten Weines, den ich zur Verfügung hatte.

Doch die Gedanken an die Begegnung mit Lykambes wollten mir nicht aus dem Sinn gehen. Darüber hinaus war ich auch noch in Trauer wegen des Unglücks bei Ios, das meine Schwester so jung zur Witwe gemacht hatte.

καί μ᾽ οὔτ᾽ ἰάμβων οὔτε τερπωλέων μέλει.

20D

und weder Jamben noch sonstige Genüsse können mich

erfreuen.

55

Bereits am Morgen machte ich mich auf den Weg. Abermals musste ich mich zu Fuß fortbewegen, denn Kylon hatte mir den Wunsch nach einem Wagen unter Ausflüchten diesmal verweigert.

Mittlerweile war es wieder ein heißer Sommer geworden, die Ernte stand bald bevor. Als ich an den Feldern meines Halbbruders entlangging, sah ich, dass auch in diesem Jahr die Ernte wohl eher dürftig ausfallen würde. Ich dachte an die im letzten Jahr von Leophilos initiierten und bezahlten Getreidetransporte, die unter anderem von Perikles überwacht worden waren. Beide waren in der Zwischenzeit tot. Wer würde dieses Jahr die zweifellos wieder nötigen zusätzlichen Kornlieferungen bezahlen? Oder würde man wieder Kolonisten nach Thasos schicken?

Die Sonne begann auch an diesem Tag schon früh, die Luft und den Boden aufzuheizen. So war ich ziemlich verschwitzt, als ich in die Nähe von Lykambes' Haus kam. Da ich meiner Verlobten – wenn sie es denn noch war – nicht in diesem Zustand unter die Augen treten wollte, nahm ich einen Schluck Wasser aus einem Brunnen und wartete eine Weile, bis ich wieder etwas abgekühlt war.

Schließlich hatte ich mich gesammelt und klopfte an das Tor am Haupteingang des Hauses. Derselbe mir unbekannte Bedienstete, der mich letzte Woche so unwirsch abgewiesen hatte, öffnete die Tür. Wie damals empfing er mich mit der Frage, was ich denn wolle. Sein Widerwille, sich mit mir abzugeben, war spürbar.

„Ich habe eine Verabredung mit deinem Herrn, Lykambes."

„Warte, ich werde ihn fragen, ob dem so ist und ob du gelegen kommst", entgegnete mein Gegenüber und schloss die Tür wieder.

Es verging einige Zeit, bis der Bedienstete zurück war und mir beschied, ich könne das Haus nun betreten. Ich folgte ihm in das Empfangszimmer, in dem ich zuletzt am Todestag meines Vaters gewesen war.

Lykambes betrat den Raum kurze Zeit später. Nachdem wir uns begrüßt hatten, fragte ich, ob denn Neobule da sei und ob ich sie sehen könne.

„Das wird leider nicht möglich sein, sie ist mit ihren Schwestern auf dem Landgut im Osten."

Wahrscheinlich log Lykambes schon wieder. Es war wegen der umherziehenden Naxier viel zu gefährlich, dass sie sich dort aufhielt. Auch hatte das Landgut, als ich es vor einigen Tagen aufgesucht hatte, einen verlassenen Eindruck gemacht.

Ich vermutete eher, dass sie sich irgendwo in diesem Haus befand und mich nicht sehen wollte oder durfte. Ich blickte hilflos in einen Flur, als könnte ich erwarten, sie dort zu sehen.

„Nein, sie ist tatsächlich nicht hier", fuhr Lykambes fort. „Es ist sehr viel geschehen, während du deine wenig erfolgreiche Mission auf Thasos geleitet hast. Du musst wissen, dass die Tochter eines Ratsherren, der dazu noch über erheblichen Grundbesitz verfügt, vielen Freiern begehrenswert erscheint."

„Aber wir waren uns doch schon einig, dass sie meine Frau wird. Du erinnerst dich doch bestimmt an den Besuch von meinem Vater und mir auf dem Landgut. Wir haben sogar schon Brautgeschenke gebracht."

„Ich fürchte, du wirst einsehen müssen, dass du in deiner derzeitigen materiellen Lage als Ehemann meiner Tochter nicht mehr infrage kommst."

„Mein Bruder sperrt sich, den letzten Wunsch unseres Vaters zu erfüllen – ich bin unschuldig an der augenblicklichen Situation", entgegnete ich.

„Das mag ja sein, aber das Ergebnis ist, dass du im Moment ein Nichts bist und es wohl auch bleiben wirst."

Nach einer bedeutungsschweren Pause fuhr er leise fort: „Es hat sich ein anderer Bewerber für Neobule gefunden. Es handelt sich um den Sohn eines reichen Grundbesitzers, ebenfalls aus dem Osten der Insel. Ich habe ihm meine Zustimmung zur Hochzeit gegeben. Der Ehevertrag wurde vor Zeugen geschlossen. Du wirst dich damit abfinden müssen."

Ich stand da, wie vom Donner gerührt. Ich hatte durchaus befürchten müssen, dass Lykambes mir die Hand seiner Tochter verweigern würde, aber ich hatte nicht damit gerechnet, dass sie bereits einem anderen versprochen war.

„Du wirst also wortbrüchig?"

ὅρκον ἐνοσφίστης μέγαν

ἅλας τε καὶ τράπεζαν

95D

du brachst den großen Eid,

verweigerst mir Salz und Tischgemeinschaft?

„Werde nicht unverschämt! Ich hatte immer gesagt, du müsstest in der Lage sein, meiner Tochter ein hinreichendes Dasein zu ermöglichen. Das bist du nicht – wenn hier einer sein Wort nicht gehalten hat, dann bist du es."

„Was sagt Neobule dazu? Lässt sie zu, dass du sie einem anderen versprichst? Sie liebt mich."

„Ach was! Wen meine Tochter heiratet, das bestimme einzig und allein ich. Ich allein."

„Wer ist der andere Freier? Kenne ich ihn?" Ich ahnte bereits die Antwort: Seine Bemerkung, der Rivale sei der Sohn eines Grundbesitzers aus dem Osten von Paros, war mir Hinweis genug.

„Das geht dich zwar überhaupt nichts an, aber wenn du es unbedingt wissen willst: Es ist der Sohn meines Nachbarn Archenax, Archenaktides."

Eine Weile standen wir schweigend da, dann sagte Lykambes: „Ich glaube, du gehst jetzt besser. Ich erwarte noch Besuch." Er winkte dem Bediensteten und deutete ihm an, mich hinauszugeleiten.

Im letzten Moment fiel mir ein, dass ich noch immer meinen Brief an Neobule bei mir trug.

„Ich bitte dich um einen letzten Gefallen, Lykambes. Bitte gib diesen Brief an Neobule."

„Ich werde sie fragen, ob sie einen Brief von dir überhaupt lesen möchte – wenn dem so ist, werde ich ihn ihr aushändigen. Mehr kann ich dir nicht versprechen."

Damit war alles gesagt, und ich verließ das Haus.

56

Als ich aus dem Ausgang trat, sah ich, wen Lykambes erwartete: Es war Archenaktides. Ich wandte mich heftig an ihn. Zornig begann ich, ihn anzuschreien.

„Wie kannst du es wagen, mir meine Braut zu rauben? Meinst du, dein irgendwann ererbter Besitz gibt dir das Recht dazu?"

„Bleib ruhig, Archilochos! Es ist geschehen, und du wirst daran nichts mehr ändern können."

Archenaktides besaß sogar die Frechheit, mich anzulächeln. Ich stürzte auf ihn zu, bereit, mit ihm zu kämpfen, vielleicht sogar ihn zu erwürgen. Hätte ich in diesem Moment eine Waffe bei mir getragen, hätte mein Rivale diese Begegnung wohl nicht überlebt. Ich hatte inzwischen gelernt, dass es am besten war, seine Feinde zu töten.

Der Sohn von Archenax hatte mich gereizt. Mein Zorn schwoll über. Wer ein Tier gegen seinen Willen berührte, musste mit dessen Reaktion rechnen.

τέττιγα δ᾽ εἴληφας πτεροῦ

88aD

eine Zikade hast du am Flügel gefasst!

Erschrocken wich Archenaktides einen Schritt zurück.

247

Er begann sich zu wehren, als ich ihn am Gewand packte. Wir rangen eine Weile miteinander.

Plötzlich riss mich eine unbekannte Hand zurück. Im Umdrehen erkannte ich schlagartig Dimitros, den kurz geschorenen Mann, der in dem fragwürdigen Prozess gegen mich ausgesagt hatte. Einen Moment später fiel mir auch schon ein, wo ich ihn zuletzt gesehen hatte: Es war genau hier gewesen. Dimitros war der Fahrer von Archenaktides gewesen, als ich an Telesikles' Todestag mit diesem morgens Lykambes aufgesucht hatte.

Es war wohl die Überraschung, die mich einen Moment zu lange zögern ließ. Dimitros gelang es, mir einen so heftigen Fausthieb in die Magengegend zu versetzen, dass ich zu Boden ging. Als ich mich benommen wieder aufrappelte, sah ich die beiden eben noch im Eingang zu Lykambes' Haus verschwinden.

Wenn Archenaktides hierher kam, dann war wohl auch Neobule im Haus. Der Verdacht, dass Lykambes mich angelogen hatte, als er sagte, sie sei auf dem Landgut, wurde in diesem Moment für mich zur Gewissheit.

Hier war für mich nichts mehr zu tun, also begab ich mich auf den langen Fußmarsch durch die mittägliche Hitze zu meiner Hütte auf Kylons Besitz. Das unerwartete Auftauchen des mysteriösen Zeugen im Prozess gegen mich beschäftigte mich auf dem ganzen Weg. Vollständig konnte ich die Rollen, die die einzelnen Beteiligten an diesem Drama spielten, einstweilen nicht aufklären, aber die ungefähren Zusammenhänge konnte ich aufgrund der Geschehnisse erahnen.

Ich war der Ansicht gewesen, Archenaktides sei als Freier Hermiones so häufig Gast bei Lykambes gewesen. In Wirklichkeit, wie ich jetzt erfahren musste, begehrte er Neobule und hatte Lykambes überredet, sie ihm – entgegen seinem Versprechen mir gegenüber – zur Frau zu geben. Wie lange mochte das schon so gehen? Liebte Neobule

Archenaktides, oder musste sie sich nur dem Befehl ihres Vaters beugen? Ich hasste Archenaktides für sein heimtückisches und niederträchtiges Verhalten.

...Ἀρχηνακτίδης

...

αρτύθη γάμῳ...

74D, 10f.

...Archenaktides

...

zu der Hochzeit war...

Womöglich war Archenaktides auch verantwortlich für den Prozess. Mir kam der Gedanke, er könnte Dimitros zu Glaukos' Gelage geschickt haben, um mich betrunken zu machen und am nächsten Morgen sofort wegen Gotteslästerung anzuzeigen. Ich meinte mich dunkel zu erinnern, dass mein Pokal von einer auffällig kurzhaarigen Person öfter nachgefüllt worden war. Möglicherweise war es der Plan von Archenaktides, seinen Rivalen um die Gunst Neobules auf diese Weise aus dem Weg zu räumen. In dieser Phase hatte allerdings Lykambes noch zu mir gestanden.

Als ich zu Hause ankam, war ich noch immer ratlos. Es war mir nicht klar, ob Archenaktides den Plan eingefädelt und durchgeführt hatte oder ob die Ereignisse ihm nur in die Hände gespielt hatten.

Ich hasste nicht nur Archenaktides, ich hasste auch Lykambes für seinen Verrat, und ich hasste Kylon, weil er mir meinen Anteil am Erbe unseres Vaters verweigert hatte. Aber all der Hass war vergebens – ich hatte den Kampf um die jüngste Tochter des Lykambes verloren. Meine Ahnungen nach der Sonnenfinsternis hatten sich bewahrheitet.

57

Während ich noch diesen Gedanken über mein abermaliges Scheitern nachhing, klopfte es an der Tür, und Itys betrat den Raum.

„Ich habe einen Brief für dich", begann er zögerlich. „Und ich hätte dir noch einiges mehr zu berichten. Ich weiß allerdings nicht, ob du darüber erfreut sein wirst."

„Von wem ist dieser Brief?"

„Neobule."

„Wie?" Die Erwähnung ihres Namens ließ mich hochfahren. „Gib mir rasch das Schreiben! Hat sie es dir gegeben? Wie kommst du daran?"

„Du weißt doch, dass meine Schwester Theakleia im Haus des Lykambes tätig ist. Ihr hat Neobule den Brief gegeben, damit er über mich zu dir gelangt."

Einen Moment musste ich überlegen, wo ich den Namen gehört hatte, dann fiel es mir wieder ein. Theakleia war die Bedienstete Neobules, die uns am Abend vor meiner Abreise nach Thasos fast in einer verfänglichen Situation überrascht hätte. Ich hatte zwar gewusst, dass Itys' Schwester bei Lykambes arbeitete, aber ihren Namen und ihre Funktion in dessen Haus hatte ich nicht gekannt.

„Du kannst mir von Neobule berichten? Warte einen Moment, ich will nur rasch den Brief lesen."

Aufgeregt öffnete ich den Brief und entnahm das darin enthaltene Schreiben. Es waren nur wenige Sätze.

Neobule teilte mir in knappen Worten mit, dass sie unsere Verlobung auflöste. Sie schrieb, dass sie einen anderen liebe und diesen bald heiraten werde. Am Ende bat sie mich, sie nicht weiter zu bedrängen.

Benommen betrachtete ich das Pergament. Ich wusste nicht, ob sie meinen Brief erhalten hatte. Es war letztlich auch unwesentlich, da sie ihr Schreiben an mich wahrscheinlich schon vorher verfasst hatte. Sollte Lykambes ihr meine Zeilen überhaupt gegeben haben, wäre es zu spät gewesen.

Vielleicht hatte sie diese auch ungelesen vernichtet. Mir wurde klar, dass sie mit mir nichts mehr zu tun haben wollte. Sie würde Hochzeit machen, aber nicht mit mir.

Ζεῦ πάτερ, γάμον μὲν οὐκ ἐδαισάμην.

29D

Vater Zeus, diese Hochzeit wurde von mir nicht gefeiert.

Niedergeschlagen sank ich auf mein Lager und blickte zur Decke des Raums. Itys stand betreten in der Nähe der Tür und wusste nicht, ob er nun weiter berichten oder doch besser gehen und mich alleine lassen sollte.

Ich wollte mehr von Itys erfahren. So rappelte ich mich nach kurzer Zeit auf und setzte mich an den Rand des Bettes.

„Du sagtest, du hättest noch mehr Nachrichten? Erzähl mir, was du von Theakleia erfahren hast!"

Itys kam näher und setzte sich an einen Tisch. Ich holte ihm etwas Wein, um ihm die Zunge zu lösen. Dankbar nahm er einen Schluck, bevor er zu sprechen begann.

„Du musst wissen, dass meine Schwester nicht einfach eine Dienerin im Haus von Lykambes ist. Sie und Neobule stehen sich sehr nahe. Sie sind trotz des Standesunterschieds fast wie Freundinnen. Neobule vertraut ihr vieles an. Sehr vieles."

Itys unterbrach seine Rede, um einen weiteren Schluck von dem Wein zu nehmen.

„Theakleia hat mir einiges aus dem Haus des Lykambes erzählt. Ich weiß nicht, ob sie das tat, damit ich

251

mein Wissen an dich weitergebe. Ich vermute schon – warum hätte sie mir sonst Einzelheiten nennen sollen?"

„Wahrscheinlich hast du recht, also sprich weiter!"

„Du warst noch nicht lange weg von Paros, da hat Archenaktides begonnen, sich um Neobule zu bemühen. Vielleicht hat er sie schon früher begehrt, und du warst ihm im Weg – das weiß ich nicht. Theakleia sagte, dass er im Frühjahr alle paar Tage auf dem Landgut oder im Stadthaus erschienen ist."

Einen kurzen Moment schwieg Itys, dann fuhr er fort.

„Ohne dir zu nahe zu treten – du weißt ja, dass er materiell ganz anders gestellt ist als du. Er kann seiner Braut ein weit angenehmeres Leben bieten. Das weiß Lykambes natürlich. Irgendwann hat Archenaktides dann Lykambes wohl gefragt, wie bindend die Abmachung mit dir bezüglich der Hochzeit mit Neobule eigentlich ist. Es gab bei deiner Verlobung offenbar keine offiziellen Zeugen. So konnte Lykambes dem Werben eines reicheren Freiers nachgeben, ohne dass man ihm Wortbruch vorwerfen kann."

„Aber genau dessen bezichtige ich ihn. Er hat mir seine Tochter versprochen und seine Einwilligung dann zurückgezogen."

„Wie auch immer. Er hat Archenaktides als Schwiegersohn akzeptiert. Der Ehevertrag wurde vor Zeugen besiegelt. Die Hochzeit wird in wenigen Wochen stattfinden."

„Was hat Neobule zu all dem gesagt? Hat sie mit Theakleia darüber gesprochen?"

„Ich kann dir nur das wiedergeben, was ich von meiner Schwester gehört habe. Theakleia meint, dass Neobule sich leicht verliebt. Sie mochte dich früher wahrscheinlich wirklich gerne, jetzt liebt sie aber Archenaktides. Wer weiß, wie lange. Vielleicht lockt sie auch sein Reichtum."

Nochmals nahm Itys einen Schluck Wein.

„Und wenn du alles wissen willst: Dein Nachfolger hat die Dreistigkeit, gelegentlich im Haus seines Schwiegervaters zu übernachten. Amphimedo war anfangs entrüstet, aber Lykambes unternimmt nichts dagegen. Archenaktides nimmt sich wohl jetzt schon, was eigentlich erst für die Zeit nach der Eheschließung vorgesehen ist. Theakleia hat sich da sehr eindeutig ausgedrückt."

Ich war wie vor den Kopf gestoßen. In der Nacht vor meiner Abreise hatte sie mir, bei aller Leidenschaft, das Letzte – das „Göttliche", wie sie es nannte – verweigert, und nun kam mein Rivale und nahm es sich einfach.

„Er war aber schon längere Zeit nicht mehr im Stadthaus", ergänzte Theakleias Bruder, als würde die Brisanz seiner Mitteilung dadurch abgeschwächt.

Nach längerem Schweigen stand Itys auf. Er hatte alles vorgebracht, von dem er meinte, es mir mitteilen zu müssen. Er bedankte sich für den Wein und sagte mir noch, wie sehr er es bedauere, der Überbringer schlechter Nachrichten zu sein. Anschließend verabschiedete er sich und verließ meine Hütte.

Die Liebe von Lykambes' jüngster Tochter war mir echt erschienen. Wenn Theakleia recht hatte, war sie aber ebenso schnell wieder erloschen. Es war Neobule gewesen, die im Obstgarten die Initiative ergriffen und das kleine Flämmchen, das in mir glühte, zum lodernden Feuer entfacht hatte. Es war Neobule gewesen, die mir den Zettel zugesteckt hatte, mit dem sie mich aufgefordert hatte, in der Nacht vor der Abreise zu ihr zu kommen. Aber kaum dass ich Paros verlassen hatte, hatte sie mich vergessen und sich einem anderen zugewendet. Ich konnte nicht glauben, dass ich mich in Neobule so getäuscht hatte.

τῆι μὲν ὕδωρ ἐφόρει

δολοφρονέουσα χειρί, θἠτέρηι δὲ πῦρ.

86D

in der einen Hand trug sie Wasser,

die Falsche – in der anderen Feuer.

58

Am Abend dieses schlimmen Tages begann ich zu spüren, dass ich nicht nur Archenaktides, Lykambes und Kylon hasste, sondern auch Neobule. Was hatte ich nicht alles unternommen, um ihr zu gefallen, um ihr Mann werden zu können! Ich hatte die Siedler nach Thasos und Leukas geführt, ich hatte mich – um für sie als begüterter Mann zurückkehren zu können – auf das Abenteuer auf dem thrakischen Festland eingelassen. Die Stadt Thasos hatte mir gefallen, ich erinnerte mich daran, dass ich daran gedacht hatte, dort zu bleiben – nur ihretwegen war ich zurückgekehrt, und nun stand ich vor dem Scherbenhaufen meines Lebens.

Ich suchte nach Ablenkung. So beschloss ich, zu einer Hetäre zu gehen. Meine Favoritin war nach wie vor Kynthia, die ich seit meiner Rückkehr von Thasos noch nicht gesehen hatte. Ihr jugendlicher Leib war teurer, als ich es mir eigentlich jetzt noch leisten konnte, aber an diesem Tag dachte ich nicht an den Preis für das Vergnügen der Lust.

Die Hitze hatte etwas nachgelassen, als ich das Landgut verließ und durch das Tor der Stadt Richtung Hafen ging. Ich erinnerte mich an den ersten Abend, an dem ich Kynthia aufgesucht hatte. Wie damals brannte eine Kerze vor ihrer Hütte. In der erregten Erwartung, Kynthia zu sehen und zu fühlen, betrat ich den Raum, in dem sie ihre Freier zu erwarten pflegte.

Meine Enttäuschung war groß, als ich nicht Kynthia, sondern eine mir unbekannte, ältere Frau sah. Sie war mindestens so alt wie die Hetäre, die ich in Thasos aufgesucht hatte. Die Falten, die ihr Gesicht – und wahrscheinlich nicht nur dieses – durchzogen, ließen meine Sehnsucht nach süßer Entspannung rasch verfliegen.

κακοῦ δὲ γήραος καθαιρεῖ

αφ᾽ ἱμερτοῦ δὲ θέρων γλυκὺς ἵμερος...

...ἦ γὰρ πολλὰ δή σ᾽ ἐπῆιξεν

πνεύματα χειμερίων ἀνέμων, μάλα πολλάκις...

114D

die Furchen des schlimmen Alters: nimmt hinweg

nach lieblicher... süße Sehnsucht

... denn wirklich oft sind die Winterstürme

schon über dich hereingebrochen...

Der Wächter, den ich früher schon einmal – es war bei meinem zweiten Besuch bei Kynthia – gesehen hatte, stand auf, um mit mir über den Preis für die Liebesdienste der Hetäre zu verhandeln. Ich blickte sie an, in früheren Zeiten mochte sie vielleicht sogar schön gewesen sein. Doch an diesem Tag war mir nicht nach altem Fleisch, und ich winkte dem Wächter ab, der verärgert wieder Platz nahm, als ich den Raum verließ.

Eine Weile lief ich ziellos in der Hafengegend umher, bis ich wieder auf die Taverne stieß, in die ich nach meinen Besuchen bei Kynthia gegangen war. Als ich sie betrat, fiel mir ein, dass ich hier im Winter Glaukos und Archenaktides getroffen hatte. Wie viel lieber hätte ich meinen Freund lebend und den Rivalen tot gesehen. Aber es war anders gekommen.

Den Betrag, den ich eben bei der alten Hetäre gespart

hatte, ließ ich gerne dem Wirt zukommen. Es war bereits Nacht geworden, als ich die Taverne verließ und mich, angeschlagen vom kaum vermischten Wein, auf den Weg nach Hause machte.

Das Licht vor Kynthias Hütte brannte immer noch. Ich war darüber nicht überrascht. Wer wollte sich schon mit der Alten abmühen?

πολλὰς δὲ τυφλὰς ἐγχέλυας ἐδέξω

115D

vielen blinden Aalen warst du Heimat

Ich hatte während des langen Fußmarsches genug Gelegenheit, nachzudenken. Ich würde ein weiteres Gedicht über Neobule beginnen. Ich würde meinen neuen Gefühlen für meine ehemalige Geliebte Ausdruck verleihen. Je mehr sich meine ehemals innigste Zuneigung in Hass verwandelte, desto mehr veränderte sich in meiner Vorstellung auch ihr äußeres Erscheinungsbild. Nunmehr war sie nicht mehr die schöne, begehrenswerte junge Frau – sie wurde vor meinem inneren Auge zu einer feisten Matrone. Sollte sie doch ein anderer heiraten – mich würde es nicht mehr scheren.

Das neue Gedicht hatte in meinem Kopf schon weitgehend Gestalt angenommen, als ich schließlich bei völliger Dunkelheit meine Hütte erreichte. Ich entzündete eine Kerze und begann, die Verse niederzuschreiben.

Νεοβούλην

ἄλλος ἀνὴρ ἐχέτω. ἀιαῖ πέπειρα.

ἄνθος δ᾽ ἀπερρύηκε παρθενήϊον

καὶ χάρις ἥ πρὶν ἐπῆν. κόρον γὰρ οὐ

ἥβης δὲ μέτρ᾽ ἔφηνε μαινόλις γυνή.

ἐς κόρακας. ἄπεχε. μὴ τοῦτο εφ.ιταν

ὅπως ἐγὼ γυναῖκα τοιαύτην ἔχων
γείτοσι χάρμ᾽ ἔσομαι.

...

ἡ δὲ μάλ᾽ ὀξυτέρη. πολλοὺς δὲ ποιεῖται φίλους
δέδοιχ᾽ ὅπως μὴ τυφλὰ κἀλιτήμερα
σπουδῆι ἐπειγομένοις τὼς ὥσπερ ἡ κύων τέκηι.

Kölner Papyrus 196aW, 14f

ein anderer Mann soll Neobule haben. O weh!

Sie wurde dick; die Blüte des Mädchens ist dahin,

die frische Anmut ist verflogen, ihr Übermut alleine blieb.

Am Ende ihrer Jugend zeigt sie sich als rasende Furie.

Zu den Raben! Weg mit ihr! Ich bin nicht hier,

mir eine solche Frau zu holen,

ich würde ja zum Gespött der Nachbarn.

...

sie aber ist sehr dreist. Sie nimmt sich viele Freunde.

Bei diesem Andrang fürchte ich, dass sie

– wie eine Hündin – blinde Frühgeburten wirft.

Auch nachdem ich meinem Zorn in Versen nun Luft gemacht hatte, fiel es mir schwer, Schlaf zu finden. Meine Gedanken kreisten noch immer um die Ereignisse des Tages. Doch schließlich siegte endlich die Schwere des Weins über meinen verwirrten Geist.

59

Die folgenden Tage brachten mir eine gewisse Beruhigung. Mehrfach kam mir Eunike in den Sinn. Ich hatte bewundert, mit welcher Stärke sie auf den Tod ihres geliebten Gemahls Perikles reagiert hatte. Mal traf das Schicksal den einen, dann aber den anderen. Auch ich musste zu der Kraft finden, die aus dem Erkennen des Rhythmus unseres Lebens gewonnen werden konnte. Schließlich hatte ich diese Kraft selbst in meiner Elegie auf den Tod meines Schwagers besungen.

Ich durfte mich nicht dem Selbstmitleid hingeben. Das Schicksal hatte mich geschlagen – mehrfach. Aber ich würde den Rest meines Daseins selbst gestalten, mein Los selber in die Hand nehmen. Im Übrigen musste ich dies auch tun, denn allmählich gingen meine Mittel zu Ende.

Wieder kam mir der Gedanke, Paros zu verlassen. Nun hielt mich nichts mehr auf der Insel. Brentes und seine Söhne würden mir sicher auf Thasos ein gutes Auskommen gewähren. Auch Phileas, einer der anderen Überlebenden von Grymis, hatte ja bei dem reichen thasischen Geschäftsmann Arbeit gefunden. Es gab zwar auch dort genügend Schwierigkeiten, aber die sich abzeichnende, wiederum nur dürftige Ernte ließ die Situation auf unserer Insel noch schlechter erscheinen.

Eines Morgens beschloss ich, an diesem Tag endlich die Initiative zu ergreifen. Ich würde noch am Vormittag zum Hafen gehen, um mich nach einer Möglichkeit umzusehen, wie ich wieder nach Thasos gelangen könnte. Vielleicht traf ich ja sogar Pelagios wieder.

Es würde meine letzte Seereise werden. Ich würde ein ruhiges Leben in der Polis führen und die unguten Erinnerungen an meine Heimatinsel vergessen.

ἔα Πάρον καὶ σῦκα κεῖνα καὶ θαλάσσιον βίον.

53D

lass' Paros sein mit seinen Feigen und dem Leben am

Meer!

Mit dem Wort „Feigen" meinte ich natürlich – wie in meinem schicksalhaften Gedicht auf Dionysos – die Frauen dieser Insel mit all ihrer Macht, allen voran Neobule. Wenn ich die Gelegenheit bekäme, würde ich sie meinen Hass spüren lassen.

Nach einem knappen Frühstück brach ich zeitig auf, um der mittäglichen Hitze des Sommers zu entgehen. Auf dem Weg zum Hafen sah ich Erxies an einem Stand, wo er Fische erwarb, und begrüßte ihn.

„Gut, dass ich dich treffe, Archilochos – ich hatte mehrfach schon an dich gedacht", begann er das Gespräch. „Wir könnten deine Dienste gut gebrauchen. Ein beträchtliches naxisches Heer – Karer und Ionier – hat von deren Insel auf unsere übergesetzt. Sie ziehen raubend und brandschatzend durch den Osten."

Die Erwähnung des parischen Ostens ließ mich natürlich an Lykambes und sein Landgut dort denken. Hier könnten die Naxier wüten, so viel sie wollten. Auch das Anwesen seines Nachbarn Archenax dürften die Eindringlinge gerne plündern und niederbrennen.

„Wir haben ja schon einmal darüber gesprochen. Wenn du willst, kannst du sofort in die Dienste unserer Stadt treten. Glaube mir: Glaukos hätte sich gefreut, wenn du in seiner ehemaligen Einheit kämpfen würdest. Der Rat wird dich auch gut entlohnen!"

„Ich habe andere Pläne", entgegnete ich. „Ich bin auf dem Weg zum Hafen, um mir eine Passage nach Thasos zu suchen. Dort habe ich Leute, für die ich arbeiten kann."

„Unsere Kaserne liegt nicht weit vom Hafen. Komm doch wenigstens noch mit und begrüße ein paar alte Freunde von dir!"

„Sind etwa Linos und Silenos tatsächlich unter deinem Kommando? Sie wollten ja beide als Söldner weiterarbeiten."

„Ja, und sie würden sich sicher freuen, dich zu sehen."

So ließ ich mich von Erxies überreden und folgte ihm zu der Kaserne. Als wir durch den Eingang in den Innenhof schritten, trafen wir die Einheit gerade beim Pyrrhiche-Tanz an. Dieser traditionelle, sehr anstrengende Waffentanz wurde, wie üblich, in voller Rüstung ausgeführt. Erxies und ich beobachteten die Soldaten. Ich entdeckte meine beiden Gefährten unter ihnen.

Erschöpft kamen Linos, gefolgt von Silenos, zu uns herüber, als der Tanz beendet war.

„Willst du dich uns anschließen?" Linos war offenbar nicht überrascht, mich in der Kaserne anzutreffen. Wahrscheinlich unterhielt er noch immer Beziehungen zu Kylons Anwesen und wusste daher um meine Lage.

„Ich brauche Arbeit, ja. Aber ich habe Paros satt und plane, nach Thasos zurückzukehren und dort vielleicht für Brentes tätig zu werden. Ich suche bereits eine Möglichkeit, dorthin zu kommen."

„Eine Reise als Passagier nach Thasos ist, solange du nicht im Auftrag des Rats oder eines Privatmanns bist, ziemlich teuer. Zudem weiß ich, dass in der nächsten Zeit kein Schiff dahin fährt. Ich habe mir nämlich selbst schon Gedanken gemacht, ob nicht Phileas, indem er dort geblieben ist, letztlich doch der Schlaueste von uns Überlebenden war."

Silenos fuhr fort: „Auch ich sehe meine Zukunft eher auf Thasos. Die Ernte auf Paros wird dieses Jahr durch den heißen Sommer wieder schlecht ausfallen. Linos und ich wollen noch den Feldzug gegen Naxos mitmachen und dann die Waffen an den Nagel hängen. Schließe dich uns doch einfach an! In einigen Wochen fahren wir drei dann zusammen."

Es klang verlockend, mit den alten Freunden gemeinsame Sache zu machen, doch ich wollte Paros schnell verlassen. Ich sagte den beiden und Erxies, dass ich nur dann, wenn ich tatsächlich kein Schiff fände, auf das Angebot zurückkommen würde. In diesem Fall würde ich mich als Söldner beim Rat für den Kampf gegen die Karer und Ionier aus Naxos melden.

Als ich mich verabschiedet hatte und zum Hafen ging, hatte ich mich fast schon entschieden, mit meinen alten Gefährten und Erxies gegen die Naxier zu ziehen. So würde ich auch nicht völlig verarmt – wie ich jetzt war – in mein neues Leben aufbrechen.

Am Hafen stellte ich fest, dass Linos recht gehabt hatte. Kein Schiff würde in den nächsten Wochen nach Thasos aufbrechen. Da es für mich keinen Grund gab, noch länger zu warten, wandte ich mich um und ging direkt hinauf zum Sitz des neuen Archonten, wo ich mich in der Amtsstube als Söldner im Heer der Parier registrieren ließ.

Mit einem befriedigten Gefühl kehrte ich zurück auf Kylons Gut. Endlich hatte ich begonnen, mein weiteres Leben in die Hand zu nehmen, um die Schatten der Vergangenheit zu verdrängen.

60

Die Vergangenheit holte mich wenige Tage später jedoch wieder ein, als ich eines Abends Itys am Tor des Landguts traf. Zwar war ich schon müde und wollte bald zu Bett gehen, doch ich bat ihn in meine Hütte und bot ihm wieder von meinem Wein an. Auch wenn ich es mir selbst gegenüber nicht zugegeben hätte, hoffte ich doch insgeheim, Neuigkeiten aus dem Haus von Lykambes zu hören. Wie zufällig lenkte ich das Gespräch auf dieses Thema – und meine Neugier wurde nicht enttäuscht.

„Ich weiß nicht, ob ich dir überhaupt davon berichten soll", sagte Itys.

„Du kannst nicht Andeutungen machen und dann doch schweigen. Erzähle mir, was es Neues gibt! Was berichtet Theakleia?"

„Über kurz oder lang wirst du es ohnehin auf irgendeinem Weg erfahren. Die Hochzeit von Neobule und Archenaktides ist verschoben."

„Was? Das gibt es doch nicht!" Die Nachricht hatte meine Müdigkeit schlagartig vertrieben.

„Theakleia ist sich sogar sicher, dass das nicht einmal die ganze Wahrheit ist. Man bezeichnet es in der Öffentlichkeit als Verschiebung, um den Skandal zu schmälern, um die Schande für die Familie gering zu halten. Die Wahrheit ist wohl eher, dass die Hochzeit überhaupt nicht mehr stattfindet. Archenaktides hat Neobule fallengelassen – sie interessiert ihn nicht mehr."

„Aber du hast mir doch neulich berichtet, dass es einen vor Zeugen geschlossenen Ehevertrag gibt!"

„Ach, du weißt doch, wie das ist. Verträge werden geschlossen und gebrochen. Archenax ist ein reicher Mann. Wenn sein Sohn seine Braut nicht mehr möchte, wird er Lykambes eine großzügige Abfindung zahlen, und damit ist die Angelegenheit erledigt."

Ich empfand in diesem Moment unverhohlene Schadenfreude. Neobules Unglück und Lykambes' Schande ließen meine Stimmung erheblich steigen. Die Demütigung durch die beiden war zu groß gewesen.

„Meine Schwester hatte schon längere Zeit bemerkt, dass die nächtlichen Besuche von Archenaktides seltener geworden sind – ich habe dir ja neulich davon erzählt.

Theakleia kennt ihn ja mittlerweile etwas: Sie sagt, er sei ein verzogener, arroganter junger Schnösel. Er hat sein Vergnügen gehabt, und jetzt wird er sich eine neue Gespielin suchen. Vielleicht hat er sogar schon eine. Neobule hat Pech gehabt, an einen solchen Charakter zu geraten."

„Wie geht es ihr dabei?"

„Sie weint sich die Augen aus dem Kopf. Sie hat das Stadthaus seit Tagen nicht mehr verlassen. Theakleia meint, sie hätte ein besseres Los verdient."

Da war ich anderer Ansicht.

„Lykambes verbreitet jetzt, Archenaktides würde sich in Athen um die Geschäfte von Archenax kümmern und dann zurückkehren – aber das ist alles nur Lüge, er hat die Insel nicht einmal verlassen. Ich weiß es."

Die Neuigkeit, die Itys brachte, war besser, als ich es mir hätte vorstellen können. Der Rest des abendlichen Gesprächs war weniger brisanten Themen gewidmet. Ich berichtete, dass ich am Vormittag Linos in der Kaserne getroffen hatte. Auch erzählte ich, dass ich mit dem parischen Heer den Naxiern entgegenziehen würde und von meinem Plan, anschließend mit Linos und Silenos nach Thasos zurückzukehren.

Als Itys gegangen war, lehnte ich mich genüsslich auf meinem Stuhl zurück. Das Schicksal traf mal den einen, mal den anderen. Nun hatte das Pendel wieder in die andere Richtung ausgeschlagen. Ich hatte zwar keinen persönlichen Vorteil davon, genoss aber das in meinen Augen verdiente Leid der anderen.

Lykambes hatte sich verrechnet, als er meinte, mit Archenaktides einen besseren, da reicheren, Freier für Neobule gefunden zu haben. Nun war er mit seiner verlassenen Tochter zum Gespött der Bürger geworden.

Die Ereignisse inspirierten mich, erneut die Feder in

die Hand zu nehmen, um Verse auf das Pergament zu bringen. Ich ergänzte das kürzlich begonnene Gedicht über Neobule und schrieb noch einen spöttischen Jambus über Lykambes:

Πάτηρ Λυκάμβα, ποῖον ἐφράσω τόδε;

τίς σὰς παρήειρε φρένας,

ἧις τὸ πρὶν ἠρήρεισθα; νῦν δὲ δὴ πολύς

ἀστοῖσι φαίνεαι γέλως.

88D

Vater Lykambes, was hast du dir dabei nur gedacht?

Wer hat deine Sinne so verwirrt,

die früher so klug waren? Jetzt bist du

nur noch das Gespött der Bürger!

Ich würde in den nächsten Tagen Lykambes und seine Töchter aufsuchen. Vorgeblich, um mich zu verabschieden – schließlich zog ich mit Erxies ins Feld, danach würde ich die Insel verlassen. In Wirklichkeit wollte ich mich aber am Unglück der Familie weiden.

Nicht einen Moment dachte ich daran, mich erneut um die feiste Matrone zu bemühen.

61

In den folgenden Tagen war einiges zu erledigen. So war ich eines Mittags wieder auf dem Kasernengelände, um eine vollständig neue Bewaffnung zu erhalten. Als ich meinen neuen Schild in Empfang nahm, dachte ich einen Moment an den Kampf bei Grymis, als ich auf der Flucht das Geschenk meines Vaters in einen Busch geworfen hatte. Mein neuer Schild war vielleicht nicht so schön verziert wie die von Hipponax gefertigte Wehr, aber er würde seine Funktion genauso gut wie sein Vorgänger erfüllen.

Die neue Ausstattung hob mein Selbstbewusstsein. Vielleicht war mit diesem Gefühl der Zeitpunkt gekommen, um mich von der Familie des Lykambes zu verabschieden. Da ich jedoch noch unsicher war, bog ich zunächst in eine Gasse ein, in der sich eine Taverne befand. Nach einem Skyphos mit gutem Wein würde ich die Entscheidung treffen.

Ich bemerkte in der Schenke, dass ich als gut ausgestatteter Soldat eine andere Behandlung erfuhr als zuvor, als sich mein Aussehen kaum von dem eines Knechtes unterschied. So entschloss ich mich, nach zwei oder drei Trinkschalen, ein letztes Mal zum Haus des Lykambes zu gehen.

Dort angekommen, klopfte ich an das Tor. Erneut öffnete mir der unfreundliche Bedienstete, den ich zuletzt mehrfach gesehen hatte. Meinen Helm, der weite Teile des Gesichts bedeckte, trug ich auf dem Kopf, sodass ich für ihn nicht sofort erkennbar war. Bedeutend entgegenkommender als bei meinen vorangegangenen Besuchen wurde ich nach dem Grund meines Kommens gefragt. Ohne meinen Namen zu nennen, antwortete ich, ich sei hier, um mich von dem Ratsherrn und seinen Töchtern zu verabschieden.

Noch bevor ich zu Ende gesprochen hatte, ertönte aus dem Hintergrund eine weibliche Stimme, die ich im ersten Moment nicht zuordnen konnte.

„Wer ist denn da?"

Kurz darauf sah ich durch den geöffneten Türspalt Neobules Schwester Ismene. Sie erkannte mich offenbar sofort.

„Ach, du bist es, Archilochos!" Sie schob den Bediensteten wortlos zur Seite und öffnete mir die Tür. „Gut siehst du aus! Was führt dich her?"

„Ich werde in den nächsten Tagen unter Amphitimos und Erxies gegen die Naxier ziehen. Du weißt ja sicher, dass sie den Osten unsicher machen. Euer Landgut ist ja auch fast schon verwaist. Ich wollte mich von eurer Familie noch verabschieden – trotz allem, was vorgefallen ist."

„Das ist sehr freundlich – komm doch herein!"

Ich betrat das Haus und wir gingen in das Empfangszimmer.

„Leider sind meine Eltern und meine Schwestern unterwegs. Ich kann dir nicht einmal sagen, wohin sie heute Morgen gegangen sind. Sie sind aber in der Polis – wegen der Naxier ist seit Wochen keiner von uns auf dem Gut. Wenn du warten möchtest?"

Nachdem ich bejaht hatte, legte ich meine Rüstung ab, denn es war ein heißer spätsommerlicher Tag. Ismene ließ mir Erfrischungen und Speisen bringen. Nachdem ich mich gestärkt hatte, bat sie mich, mit ihr in den kleinen Garten hinter dem Haus zu kommen. Den Garten hatte ich am Abend vor meiner Abfahrt nach Thasos schon einmal betreten, Neobule hatte hier auf mich gewartet. Auch fühlte ich mich an meinen ersten Besuch auf dem Landgut im Osten erinnert, als mich Neobule eingeladen hatte, mit ihr durch den Obstgarten zu spazieren.

Vielleicht waren es diese alten Bilder, die vor meinem Auge wieder auftauchten, vielleicht war es die heiße Mittagssonne oder mein Hass auf Neobule. Vielleicht war es der genossene Wein, verbunden mit dem eingebildeten neuen Selbstbewusstsein. Wahrscheinlich kam in einem Moment alles zusammen, denn plötzlich, ohne vorher daran gedacht oder es gar geplant zu haben, wandte ich mich Ismene zu und griff nach ihrem Haar. Ich bog ihren Kopf zurück und küsste sie heftig und leidenschaftlich –

zunächst den mir unfreiwillig zugewandten Hals, dann ihren Mund. Ich musste mit einer schallenden Ohrfeige als Antwort auf diesen unvorhersehbaren Übergriff rechnen. Zu meinem Erstaunen erwiderte sie stattdessen – nach einem Moment des Zögerns – meinen Kuss.

Ihr fehlender Widerstand ließ mich kühner werden. Ich griff nach ihrer Hüfte, zog daran und zwang sie auf diese Weise sanft, auf ein Blumenbeet im Garten niederzusinken. Anders als vor einem Dreivierteljahr, als ich Neobule im Obstgarten des Landguts zum ersten Mal geküsst hatte, war es mir völlig gleichgültig, ob jemand unser Treiben vom Haus aus beobachtete. Den Umhang, den ich noch trug, breitete ich auf dem Beet aus, damit Ismene nicht auf der Erde liegen musste.

„Vielleicht hätte ich statt deiner Schwester dich zur Braut nehmen sollen", raunte ich ihr ins Ohr.

σὺ μὲν γὰρ οὔτ΄ ἄπιστος οὔτε διπλόη.

Kölner Papyrus 196aW, 24

denn du bist nicht treulos, auch nicht wankelmütig.

Ich rezitierte einige Verse aus dem lästernden Gedicht, das ich vor einigen Tagen über Neobule verfasst hatte. Statt mir zu antworten, verschloss sie meinen Mund mit der einen Hand und umfasste mich mit der anderen in der Leibesmitte. Sobald ich schwieg, begann sie, mich sachte überall zu streicheln. Ich erwiderte ihre Zärtlichkeiten und suchte mit den Fingern ihre Brüste – zunächst über, später unter ihrem Gewand. Ich schob den oberen Teil ihres Gewandes beiseite und erfreute mich an der jugendlichen Schönheit ihrer Haut. Als ich mit den Händen in ihr Haar fuhr und leidenschaftlich ihre Brüste küsste, überkam mich gänzlich unerwartet der Höhepunkt.

... παρθένον δ΄ ἐν ἄνθεσιν

τηλεθάεσσι λαβὼν ἔκλινα· μαλθακῇι δέ μιν

χλαίνηι καλύψας, αὐχέν᾽ ἀγκάλησις᾽ ἔχων

δείματι παυσαμένην τὼς ὥστε νέβρον ἐκ φυγῆς

μαζῶν τε χερσὶν ἠπίως ἐφηψάμην,

ἡ δ᾽ ὑπέφηνε νέον ἥβης ἐπήλυσιν χρόα·

ἅπαν τε σῶμα καλόν ἀμφαφώμενος

θερμὸν ἀφῆκα μένοσ ξανθῆς ἐπιψαύων τριχός.

Kölner Papyrus 196aW, 28f.

...darauf nahm ich das junge Mädchen und bettete es

inmitten

der blühenden Blumen. Einen weichen Mantel

legte ich ihr um und hielt ihren Kopf im Arm –

wie ein kleines Rehkitz hielt sie verschreckt inne;

ich streichelte ihre Brüste sanft mit den Händen.

Verschämt zeigte sie ihre Haut, das Zeichen ihrer Jugend.

Den schönen Körper überall betastend,

kam es mir, während ich ihr blondes Haar streichelte.

Ermattet sank ich stöhnend neben ihr auf das Blumenbeet. Wenig später raffte ich mich wieder auf, und mein
Mund suchte und fand erneut den ihren. Mit den Händen
strich ich über ihren Körper, bis ein wohliger Schauer auch
durch das leicht zitternde Mädchen fuhr.

Eine Weile lagen wir beide fast reglos nebeneinander,
in Gedanken noch bei dem eben Geschehenen.

„Was wird nun? Was wird aus uns?"

„Nichts", antwortete ich gleichgültig.

Sie setzte sich ruckartig auf und blickte mich an.

„Das war doch nicht ‚nichts'..."

„Ich weiß nicht, was du von mir jetzt möchtest – ich werde ganz sicher nicht Lykambes um deine Hand bitten. Das habe ich schon einmal erlebt."

Ismene begann, ihre Kleider zu ordnen, und meinte mit leicht empörtem Unterton, ob es nicht vielleicht besser sei, wenn ich jetzt ginge.

Ich wusste nicht, was sie von mir erwartet hatte und nun erwartete, also rückte ich ebenfalls mein Gewand zurecht. Den Mantel nahm ich vom Boden und hielt ihn so, dass man die dunkle Verfärbung auf meinem Chiton nicht sehen konnte.

Schweigend gingen wir nebeneinander durch den kleinen Garten zurück zum Haus. Auf Neobule und ihren Vater würde ich nicht mehr warten. Ich griff nach meiner neuen Rüstung und den Waffen, dann verließ ich mit einem knappen Gruß das Haus.

Auf der Straße angekommen, wurde mir bewusst, dass dies mein letzter Kontakt mit der Familie des Ratsherrn und Gutsbesitzers Lykambes gewesen sein würde. Das Kapitel Neobule war für mich abgeschlossen. So dachte ich – doch ein letzter Akt sollte noch folgen.

KALLONDES

62

Am Tag, bevor wir in den Osten der Insel aufbrechen wollten, um die Eindringlinge aus Naxos zu vertreiben, versammelte sich morgens das parische Heer in der Kaserne in der Nähe des Hafens. Es hatten sich ungefähr dreihundert gut bewaffnete Männer eingefunden – teilweise erfahrene Söldner, teilweise Bürger, die als Jugendliche zwar eine Waffenausbildung erhalten hatten, aber noch nie in tatsächliche Kämpfe verwickelt gewesen waren. Amphitimos und Erxies legten den versammelten Männern die militärische Situation dar.

Die Naxier waren kein einheitlicher Volksstamm, vielmehr befanden sich die Nachfahren unterschiedlicher Besiedlungswellen auf der Insel. Ihnen gemeinsam war eigentlich nur, dass sie die Bewohner von Paros als Feinde betrachteten – Kriege unter den verschiedenen naxischen Stämmen waren daher keine Seltenheit. Das Volk, das am längsten auf Naxos lebte, waren die Karer, den größten Bevölkerungsanteil hatten mittlerweile die später eingewanderten Ionier. Der Angriff auf unsere Insel erfolgte auch nicht durch ein einziges Heer, sondern diese beiden wichtigsten Stämme hatten jeweils eine eigene Armee nach Paros gesandt. Das ionische Heer, das im nördlichen Teil von Paros' Osten sein Unwesen trieb, wurde von Hipponaktides und Ariphantos geführt. Im Süden der Insel mordeten und plünderten die Karer unter ihrem Führer Aischylides.

Amphitimos plante daher, auch das parische Heer zu teilen. Er würde mit dem größeren Teil der Männer in den Norden ziehen, Erxies würde mit dem Rest die Karer zu stellen versuchen. Möglicherweise könnte man nach dem Sieg in einer der beiden anstehenden Schlachten das verbliebene naxische Heer durch einen Marsch am Meer entlang umgehen und ihm auf diese Weise den Rückweg abschneiden.

Bei der anschließenden Einteilung der Soldaten achteten die Heerführer darauf, dass in beiden Heeresteilen jeweils das gleiche Verhältnis von erfahrenen und unerfahrenen Kämpfern entstand. Es ergab sich dabei, dass Linos, Silenos und ich unter Amphitimos gegen die Ionier ziehen würden. Ich war froh, die beiden alten Gefährten in den anstehenden Kämpfen in meiner Nähe zu wissen.

Die Männer verstauten anschließend ihre Waffen und die sonstigen mitgebrachten Sachen in dem Gebäude, welches den Exerzierhof umrahmte. Viele blieben gleich an Ort und Stelle und würden dort auch übernachten, andere wollten den Abend vor dem Aufbruch mit den Ihren verbringen.

Auch ich ging ein letztes Mal zu meiner Hütte, ein letztes Mal zu dem Landgut, das meinem Vater gehört hatte. Ich hatte es immer als meine Heimat angesehen, aber seit Kylon das Erbe Telesikles' angetreten hatte, fühlte ich, dass ich den Hof verlassen musste. Von Kylon würde ich mich auch diesmal nicht verabschieden. Er würde schon irgendwann bemerken, dass ich ihm und seinem Anwesen den Rücken gekehrt hatte. Ich würde auch nach dem Feldzug gegen die Naxier nicht mehr hierher zurückkommen, sondern möglichst zügig mit Linos und Silenos nach Thasos aufbrechen. Bis zur Abfahrt des Schiffs würde ich wie die anderen in der Kaserne übernachten.

Natürlich dachte ich daran, an diesem letzten Abend eine Hetäre aufzusuchen. Ich hatte gehofft, ein erster Sold würde noch vor dem Abmarsch ausbezahlt, denn meine Mittel waren nur noch sehr begrenzt. Da dies unterblieben war, musste ich meine Hoffnung, den jungen Leib Kynthias oder einer vergleichbaren Schönheit unter mir zu spüren, fahren lassen. Meine Barschaft würde bestenfalls noch für eine der älteren Hetären ausreichen. Ich erinnerte mich nur ungern an den letzten Besuch in Kynthias Hütte, wo ich sie nicht angetroffen und angesichts der angebotenen Alten den Raum fast fluchtartig verlassen hatte.

Οὐκέθ᾽ ὁμῶς θάλλεις ἁπαλὸν χρόα· κάρφεται γὰρ ἤδη

113D

Deine Haut blüht nicht mehr zart: denn sie wird schon

runzlig

Mit der betagten Vettel wollte ich mich nicht abgeben und so begab ich mich auf den Weg zu Kylons Gut.

Als ich meine Hütte erreicht hatte, packte ich meine Sachen zusammen und bereitete alles für den Abmarsch vor, der gleichzeitig mein Auszug war. Bei der anschließenden Überprüfung meiner Lebensmittelvorräte stellte ich erfreut fest, dass eine fast leer geglaubte Amphore noch gut mit Wein gefüllt war. Ich entschloss mich, sollte Itys anwesend sein, diesen Rest mit ihm zu teilen. Ich war ihm dankbar, denn er hatte mir mit seinen Berichten aus dem Haus des Lykambes in den vergangenen Wochen sehr genützt. Wie lange wäre ich ohne ihn Neobule und ihrem Vater noch hinterhergelaufen, bis ich die Wahrheit endlich erfahren hätte?

An die Familie des Lykambes hatte ich in den letzten Tagen kaum einen Gedanken mehr verschwendet. Mitunter fiel mir die Episode mit Ismene im Garten des Stadthauses ein, aber sie war bedeutungslos für mich. Von Neobule und Lykambes war in den Tagen vor dem Zug gegen die Naxier nichts zu hören und zu sehen.

Itys war erfreut, als ich ihn in meine Hütte einlud. Er bedauerte, dass ich das Landgut verlassen und schließlich sogar Paros den Rücken kehren wollte. Wir sprachen beim Wein noch über manche Themen der vergangenen Zeit. Dabei zeigte sich, dass er sich nie von dem Gefühl hatte befreien können, die Schuld am Tod meines Vaters zu tragen. Ich versicherte ihm, dass der Unfall damals nicht vermieden werden konnte und dass er keine Verantwortung für Telesikles' Tod trug. Der Abend endete erst, als die Amphore bis auf den letzten Tropfen geleert war.

Als Itys gegangen war, dachte ich an meinen Vater. Wäre der Unfall nicht geschehen und Telesikles noch am Leben, wäre meine Lage weit weniger düster, als sie sich jetzt darstellte. Ich hätte den nach seinem Willen mir zustehenden Anteil erhalten, und Neobule wäre wahrscheinlich jetzt noch meine Braut. Aber die Geschehnisse der letzten Monate konnte ich Itys nicht anlasten.

63

Am nächsten Morgen war ich offenbar einer der letzten Söldner, die in der Kaserne eintrafen. Linos berichtete mir, dass die Späher, die unserem Heer vorausziehen sollten, bereits vor geraumer Zeit aufgebrochen waren. Beide Heeresteile würden am heutigen Tag gemeinsam in den Osten der Insel ziehen, ihr Lager aber noch vor dem Erreichen der Küste aufschlagen. Für den nächsten Morgen war geplant, dass Erxies mit seinen Leuten sich nach Süden wenden sollte. Amphitimos hoffte, von den Spähern bis dahin erfahren zu haben, wo sich der ionische Teil des naxischen Heers aufhielt. Mit diesem würden wir den Kampf suchen.

Bereits am Mittag zeichnete sich ab, dass der Tag wieder sehr warm werden würde. Die Straße in den Osten war zwar gut ausgebaut, dennoch war der Marsch wegen der Hitze beschwerlich. Etwa vierzig Stadien zogen wir nördlich an den zentralen Bergen unserer Insel vorbei, bevor wir uns nach Süden wandten. An manchen Stellen war das Meer der Ostküste bereits sichtbar.

Nach weiteren fünfzehn Stadien erreichten wir am Nachmittag einen zentral gelegenen Platz mit guter Sicht in alle Richtungen. Amphitimos befahl, an dieser Stelle das Lager zu errichten. Die Späher waren noch nicht zurückgekehrt, sodass der Archont eine weitere Gruppe aussandte, um Ausschau nach dem gegnerischen Heer zu halten.

Es begann bereits im Westen zu dämmern, als diese zweite Einheit von Spähern zurückkehrte. Sie hatten die vermisste erste Gruppe gefunden – sie waren entdeckt, abgeschlachtet und liegengelassen worden. Auch von Einwohnern der Gegend hatten wir Hinweise auf die Nähe des naxischen Heeres erhalten. So gewarnt, ließ Amphitimos die Wachen während der Nacht verdoppeln.

Die Nacht verlief indessen völlig ruhig. Auch ich selbst fand tiefen Schlaf. Ich erinnerte mich an meine frühere Unruhe vor einem Kampf – mittlerweile war mir das Söldnerleben mit seinen Gefahren vertraut geworden.

Als der nächste Tag anbrach, kümmerte sich jeder der anwesenden Söldner nochmals um seine Bewaffnung. Es war zu erwarten, dass wir heute auf den Feind treffen würden. Um nicht selbst umgangen und von dem zweiten, dem karischen Heer, eingeschlossen zu werden, entschlossen sich Amphitimos und Erxies, an ihrem ursprünglichen Plan festzuhalten und unsere Männer zu teilen.

So zogen wir, nachdem das Lager abgebrochen war, zunächst gemeinsam gegen Osten, um uns kurz vor dem Erreichen der Küste zu trennen. Erxies zog an einer Weggabelung mit seinen Männern nach Süden, wir bewegten uns weiter in Richtung der Küste.

Wir waren nur wenige Stadien unterwegs gewesen, als die am frühen Morgen wieder ausgesandten Späher aufgeregt zu uns zurückkamen. Hinter dem Hügel, der uns noch vom Meer trennte, befand sich das ionische Heer. Wir müssten mit einer leichten Übermacht rechnen – es waren eher zweihundertfünfzig als zweihundert Mann, die uns erwarteten.

Dank unserer Vorbereitung am Morgen dauerte es nicht lange, bis wir kampfbereit waren. Wir rückten weiter nach Osten, Richtung Meer, vor. Als wir den Hügel passiert hatten, sahen wir in der Ebene das naxische Heer. In der Ferne war deren Lager zu erkennen, die Schiffe waren in einer Bucht verankert.

Der Feind hatte seine Späher ebenfalls ausgesandt und erwartete uns bereits zum Kampf. In breiter Front standen die ionischen Soldaten. Ich beobachtete ihre Reihen und stellte fest, dass auch auf der naxischen Seite Söldner kämpften. So erkannte ich eine Einheit von Lanzenkämpfern, die wahrscheinlich von der Insel Euboia angeworben worden waren. Bogenschützen und Schleuderwerfer waren nicht zu sehen – es würde also von Anfang an Mann gegen Mann gekämpft werden.

οὔ τοι πόλλ᾽ ἐπὶ τόξα τανύσσεται οὐδὲ θαμειαί

σφενδόναι, εὖτ᾽ ἂν δὴ μῶλον Ἄρης συνάγῃ

ἐν πεδίῳ· ξιφέων δὲ πολύστονον ἔσσεται ἔργον·

ταύτης γὰρ κεῖνοι δαίμονές εἰσι μάχης

δεσπόται Εὐβοίης δουπικλυτοί.

3D

es werden nicht viele Bogen gespannt, es sausen nicht die

Schleudern, wenn Ares in der Ebene das Kampfgetümmel

hervorruft.

Es wird das Werk der Stöhnen erregenden Schwerter sein,

denn diesen Kampf beherrschen

die durch ihre Speere berühmten Herren Euboias.

Vor dem feindlichen Heer standen zwei Männer, die

vermutlich die Führer des naxisch-ionischen Heeres waren: Hipponaktides und Ariphantos. Auf meine Frage, ob er die beiden kenne, klärte mich Silenos auf, dass meine Annahme nur teilweise richtig war.

„Du hast recht, der eine ist tatsächlich Hipponaktides. Der andere aber ist Kallondes. Er ist der heimliche Anführer des Heeres der Naxier. Hipponaktides und Ariphantos sind nur Puppen in seiner Hand. Er hat den Beinamen „Korax", der Rabe – für was auch immer diese Bezeichnung stehen soll."

Der Rabe – ich betrachtete den schwer bewaffneten Mann näher. Sein Anblick war ehrfurchtgebietend. Kallondes machte eine Handbewegung, die so zu deuten war, dass er mit unserem Führer sprechen wollte.

Amphitimos trat vor und ging zu den beiden Naxiern. Sie sprachen längere Zeit miteinander. Ich konnte nicht verstehen, was sie redeten – ich war zu weit entfernt. Es war durchaus üblich, dass vor einer Schlacht die Führer der Heere die letzten Möglichkeiten einer friedlichen Lösung ausloteten.

Der Körpersprache der Verhandelnden war rasch zu entnehmen, dass man kaum zu einer Lösung ohne Waffengewalt kommen würde. Nach einiger Zeit wandte sich Amphitimos um und ging mit finsterer Miene zurück zu seinem wartenden Heer.

„Es wird wohl zum Kampf kommen", sagte Silenos.

„Es sieht so aus", entgegnete ich ihm und fasste meine Waffen fester.

Noch während wir sprachen, setzte sich der näher am Meer stehende Flügel der naxischen Truppe langsam in Bewegung. Die Männer hoben die Schilde vor ihre Körper und begannen, ihre Speere zu schleudern. Die ersten Schreie Getroffener drangen an mein Ohr. Amphitimos ordnete unseren linken Flügel.

Mittlerweile hatte sich auch der Rest der Naxier in Bewegung gesetzt. Zunächst kamen sie ruhigen Schrittes auf uns zu, dann erhob sich Kampfgeschrei, und die Soldaten rannten in unsere Richtung.

Wie alle anderen erhoben Silenos, Linos und ich unsere Schilde und warfen unsere Speere als ersten Gruß den anstürmenden Feinden entgegen. Auch in den vorderen Reihen der Naxier stürzten die ersten Kämpfer. Mein Speer traf einen der anstürmenden Gegner genau ins rechte Auge. Wie ein gefällter Baum stürzte er rückwärts um.

ὐξύη ποτᾶτο

186Bgk

der Speer flog

Wir zogen unsere Schwerter und traten dem Feind entgegen. Aus den Augenwinkeln konnte ich sehen, dass Amphitimos – anders als andere Feldherren – sich nicht hinter die eigenen Reihen zurückzog. Vielmehr zog der kleinwüchsige, beleibte Mann mit sicherem Schritt und erhobenem Schwert seinem Heer voran in den Kampf.

Οὐ φιλέω μέγαν στρατηγὸν οὐδὲ διαπεπλιγμένον

οὐδὲ βοστρύχοισι γαῦρον οὐδ᾽ ὑπεξυρημένον·

ἀλλά μοι σμικρός τις εἴη καὶ περὶ κνήμας ἰδεῖν

ῥοικός, ἀσφαλέως βεβηκὼς ποσσί, καρδίης πλέως.

60D

Ich liebe nicht den großgewachsenen Feldherrn mit

gestelztem Gang,

auch nicht einen, der stolz auf seine Locken und

wohlrasiert ist.

Mir ist vielmehr einer mit krummen Waden lieber –

wenn er sicheren Fußes steht, mit vollem Herz.

Die Schilde der Männer um mich herum überlappten sich, als wir auf den Gegner trafen. Nach dem Zusammenprall mit dem Feind löste sich die geschlossene Formation rasch auf, und jeder kämpfte mit seinem Gegenüber. Ich tötete einen Naxier, den ich bereits während des Zusammenpralls am Bein verletzt hatte. Er konnte sich nur noch schlecht bewegen, sodass es mir leichtfiel, ihn zu umgehen und mit dem Schwert niederzustrecken.

Als ich meine Waffe aus dem Körper des Gegners zog und mich aufrichtete, sah ich, dass Silenos von einem Lanzenkämpfer bedrängt wurde und in Nöten war. Kurz entschlossen stach ich dem Mann mein Schwert zwischen die Schulterblätter, woraufhin dieser seine Lanze fallen ließ. Silenos stürzte vor und rammte sein Schwert in den Leib des Naxiers.

Ich blickte mich um und sah die kämpfenden Körper, wie sie aufeinanderprallten. Für einen Moment erinnerte ich mich – dabei war mir die Absurdität des Gedankens sofort bewusst – an Kynthia und an das Gedicht, das ich nach meinem ersten Besuch bei ihr verfasst hatte: Leib rieb sich an Leib, Schenkel presste sich an Schenkel.

Der Kampf wogte hin und her, keiner Seite gelang es, einen entscheidenden Vorteil zu erringen. Zunächst schien es, als würde es den angreifenden Naxiern gelingen, mit ihrem vorgerückten linken Flügel unsere Flanke zu umgehen und uns in den Rücken zu fallen. Amphitimos erkannte jedoch die Gefahr rechtzeitig und sandte Leute an die bedrohte Stelle, wo sie ihrerseits unter den zu weit vorgerückten Gegnern ein Blutbad anrichteten.

Den Nachmittag über wurde gekämpft, beide Seiten hatten erhebliche Verluste. Die einbrechende Dämmerung beendete die Kampfhandlungen für diesen Tag allmählich.

Die Feinde ließen nach und nach voneinander ab. Die Naxier wandten sich ihrem befestigten Lager zu, wir zogen uns hinter den Hügel zurück und begannen unsererseits, das Nachtlager zu errichten.

64

Im Unterschied zu unserem Zug nach Thasos war ich unter Amphitimos ein einfacher Soldat, und als solcher traf mich auch der unangenehme Wachdienst. So musste ich mich mitten in der Nacht aus meinem Zelt begeben, wo ich zusammen mit einem anderen, mir bis dahin unbekannten Kameraden namens Prokopios die bisher wachhabenden zwei Söldner ablöste.

Die Hitze des Tages war einer angenehmen Kühle gewichen. Zunächst war alles ruhig, wir umkreisten in unregelmäßigem Rhythmus unser Lager, in dem einige Feuer nach und nach verglühten. Als wir einmal mehr unsere Südseite passierten, hörten wir plötzlich einen leisen Pfiff.

Wir blickten einander an. Prokopios signalisierte mir, ich solle dem Geräusch nachgehen, er würde mir Deckung geben. Während er seinen Speer erhob und bereit zum Wurf war, schlich ich mit gezogenem Schwert und gehobenem Schild langsam in die Richtung, aus der der Pfiff ertönt war.

Hinter einem Baumstamm trat ein Mann hervor. Er hatte die Hände erhoben, um uns zu zeigen, dass er keine Waffen in diesen hielt und nicht beabsichtigte, uns anzugreifen.

„He, ihr da! Ich habe eine Nachricht für euren Anführer. Bringt mich zu ihm!" Er sprach nur leise, flüsterte fast.

„Wer bist du? Wer schickt dich zu uns?"

„Ich komme im Auftrag von Aischylides, dem Feldherrn der Karer."

Ich sagte zu Prokopios, er solle weiter die Wache übernehmen, ich würde mit dem Boten des Feindes zu Amphitimos gehen.

„Aber sei besonders wachsam! Vielleicht ist das eine Falle, und es wimmelt hier nur so von Karern und sonstigen Naxiern."

„Nein, glaubt mir. Ich komme allein, mit einer Botschaft von Aischylides."

Ich ließ den angeblichen Boten vor mir gehen. Mein Schwert hielt ich noch immer zur Sicherheit in der Hand. Als wir das Zelt des Archonten erreicht hatten, gebot ich dem Mann, anzuhalten und reglos zu warten. Mit einer Geste meiner Schwerthand machte ich ihm deutlich, was geschehen würde, wenn er sich vom Fleck rühren würde.

Ich öffnete das Zelt ein wenig und rief leise den Namen unseres Anführers. Zunächst kam nur undeutliches Knurren als Antwort, dann schien Amphitimos zu begreifen, dass er gesucht wurde. Missmutig und sichtlich aus dem Tiefschlaf gerissen erschien er kurze Zeit später vor dem Zelt.

„Was geht hier vor? Warum werde ich mitten in der Nacht geweckt?"

„Verzeih mir, Amphitimos, aber dieser Mann hier ist auf uns Wachhabende zugekommen. Er sagt, er sei ein Botschafter von Aischylides."

„So? Warum kommst du mitten in der Nacht? Was hast du uns zu sagen?" Der Archont wandte sich an den unerwarteten Besucher.

„Mein Herr bietet dir ein Bündnis an", begann der Bote. „Wie du weißt, sind die verschiedenen Stämme auf Naxos untereinander uneins. Die Karer werden mehr und mehr von den Ioniern zurückgedrängt, obwohl unsere Vorfahren die Insel zuerst besiedelt hatten."

Nach kurzem Schweigen fuhr er fort: „Aischylides sieht in dem jetzigen Konflikt die Gelegenheit, die ionische Plage wieder loszuwerden. Er bietet dir ein Bündnis an. Wir könnten mit dem karischen Heer hierher zu eurem Lager kommen und in ein oder zwei Tagen gemeinsam die Ionier niedermachen. Das Heer steht nur etwa einen Tagesmarsch entfernt – euer Erxies sucht uns ganz woanders."

Verrat war doch allerorten, dachte ich bei mir. Gemeinsam mit den Karern würde es allerdings sicher gelingen, die Ionier zu schlagen.

„Richte Aischylides aus, er soll mit seinem Heer nach Norden kommen. Ich möchte vor der Vereinigung unserer Streitmacht allerdings mit ihm reden. Das Angebot kommt etwas überraschend. Schließlich haben eure Truppen auf Paros auch einigen Schaden angerichtet."

„Wir wollen nur die Herrschaft über Naxos wiedererlangen. Sobald wir die Ionier vernichtet haben, ziehen wir Karer sofort wieder auf unsere Insel. Als nunmehr Verbündete seid ihr sicher vor weiteren Übergriffen."

Das Gespräch endete bald darauf. Ich geleitete den Boten wieder zu der Stelle, wo Prokopios und ich ihn aufgegriffen hatten. Geräuschlos verschwand der Mann wieder in dem Wald, aus dem er gekommen war.

Kurze Zeit später endete unsere Nachtwache. Als wir in die Mitte des Lagers kamen, um die Wache an die nächsten zwei Gefährten – unter ihnen war Linos – zu übergeben, sah ich, dass der Archont sich nach der Verhandlung mit dem Boten nicht wieder schlafen gelegt hatte. Er sprach eindringlich mit einem unserer Späher.

65

Die Kämpfe wurden am nächsten Morgen zunächst nicht wieder aufgenommen. Kallondes schickte uns eine Nachricht, er wolle die Waffen einen Tag ruhen lassen, damit beide Seiten die Gelegenheit hatten, ihre Toten zu verbrennen und sich um die Verletzten des ersten Kampftages zu kümmern.

Dieses Angebot musste Amphitimos sehr gelegen kommen, denn mit dem Eintreffen des karischen Heeres war kaum vor dem nächsten Tag zu rechnen. So nahm er den Vorschlag der ionischen Heeresführung an. Die Männer, die sich am Vortag noch auf Leben und Tod bekämpft hatten, bargen nun ihre Gefallenen, ohne sich gegenseitig in irgendeiner Weise zu behelligen.

Es wurden Scheiterhaufen errichtet. Nachdem alle Toten aufgebahrt und die Opfer für die Götter gebracht waren, wurden diese entzündet. An der Zahl der Feuer war erneut erkennbar, dass beide Seiten große Verluste erlitten hatten. Ich alleine hatte mindestens fünf Naxier auf mehr oder weniger ehrenhafte Weise getötet. Zum Glück war ich völlig unverletzt geblieben.

Amphitimos hatte zu meiner Überraschung angeordnet, das Lager zumindest provisorisch zu befestigen. Als ich am Nachmittag nach der Trauerfeier in das Lager zurückkehrte, um hierbei mitzuwirken, traf ich Linos in einem Gang zwischen den Zelten. Im Gegensatz zu mir trug er im Gesicht einige Male des gestrigen Kampfes, hatte jedoch keine erhebliche Verwundung.

„Du wirst nicht glauben, wen ich eben gesehen habe: Itys ist hier und sucht dich."

„Das kann doch kaum wahr sein. Warum sollte er mich sehen wollen?"

„Das kann ich dir nicht sagen. Er kann noch nicht weit sein. Er ging in diese Richtung." Linos deutete mit seinem Speer hinter sich.

Ich musste nur ein kurzes Stück gehen, da erkannte ich meinen Freund von hinten und rief ihn an: „Itys! Was machst du hier?"

Itys drehte sich um und kam auf mich zu.

„Archilochos, da bist du ja. Ich suche dich."

„Wie bist du hergekommen? Und warum?"

„Ich habe Kylon um einen freien Tag und um einen Wagen gebeten, damit ich dich sehen kann. Zum Glück hat er beidem zugestimmt."

„Du musst schon einen gravierenden Grund vorgebracht haben, wenn mein Halbbruder dir beides gewährt hat. Also, was gibt es?"

„Ich dachte mir, dass es besser ist, wenn du es von mir erfährst – und nicht später von irgendjemand anderem. Schließlich war sie einmal wichtig für dich gewesen. Sehr wichtig."

„Wen meinst du mit ,sie'? Und was ist geschehen?"

„Neobule. Sie hat sich erhängt."

Für einen Moment schien es mir, als würde ich den Boden unter den Füßen verlieren. Es dauerte eine Weile, bis ich mich gefasst hatte.

„Woher weißt du davon? Warum hat sie das getan?"

„Theakleia war heute Morgen bei mir. Unter Tränen hat sie mir berichtet, dass sie Neobule gestern in ihrem Zimmer aufgefunden hat – an einem ihrer Gürtel erhängt."

Itys zögerte, bevor er fortfuhr.

„Ein Grund ist sicherlich die Schande, dass Archenaktides ihr die Hochzeit verweigert und sie fallengelassen hat, nachdem er genug von ihr hatte. Es sind ihr aber auch Verse von dir, in denen du sie beschimpfst und verfluchst, zu Ohren gekommen. Sie scheint davon sehr betroffen gewesen zu sein."

Wieder benötigte ich einen Moment – dann konnte ich den Zusammenhang begreifen. Ismene. Ich hatte ihr einige meiner Verse aus dem neuen Gedicht über Neobule vorgetragen. Sie musste diese an ihre Schwester weitergegeben haben. Mein Hass hatte zu ihrem Selbstmord beigetragen. Ich wusste nicht, ob ich mich schuldig fühlen sollte.

„Ich sehe, dass die Angelegenheit dich stark belastet. Ich glaube, es ist besser, wenn ich dich jetzt alleine lasse und nach Paros zurückfahre", meinte Itys. „Wenn du mich brauchst – du weißt ja, wo du mich findest."

„Vielen Dank, dass du die großen Mühen auf dich genommen hast, um mir die Nachricht zu überbringen. Ja, ich wäre jetzt gern allein."

Itys verabschiedete sich. Ich sah ihm nach, als er mit seinem bescheidenen Eselskarren die Heimfahrt in die Polis antrat.

Gesenkten Hauptes ging ich zu meinem Zelt, in dem ich auf meinem Lager Platz nahm. Die Gefühle schlugen über mir zusammen. Einerseits hasste ich Neobule, andererseits musste ich doch an die Momente großer Nähe und großer Bedeutung in unserer viel zu kurzen gemeinsamen Zeit denken. Die Tatsache, dass meine Jamben einen Beitrag zu ihrem Entschluss, den Freitod zu suchen, geleistet hatten, schockierte mich fast so sehr wie die Nachricht selbst.

Je länger ich auf meinem provisorischen Bett lag, umso mehr gewannen doch wieder Verachtung und Hass die Oberhand. Ich konnte ihr nicht verzeihen, dass sie sich auf Archenaktides' Werben eingelassen und sich ihm schließlich sogar hingegeben hatte. Mich hatte sie nicht mehr sehen wollen – ich war mir sicher, dass sie mindestens einmal ihre Anwesenheit im Stadthaus verleugnen ließ, als ich nach ihr fragte. Sie hatte sich in ihrem Hochmut nicht einmal dazu herabgelassen, mir das Geschehene zu erklären.

κύψαντες ὕβριν ἀθρόην ἀπέφλοσαν.

37D

als sie sich erhängt, war all der Hochmut dahin.

Ich dachte an die Zeit unserer Verlobung zurück. An dem Tag, als ich Neobule gefragt hatte, ob sie meine Frau werden wolle, war ich von Lykambes und seiner Familie aufgefordert worden, eigene Verse vorzutragen. Ich hatte meinen eigens verfassten Päan rezitiert, anschließend die Fabel vom Fuchs und dem Adler wiedergegeben. Wer hätte damals ahnen können, dass diese Fabel in meinem Leben schaurige Wirklichkeit werden würde?

Der Adler und der Fuchs schlossen Freundschaft. Sie wollten nahe beieinander leben, und der stetige Umgang miteinander sollte die Freundschaft festigen. Der Adler wohnte hoch in den Wipfeln eines Baumes, in seinem Horst brütete er die Jungen aus und zog sie auf. Der Fuchs brachte seine Jungen in einem Busch am Fuße des Baumes, in dem die Familie des Adlers lebte, zur Welt.

Eines Tages hatte der Adler keine Nahrung mehr für sich und seine Jungen. Als der Fuchs unterwegs war, flog er hinunter in den Busch, ergriff mit dem Schnabel die kleinen Füchslein, trug sie hinauf in seinen Horst und verzehrte sie dort mit den kleinen Adlern.

προύθηκε παισὶ δεῖπνον αἰηνὲς φέρων

90D

setzt seinen Jungen die entsetzliche Mahlzeit vor

Der Fuchs kehrte nach einiger Zeit zurück und sah, was geschehen war. Der Tod seiner Kinder betrübte ihn, noch mehr aber geriet er über seine eigene Wehrlosigkeit in Zorn. Der Adler in seinem Horst war unerreichbar für ihn. Dem Fuchs blieb nur, seinen Feind zu verfluchen.

ὦ Ζεῦ πάτερ Ζεῦ, σὸν μὲν οὐρανοῦ κράτος,

σὺ δ' ἔργ' ἐπ' ἀνθρώπων ὁρᾶις

λεωργὰ κἀθέμιστα, σοὶ δὲ θηρίων

ὕβρις τε καὶ δίκη μέλει.

94D

o Zeus, Vater Zeus, bei dir ist die Macht im Himmel,

du siehst die Taten der Menschen,

Gewalt und Verbrechen! Dir obliegen doch auch

Hochmut und Recht der Tiere.

Die Zeit kam, dass der Adler für die Missachtung der Freundschaft büßen musste. Menschen schlachteten auf dem Feld eine Ziege, um sie den Göttern zu opfern. Der Adler wollte daran teilhaben und verließ den Horst. Er riss aus dem toten Zicklein ein angekohltes Stück Fleisch und trug es zu seinen Jungen. Als er es im Horst abgelegt hatte, entfachte eine plötzliche Windböe das noch glühende Fleisch und entzündete das Gras, aus dem das Nest gebaut war. Das Nest verbrannte in hellen Flammen, und mit ihm die Jungen des Adlers, die noch zu klein waren, um fliegen zu können. Sie fielen aus dem Horst auf den Boden, wo der Fuchs sie vor den Augen des Adlers verzehrte.

Lykambes hatte mich betrogen, indem er Archenaktides Neobule zur Frau gab. Sein Verrat war gerächt worden, als mein Rivale die Tochter des Lykambes fallengelassen hatte. Die Schande, verlassen worden zu sein, und meine schmähenden Gedichte, die Neobule zu Ohren gekommen waren, hatten sie in den Selbstmord getrieben.

Der Fuchs hatte die jungen Adler gefressen.

66

Am nächsten Vormittag berichteten zurückkehrende Späher, dass sie das karische Heer nahen sahen. Kaum einer von uns war davon beunruhigt, schließlich erwarteten wir dessen Ankunft. Amphitimos war bereit, sich mit Aischylides zu treffen, und hielt sich stets in der Nähe des Eingangs zum Lager auf. Er wirkte nervös, schien den Karern nicht zu trauen. Nun begriff ich auch, warum er am Vortag die Befestigung des Lagers angeordnet hatte. Er hatte zudem den Soldaten befohlen, kampfbereit gerüstet im Lager zu stehen. In Erwartung von Verbündeten waren die Männer der Aufforderung bislang jedoch nur nachlässig nachgekommen.

Einige Zeit später sahen wir die heranziehenden Karer. In einem langen Zug kamen sie von Süden, westlich des Berges, hinter dem sich das ionische Lager befand, in unsere Richtung gezogen. Im Abstand von ungefähr einem Stadion hielten sie an und formierten sich. Aischylides war nirgends zu sehen. Wie ich gehört hatte, war er zwar Befehlshaber des karischen Heeres, aber kein ausgewiesener Militärfachmann. Er hatte als Besitzer mehrerer Tonwarenmanufakturen seine Führungsrolle erkauft.

Als das karische Heer versammelt war, begannen sie erneut, sich langsam auf unser Lager zuzubewegen. Diesmal wurden jedoch die ersten von uns unruhig. Auch der Archont wandte sich an die umstehenden Soldaten und befahl ihnen, ihre Wachsamkeit zu erhöhen.

Dann trat er einige Schritte vor, hob einen Arm und rief: „Halt! Keinen Schritt weiter! Wo ist Aischylides? Wir hatten vereinbart, dass wir vor der Vereinigung der beiden Heere miteinander sprechen!"

Unbeeindruckt kamen die Karer Schritt für Schritt unserem Lager näher. Wohl auf ein Zeichen ihres noch immer unsichtbaren Führers begannen sie, den Laufschritt aufzunehmen und stürmten mit Kampfgeschrei und erhobenen Waffen auf uns zu.

Verrat war mein ständiger Begleiter in den letzten Monaten. Amphitimos hatte wohl die Falschheit von Aischylides erahnt. Seine Vorsicht hatte sich auf mich übertragen – als die Karer plötzlich angriffen, war ich im Unterschied zu den meisten meiner Gefährten nicht besonders überrascht.

Die ersten abgeworfenen Speere sausten über uns hinweg. Schreie drangen an mein Ohr. Zwar hatte der Archont Kampfbereitschaft angeordnet, dennoch stand das parische Heer nicht geordnet wie sonst. Die Mehrheit hatte den Karern Glauben geschenkt und nicht mit dem plötzlichen Angriff gerechnet. So verging zu viel Zeit, bis sich ernsthafter Widerstand formierte.

Ich zog mein Schwert und sprang vor, um mit einigen anderen dem auf das Lager zueilenden Amphitimos Schutz zu geben.

„Ich habe doch gewusst, dass man den elenden Karern nicht trauen kann", keuchte der Archont, als er an mir vorlief. Als er uns passiert hatte, versuchten wir, die Schilder zu einer einigermaßen durchgehenden Front zu schließen, doch die Gegner waren schon zu nahe an uns herangekommen. Der Kampf Mann gegen Mann begann.

παῖδ᾽ Ἄρεω μιαιφόνου

31D

der blutbefleckte Sohn des Ares

Wir zogen uns an den Rand des Lagers zurück und benutzten diesen als Verteidigungslinie. Ich war froh, dass unser Archont am Vortag auf den Ausbau des Lagers bestanden hatte. So gelang es uns, den ersten Ansturm der Karer durch Gräben und provisorische Palisaden etwas zu bremsen.

Ein Naxier drang vor mir in eine Gasse zwischen

288

zwei Zelten ein. Mit dem Schild wehrte ich ein oder zwei Schwerthiebe ab, bevor ich zu einem Gegenangriff ansetzen konnte. Rasch hatte ich ihm eine Verletzung an der Schwerthand beigebracht. Als er zurücksprang, stach ich mit meiner Waffe nach ihm und verletzte ihn im Unterleib. Der Mann schrie schmerzerfüllt auf. Ich hatte ihn an der empfindlichsten Stelle getroffen. Blut schoss in großer Menge auf den Boden.

ἵνας δὲ μεδέων ἀπέθρισεν

138Bgk

die Sehnen der Geschlechtsteile wurden durchtrennt

Ich stürzte nach vorne und tötete den verlorenen, längst wehrlosen Mann. Ich dachte an meinen ersten Kampf bei Leukas zurück. Ich hatte in der Zwischenzeit viel gelernt und fand mittlerweile sogar Gefallen daran.

Ein weiterer Karer, der versuchte, den Platz des eben Gefallenen einzunehmen, musste sein Leben lassen. Neben mir kämpften Linos und Silenos erbittert.

Auch wenn es uns gelang, dem ersten Schwung des karischen Heeres Einhalt zu gebieten, war es den Feinden durch ihren Betrug doch geglückt, unbehelligt sehr nahe an unser Lager heranzukommen. Mit ihrer List hatten sich die Füchse herangeschlichen. Wir verschanzten uns dort und mussten den Angriff abwehren – die Waffen eines Igels durfte man aber nicht unterschätzen, auch durch Verteidigung konnte eine Schlacht gewonnen werden.

πόλλ᾽ οἶδ᾽ ἀλώπηξ, ἀλλ᾽ ἐχῖνος ἓν μέγα

103D

viel weiß der Fuchs, nur eines der Igel: aber das ist groß

Allmählich wurden die Reihen der Parier geordneter, als sie zu Anfang des Gefechts gewesen waren. Auch kamen mehr und mehr Soldaten hinzu, die entgegen der

Anweisung des Archonten zunächst nicht kampfbereit gewesen waren. So schienen wir nach und nach die Oberhand gegen die Karer zu gewinnen.

„Achtung, Männer! Hinter euch! Rasch, eine Gruppe hierher!" Die Stimme des Archonten ließ mich herumfahren. Am anderen Ende des Lagers wurden wir ebenfalls angegriffen. Die Ionier waren aus ihrem Lager durch die Ebene gezogen, hatten den Hügel umrundet und standen nun in unserem Rücken. Eine Reihe von Männern, unter ihnen Linos, stürmte mit mir nach hinten.

Nun kämpften wir an zwei Fronten gegen die beiden Heere der Naxier. Ich erkannte neben Kallondes wieder Hipponaktides. Der dritte Mann, der sich in der Nähe der beiden Führer aufhielt, musste Ariphantos sein.

...φιλεῖς

ἀγχοῦ καθῆσθαι, ταυτα δ᾽ ἵππονα[...

[.]ὶδ᾽ ἄριστα βροτῶν

[..]δεν δὲ κ᾽Ἀρίφαντος (ἇ μάκαρ, ὅτις

οὐδάμα κώ σ᾽ ἔιδε

γράσου πνέοντα φῶρα·) τῶι χυτρεῖ [δὲ νῦν]

Ἀισχυλίδηι πολεμεῖ.

… πᾶς δὲ πέφηνε δολος

80D

...du liebst es,

sehr nahe zu sitzen, wie es auch Hipponaktides ...

..am besten von allen Sterblichen versteht,

das mag auch Ariphantos (o Glücklicher,

der dich nie sehen musste,

dich nach einem Bock stinkenden Dieb). Mit dem Töpfer

Aischylides führt dieser jetzt Krieg.

...

die ganze Heimtücke wurde nun offenbar

Die Lage begann, kritisch zu werden. Durch das Eingreifen der Ionier sahen wir uns nicht nur einer erheblichen Übermacht gegenüber, sondern waren von dieser auch nahezu umzingelt. Schlagartig wurde mir der Plan der Naxier klar. Sie hatten es vom ersten Moment an darauf angelegt, uns von zwei Seiten angreifen zu können. Aischylides' vermeintliches Angebot brachte das karische Heer an unser Lager heran, Kallondes' Waffenstillstand verschaffte ihnen die Zeit dazu. Währenddessen suchte Erxies mit dem anderen Teil des parischen Heeres im Süden der Inseln vergeblich nach den Feinden.

„Männer, haltet durch!" Amphitimos verschaffte sich mit lauter Stimme Gehör. „Ich habe den Naxiern nicht einen Moment getraut! Ich habe Boten zu Erxies geschickt, dass er uns hier zu Hilfe eilt!"

Das Gebrüll der parischen Männer zeigte mir an, dass die aufmunternden Worte unseres Archonten bei ihnen angekommen waren und ihnen neuen Mut verliehen. Die nahestehenden Männer gaben die Nachricht an die weiter, die Amphitimos' Worte nicht hatten hören oder verstehen können. Viele hatten den Archonten unterschätzt, doch nun zeigte sich, dass er trotz seiner Kleinwüchsigkeit ein großer Führer war.

Schild prallte an Schild, Schwert hieb gegen Schwert. Lange würden wir den Kampf auf zwei Seiten nicht durchhalten können, Erxies musste bald kommen.

...Ἐρξίη, καταδραμ...

...Τῶι σ´ ὁδὸν στέλλειν...

Monumentum Archilochium E2 col. I

(nur bruchstückhaft überliefert)

...Erxies, herbeizueilen...

...so (bitte ich die Götter), dich auf den Weg zu machen...

67

Erxies kam, und er kam keinen Moment zu früh. Er war in einem Eilmarsch nach Norden gezogen und fiel nun mit seinen Leuten dem karischen Heer in den Rücken. Seine Ankunft setzte bei den mittlerweile in große Bedrängnis geratenen parischen Soldaten die letzten Kräfte frei. Das Schlachtenglück wandte sich wieder, diesmal zu unseren Gunsten.

Umgeben von einer Gruppe seiner besten Kämpfer bahnte sich Erxies einen Weg durch das Schlachtfeld, bis er Amphitimos erreicht hatte.

„Du kommst gerade rechtzeitig! Wir werden das unselige Heer der Naxier jetzt vernichten und uns von dieser Plage endlich befreien." Amphitimos deutete auf die ionischen Soldaten, von denen sich etliche schon zur Flucht in Richtung ihres Lagers und ihrer Schiffe gewandt hatten. Den Sieg unserer Insel vor Augen lachte der Archont sogar bei seinem Gespräch mit Erxies.

Ἐρξίη, πῆι δηῦτ΄ ἄνολβος ἀθροίζεται στρατός;

62D

Erxies, wofür versammelt sich eigentlich dieses unselige

Heer?

Ein Stück vor mir sah ich Linos, der mittlerweile in der Nähe der ionischen Führer kämpfte. Ich versuchte, in seine Richtung zu gelangen. Ein großer Naxier, der eben einen Parier erschlagen hatte, verstellte mir den Weg. Er trug, anders als die meisten anderen Kämpfer, weder Lanze noch Schwert, sondern kämpfte ohne Brustpanzer mit einer beidhändig geschwungenen Keule, an deren Spitze dicke Nägel befestigt waren.

Seinem ersten Hieb wich ich durch einen Sprung zur Seite aus. Noch im Sprung gelang es mir, ihm am Oberschenkel mit dem Schwert einen Treffer zuzufügen. Der verletzte Mann brüllte auf, war aber noch nicht geschwächt genug, um nicht erneut mit seiner Waffe auszuholen. Noch während er die Keule hob, schoss ich kurz vor und stach ihm in das Knie des noch unbeschädigten Beins. Der Hüne stürzte, von der Wucht des eigenen Schwungs nach hinten gerissen, und ich rammte ihm das Schwert tief in die Brust. Blut quoll aus seinem Mund.

Nachdem ich meine blutige Waffe an dessen Gewand abgewischt hatte, näherte ich mich allmählich den ionischen Führern. Linos war an meiner linken Seite. Angesichts des sich abzeichnenden Sieges der Männer von Paros wurde ich mutiger. Vor mir erblickte ich Kallondes. Korax, den Raben. Ihn zu töten, würde mir großen Ruhm einbringen.

„He, Kallondes, stell dich mir zum Kampf!", rief ich dem Raben zu. „Ich werde dir die Flügel schon stutzen!"

μάχης δὲ τῆς σῆς, ὥστε διψέον πιεῖν, ὥς ἐρέω.

69D

wie ein Dürstender trinken will, so begehre ich, mit dir zu

kämpfen.

Der Naxier wandte sich gelassen und langsam zu mir um. In seiner Rechten hielt er bedrohlich seinen gewaltigen Speer.

„Wer bist du, dass du es wagst, mir gegenüber so freche Worte zu führen?"

„Lass mich dem Kerl das Maul stopfen!" Ariphantos

drängte sich zwischen Kallondes und mich.

„Geh mir aus dem Weg, du stinkender Dieb!" Mit erhobenem Schild und Schwert stürzte ich auf den Anführer der Ionier zu. Mit Leichtigkeit wehrte er meinen überstürzten Angriff mit seinem großen Schild ab. Kallondes lachte im Hintergrund. Ich sah aus dem Augenwinkel, dass auch Linos unseren Kampf beobachtete.

Ich nahm meine Waffen wieder fest in den Griff und bereitete einen zweiten Angriff vor, als Ariphantos seinerseits mich mit einem Überfall zu überraschen versuchte. Ich hatte jedoch damit gerechnet und bewegte mich rasch zur Seite, sodass mein Gegner ins Leere lief.

Erneut standen wir uns belauernd gegenüber. Ich dachte an den Hünen, den ich eben gefällt hatte. Es war zwar vielleicht nicht sehr ehrenhaft, aber eben doch wirkungsvoll, den Gegner durch Verletzungen der Beine zu schwächen, um ihn anschließend ohne allzu große Gegenwehr niedermachen zu können. Ich beschloss, mein Glück auch bei Ariphantos auf diese Weise zu versuchen. Ich sah auf seine Beine und bemerkte, dass mein Gegner seine linke Beinschiene verloren hatte. Rasch richtete ich meinen Blick wieder auf, damit er nicht ahnen konnte, wohin mein nächster Angriff zielen würde.

Meinen Schild zur Ablenkung erhoben, zuckte ich kurz nach vorne und schlitzte meinem Feind seitlich das Bein von der Wade bis zum Oberschenkel auf. Augenblicklich brach Ariphantos auf der linken Seite zusammen – in dem hässlichen Gesicht konnte man lesen, dass er mit diesem Angriff nicht gerechnet hatte. Ich zögerte keinen Moment, ließ meinen Schild fallen, schritt über ihn und rammte ihm, nachdem ich ihn zu Boden getreten hatte, das Schwert mit beiden Händen in den Oberkörper.

Als ich mich wieder aufrichten wollte, hörte ich von

der linken Seite Linos' panischen Schrei: „Archilochos –
hinter dir, Achtung!"

Doch es war zu spät, ich konnte auf die Warnung
meines Gefährten nicht mehr reagieren. Als die Spitze des
Speers meinen Oberkörper von hinten durchbohrte, war
ich mehr überrascht, als dass ich schon Schmerz
empfunden hätte. Im ersten Moment ungläubig, betrachtete
ich die eiserne Spitze, die aus meiner Brust hervordrang.
Ich hätte es ahnen, eigentlich wissen müssen – Kallondes
war noch hinter mir gewesen. Ein dunkler, blutiger Fleck
breitete sich rasch aus. Mir war sofort klar, was das
bedeutete – zu oft hatte ich dies in den letzten Monaten
meiner Tätigkeit als Söldner und Begleiter von Kolonisten
gesehen. Mehr noch, ich hatte Krieg und Tod in meinen
Versen immer wieder beschrieben. Ich hatte den Kampf
gefürchtet, aber auch mehr und mehr lieben gelernt. Jetzt
war der Zeitpunkt gekommen, an dem das Schicksal, das
unvermeidlich kommen musste, endlich auch mich selbst
betraf. Ein letztes Mal war ich, nun endgültig, gescheitert.
Endlose Dunkelheit umfasste mich.

εἰμὶ δ΄ἐγὼ θεράπων μὲν Ἐνυαλίοιο ἄνακτος

καὶ Μουσέων ἐρατὸν δῶρον ἐπιστάμενος.

1D

ich bin ein Diener des Kriegsdämons Enyalios

und vertraut mit dem lieblichen Geschenk der Musen.

Zu den im Text zitierten Fragmenten

Kein einziges Gedicht von Archilochos ist vollständig erhalten. Es existieren ausschließlich Fragmente, deren Länge zwischen mehreren gesichert aufeinanderfolgenden Zeilen und wenigen vereinzelten Worten variiert. Auch wenn wegen der Kürze mancher im laufenden Text zitierter Verse der Eindruck entstehen könnte, diese seien aus dem Zusammenhang gerissen und in einen neuen Kontext gesetzt worden: Fast alle Fragmente sind in ihrer *vollen* Länge wiedergegeben.

Dabei kann der Autor selbstverständlich nicht den Anspruch erheben, immer genau den Zusammenhang getroffen zu haben, in dem das jeweilige Fragment ursprünglich gestanden hat. Gerade die einzeiligen oder nur aus einigen Wortbruchstücken bestehenden Fragmente erlauben naturgemäß eine vielfältige Deutung.

Manche Texte sind im Übrigen möglicherweise allegorisch zu interpretieren: Zum Beispiel sind die Verse, die sich auf Schiffsfahrten und die damit verbundenen Gefahren beziehen, eventuell – ähnlich wie bei Alkaios – als Allegorien auf das Steuern eines „Staatsschiffs", also politisch, zu deuten.

Der sexuelle Bezug einiger Fragmente ist in der mitunter recht derben Darstellung dagegen nicht misszuverstehen. In manchen Fällen mag sich dieser dem heutigen Leser unter Umständen nicht sofort erschließen (so werden z. B. Prostituierte als „Feigenbaum" oder „Heimat blinder Aale" beschrieben). Durch den inhaltlichen Vergleich mit anderen, eindeutigen Fragmenten bleiben indessen kaum Zweifel an der Intention des Dichters. Auch die oft vorwurfsvollen Kommentare antiker Autoren lassen die gewollte Anstößigkeit der Texte erkennen.

Im Anschluss an jedes Zitat ist dessen Einordnung in die Zählung der erhaltenen Verse Archilochos' genannt.

Soweit nicht der Papyrus selbst angeführt ist, beziehen sich die Zahlen auf die Fragmentsammlungen von Diehl (D), Bergk (Bgk) und Lasserre (Lss).

Der historische Hintergrund der Handlung

Ursprünglich mit einer eigenen, fiktiven Geschichte angedacht, zeigte sich bei der Beschäftigung mit dem Archilochos-Stoff sehr schnell, dass die aus den antiken Schriften bekannten Ereignisse seines Daseins – bei manchen unsicheren Einzelheiten – eine so romanhafte Handlung ergeben, dass eine zusätzliche Erfindung sich weitgehend erübrigte. Darüber hinaus schildern die Fragmente der Gedichte viele Situationen, die auf tatsächliche Ereignisse im Leben des Dichters schließen lassen. Die Summe der beiden Quellen ergibt ein Lebensbild des Begründers der archaischen Lyrik, wie es zumindest gewesen sein könnte.

Archilochos, der Sohn des adligen Telesikles, wuchs als nicht erbberechtigter Bastard auf Paros auf. Seine Mutter war die thrakische Sklavin Enipo. Den Preis für sein Demeter-Lied erhielt Archilochos tatsächlich, dieser Hymnos ist jedoch nicht überliefert. Nur in ganz wenigen Bruchstücken erhalten ist das angebliche Schmählied auf Dionysos, für das der Dichter verurteilt wurde. Sein Hymnos auf Herakles wurde noch zu Pindars Zeiten bei Olympiaden zur Siegerehrung vorgetragen.

Die Erwähnung einer Archontenwahl durch die freien Männer von Paros erscheint historisch sehr früh, wird doch die Einführung der Demokratie meist erst mit dem aufstrebenden Athen in Verbindung gebracht. Tatsächlich gab es jedoch bereits in den letzten Jahrzehnten des 7. vorchristlichen Jahrhunderts auf den griechischen Inseln, zum Beispiel auf Chios, Vorformen demokratischer

Strukturen.

Telesikles wurde zusammen mit Lykambes, einem einflussreichen Bürger von Paros, nach Delphi ausgesandt, um das dortige Orakel aufzusuchen. Welche Frage sie der Pythia stellen sollten, ist unbekannt; allerdings wurde diese häufig nach dem eventuellen Erfolg geplanter Kolonisationen befragt.

Archilochos verlobte sich mit Neobule, der Tochter des Lykambes. Dieser stimmte der Verlobung wohl nur unter dem Eindruck des frisch erworbenen Ruhms als Dichter zu. Die Erlaubnis, seine Tochter zu heiraten, wurde später zurückgezogen, da Lykambes einem reicheren Werber den Vorzug gab. Die gescheiterte Liebe verwandelte sich in Hass, und Archilochos verfasste schmähende Gedichte über Neobule und ihren Vater.

Einem erst 1974 in einer Mumienkartonage entdeckten, größeren zusammenhängenden Gedichtfragment ist zu entnehmen, dass Archilochos zu dieser Zeit ein vermutlich einmaliges sexuelles Erlebnis mit einer der Schwestern Neobules hatte.

Sein Nebenbuhler – Archenaktides oder Sohn des Archenax (der Archenaktide) – löste sein Eheversprechen nicht ein. Neobule entzog sich der Schande und den spöttischen Versen ihres ehemaligen Verlobten durch Selbstmord. Angeblich wurden auch Lykambes und seine anderen Töchter durch Archilochos' Jamben in den Freitod getrieben.

Um der Armut zu entgehen, musste Archilochos den Broterwerb des Söldners ergreifen. Wie schon Telesikles und sein Großvater Tellis führte er parische Kolonisten nach Thasos. Stadt und Insel waren immer wieder von Angriffen durch die Thraker bedroht.

Nach der Ermordung ihres Führers Oisydres forderte der thrakische Stamm der Bisalter von der thasischen Bevölkerung ein Blutgeld, welches ihnen gewährt wurde.

Nach Ansicht einiger Wissenschaftler bestachen die Thraker mit einem Teil davon den (namentlich nicht bekannten) Sohn des bedeutenden thasischen Bürgers Peisistratos. In irgendeiner Weise war Archilochos in diese Vorgänge verwickelt; äußert er doch sein Missfallen, dass der Peisistratide den „thrakischen Hunden" Gold übergab – die näheren Umstände sind nicht bekannt.

Trotz der ständigen Gefährdungslage kam es auf der Suche nach Goldvorkommen zu Expeditionen der auf Thasos lebenden parischen Siedler auf das thrakische Festland. Die Teilnahme von Archilochos an einer solchen Unternehmung ist zwar nicht gesichert, allerdings durchaus wahrscheinlich, denn sein in mehreren Gedichten angesprochener Freund und Kampfgefährte Glaukos wurde hierbei getötet. Die Söhne eines sonst nicht näher bekannten Brentes ließen Glaukos, dem Sohn von Leptines, ein Grabmal (wohl damals schon ein Kenotaph, heute noch erhalten) auf der Agora von Thasos errichten.

Bei der im Text erwähnten Sonnenfinsternis handelt es sich vermutlich um die des Jahres 648. Nach Aristoteles besteht ein Zusammenhang zwischen dem hier zitierten Gedicht und der gescheiterten Liebe zu Neobule.

Ausführlichen Raum in den erhaltenen Fragmenten nimmt die Beschreibung von drohenden oder tatsächlich erfolgten Schiffskatastrophen ein. Bei einer solchen kam Archilochos' Schwager ums Leben. Ob dieser den Namen Perikles trug oder ob Perikles nur der Adressat einer diesbezüglichen Elegie ist, ist umstritten.

Auf Paros kam Archilochos bei Kämpfen mit der Nachbarinsel Naxos ums Leben. Der Naxier Kallondes, genannt Korax („der Rabe"), tötete den Dichter. Den Pariern unter dem Archonten Amphitimos gelang es, den Angriff erfolgreich abzuwehren.

Aus hellenistischer und römischer Zeit existiert darüber hinaus eine ganze Reihe von Legenden und

Mythen um die Person des Archilochos, auf die mangels Glaubhaftigkeit hier verzichtet wurde. So wurde – um nur ein Beispiel zu nennen – die Verurteilung Archilochos' wegen des Schmählieds erst rückgängig gemacht, nachdem Apollo (oder Dionysos) die männlichen Einwohner von Paros unfruchtbar gemacht hatte.